Miss Marple au Club du mardi

Le Club du mardi continue

Agatha Christie

Miss Marple au Club du mardi

Nouvelle traduction de Sylvie Durastanti

Le Club du mardi continue

Traduit de l'anglais par Sylvie Durastanti

ÉDITIONS FRANCE LOISIRS

Titre de l'édition originale : *The thirteen problems*

Édition du Club France Loisirs,
avec l'autorisation des Editions du Masque

Édition France Loisirs,
123, boulevard de Grenelle, Paris
www.franceloisirs.com

ISBN : 978-2-298-01640-6

Miss Marple
au Club du mardi

1

Le Club du mardi
(The Tuesday Night Club)

— Des mystères… jamais éclaircis…

Raymond West exhala une bouffée de fumée et répéta avec un plaisir non dissimulé :

— Des mystères… jamais éclaircis…

Il regarda autour de lui avec satisfaction. La pièce avait un cachet ancien, avec de grosses poutres foncées au plafond et de bons vieux meubles en harmonie avec elle. D'où le coup d'œil approbateur de Raymond West. Ecrivain de profession, il aimait que l'environnement soit sans défaut. La maison de sa tante Jane lui avait toujours plu parce qu'elle était le juste décor que réclamait sa personnalité. Elle était assise, très droite, dans un fauteuil de grand-père, de l'autre côté de la cheminée. Miss Marple portait une robe de brocart noir très cintrée avec de la dentelle de Malines tombant en cascade sur sa poitrine et des mitaines de dentelle noire ; une mantille de dentelle noire surmontait ses cheveux blancs comme neige, relevés en chignon. Elle tricotait quelque chose de blanc, de doux et de floconneux. De ses yeux bleu très pâle, elle observait avec une aimable bienveillance son neveu et les invités du neveu. D'abord Raymond lui-même, réservé et distingué, puis Joyce Lemprière, l'artiste aux cheveux noirs et courts et aux yeux d'un bizarre vert noisette, enfin ce parfait homme du monde qu'était sir Henry Clithering. Il y avait encore deux personnes présentes, le révérend Pender, le vieux pasteur de la paroisse, et Mr Petherick, le notaire, un petit bonhomme desséché qui regardait tout pardessus ses lunettes. Après avoir accordé un instant d'attention à ces différentes personnes, miss Marple retourna, avec un gentil sourire, à son tricot.

Mr Petherick toussota, comme il le faisait toujours avant de parler.

— Que disiez-vous, Raymond ? Des mystères jamais éclaircis ? Eh bien, qu'entendez-vous par là ?

— Rien du tout, répliqua Joyce Lemprière. Ce que Raymond aime, c'est le bruit des mots, et s'entendre les prononcer.

Raymond West lui jeta un regard de reproche, ce qui la fit beaucoup rire.

— C'est un fumiste, n'est-ce pas, miss Marple ? Vous le savez bien, vous aussi.

Pour toute réponse, miss Marple lui adressa un sourire angélique.

— La vie elle-même est un mystère qui n'a jamais été éclairci, déclara sentencieusement le pasteur.

Raymond se redressa dans son fauteuil et jeta d'un geste impulsif sa cigarette dans le feu.

— Ce n'est pas ce que je voulais dire. Je ne parlais pas philosophie, je pensais à des événements précis et prosaïques, à des choses qui sont arrivées et que personne n'a jamais pu expliquer…

— Je vois très bien ce que tu veux dire, dit miss Marple. Par exemple, hier matin, il est arrivé quelque chose d'étrange à Mrs Carruthers. Elle avait acheté des calamars chez Elliot. Elle est entrée ensuite dans deux autres boutiques, et quand elle s'est retrouvée chez elle, elle s'est aperçue qu'elle n'avait plus ses calamars. Elle est retournée dans deux des boutiques où elle était allée, mais ses calamars avaient complètement disparu. Cela me paraît très curieux.

— C'est la bouteille à l'encre… déclara gravement sir Henry Clithering.

— Evidemment, il y a bien des explications possibles, poursuivit miss Marple, les joues roses d'excitation. Par exemple, quelqu'un d'autre…

— Ma chère tante, dit Raymond West amusé, je ne songeais pas à ce genre d'incidents locaux. Je pensais à des meurtres, à des disparitions, au genre d'histoires que sir Henry pourrait nous raconter pendant des heures s'il le voulait.

— Je ne parle jamais boutique, repartit avec modestie sir Henry. Non, je ne parle jamais boutique.

Sir Henry Clithering avait été superintendant à Scotland Yard jusqu'à une date toute récente.

— J'imagine que bon nombre de meurtres et de mystères ne sont jamais résolus par la police, dit Joyce Lemprière.

— C'est un fait reconnu, je crois, déclara Mr Petherick.

— Je me demande, reprit Raymond West, quel genre d'esprit est le plus apte à démêler un mystère ? On ne peut se défendre de l'idée que le policier moyen est limité par son manque d'imagination.

— C'est un point de vue de profane, rétorqua sir Henry.

— Ce qu'il faut, c'est une commission d'experts, dit Joyce en souriant. La psychologie et l'imagination appartiennent à l'écrivain...

Elle s'inclina ironiquement devant Raymond, qui resta imperturbable.

— L'exercice littéraire vous amène à sonder la nature humaine, déclara-t-il gravement. Voire à dévoiler des mobiles qui échappent peut-être au commun des mortels.

— Mon cher Raymond, je sais bien que tes ouvrages sont très intelligents, répliqua miss Marple. Mais crois-tu vraiment que les gens sont aussi déplaisants que tu les dépeins ?

— Ma chère tante, gardez vos illusions, que Dieu me garde de les détruire en aucune façon.

— A mon sens, corrigea miss Marple qui plissa un peu le front en comptant les mailles de son tricot, la plupart des gens ne sont ni bons, ni mauvais, mais tout simplement, vois-tu, très bêtes.

Mr Petherick toussota à nouveau.

— Ne pensez-vous pas, Raymond, que vous accordez trop d'importance à l'imagination ? Comme tout homme de loi ne le sait que trop, l'imagination est une chose très dangereuse. Etre capable de déceler avec impartialité une preuve, d'appréhender les faits et de les considérer comme des faits, cela me semble la seule méthode logique pour arriver à la vérité. Et la seule qui réussisse, comme mon expérience m'autorise à le préciser.

— Oh ! s'exclama Joyce en renversant la tête dans un mouvement d'indignation. Je parie que je vous battrais tous à ce jeu. Je suis non seulement une femme – et vous aurez beau dire, les femmes ont une intuition que les hommes n'ont pas, mais je suis aussi une artiste. Je perçois des choses qui vous échappent. Et en tant qu'artiste, je suis également entrée en contact avec des gens de toutes sortes, et de toutes conditions. Je connais la vie beaucoup mieux que ne peut la connaître notre chère miss Marple.

— Je n'en suis pas sûre, ma chère, répondit miss Marple. Il arrive souvent des choses pénibles et douloureuses dans un village.

— Puis-je placer un mot ? demanda le révérend Pender en souriant. Je sais que, de nos jours, il est de bon ton de dénigrer le clergé, mais nous entendons des choses, nous connaissons des aspects de la nature humaine qui restent hermétiquement fermés au monde extérieur.

— Ma foi, intervint Joyce, il me semble que nous formons une assemblée assez représentative. Si nous fondions un Club ? Quel jour sommes-nous aujourd'hui ? Mardi ? Pourquoi ne pas le baptiser le Club du Mardi ? Il se réunirait chaque semaine et, à tour de rôle, chacun de ses membres proposerait un problème… un mystère dont il aurait eu personnellement connaissance, et dont, bien sûr, il détiendrait la solution… Voyons, combien sommes-nous ? Un, deux, trois, quatre, cinq. En vérité, nous devrions être six !

— Vous m'oubliez, ma chère, déclara miss Marple avec un grand sourire.

Joyce fut légèrement déconcertée mais elle réagit rapidement.

— Ce serait merveilleux, miss Marple ! Je ne pensais pas que vous auriez envie de jouer.

— Je crois, au contraire, que cela peut être très intéressant, surtout avec tant d'hommes aussi intelligents, répliqua miss Marple. Je crains de ne pas être très intelligente moi-même, mais à vivre pendant tant d'années à St Mary Mead, j'ai fini par avoir une idée de la nature humaine.

— Je suis certain que votre collaboration nous sera très précieuse, déclara courtoisement sir Henry.

— Alors, qui commence ? demanda Joyce.

— Je pense que cela ne fait pas de doute, répliqua le révérend Pender. Puisque nous avons la très grande chance de compter parmi nous un homme aussi éminent que sir Henry…

Il ne termina pas sa phrase, et adressa à sir Henry un salut courtois.

Celui-ci resta silencieux quelques instants. Puis il poussa un soupir, croisa les jambes, et finit par dire :

— Il est difficile de trouver exactement le genre d'histoire que vous désirez, mais je crois qu'il me revient un cas qui remplit assez bien ces conditions. Vous en avez peut-être eu connaissance par les journaux, il y a environ un an. Cette affaire avait été classée parmi les mystères non éclaircis, mais il se trouve que depuis quelques jours j'en tiens la solution.

» Les faits sont très simples. Trois personnes partagent un repas comprenant entre autres du homard en conserve. Dans le courant de la soirée, toutes les trois sont prises de malaises et font venir un médecin à la hâte. Deux d'entre elles en réchappent, la troisième en meurt.

— Ah ! fit Raymond, d'un air approbateur.

— Comme je vous le disais, les faits eux-mêmes sont très simples. Le décès fut attribué à un empoisonnement par la ptomaïne, le certificat fut établi en conséquence, et la victime fut enterrée. Toutefois, les choses n'en restèrent pas là.

Miss Marple hocha la tête.

— On a commencé à jaser, je suppose. C'est ce qui se passe d'habitude.

— Je dois maintenant vous décrire les acteurs de ce drame ! Baptisons le mari et la femme, Mr et Mrs Jones, et la demoiselle de compagnie de cette dernière, miss Clark. Mr Jones était représentant pour une fabrique de produits chimiques. Plutôt beau, mais dans le genre grossier et rougeaud, il devait avoir la cinquantaine. Sa femme avait dans les quarante-cinq ans et était tout à fait quelconque. Quant à miss Clark, c'était une femme d'une soixantaine d'années, joviale, bien en chair, au visage rubicond. Comme vous voyez, aucun n'était bien intéressant.

» Les ennuis ont commencé de façon très bizarre. Mr Jones avait passé la nuit précédente dans un petit hôtel de voyageurs de commerce à Birmingham. Il se trouva qu'on avait mis du buvard propre dans le sous-main ce jour-là et que la femme de chambre, n'ayant apparemment rien de mieux à faire, s'amusa à le déchiffrer dans un miroir juste après que Mr Jones eut écrit une lettre. Quelques jours plus tard, les journaux signalaient la mort de Mrs Jones après l'absorption de homard en conserve, et la femme de chambre confiait alors à d'autres membres du personnel ce qu'elle avait lu sur le buvard : *Entièrement dépendant de ma femme… lorsqu'elle sera morte, je… des mille et des cents…*

»Vous vous souvenez peut-être que peu de temps auparavant une femme avait été empoisonnée par son époux. Il n'en fallait pas beaucoup pour enflammer l'imagination des femmes de chambre. Mr Jones aurait prémédité de se débarrasser de son épouse afin d'hériter de centaines de milliers de livres ! Or, il se trouva que l'une des femmes de chambre avait des cousins dans la bourgade où vivaient les Jones. Elle leur écrivit et ils lui répondirent. Mr Jones semblait fortement s'intéresser à la fille du médecin, une jolie jeune femme de trente-trois ans. Les ragots commencèrent à courir. Une pétition fut adressée au ministère de l'Intérieur. Scotland Yard reçut de nombreuses lettres anonymes accusant Mr Jones d'avoir assassiné son épouse. Je dois dire que pas un instant nous n'y vîmes autre chose que des commérages. Néanmoins, afin de calmer l'opinion publique, ordre fut donné de procéder à l'exhumation du corps. Ce fut une de ces affaires où la rumeur populaire, qui n'était fondée sur rien de solide, se trouva curieusement justifiée. L'autopsie révéla que le corps renfermait assez d'arsenic pour permettre d'établir que la défunte avait effectivement été empoisonnée. Il incomba dès lors à Scotland Yard de prouver, avec l'aide de la police locale, comment, et par qui, l'arsenic avait été administré.

— Ah ! fit Joyce. Cela me plaît beaucoup. Voilà du concret.

— Les soupçons se portèrent naturellement sur le mari. Il tirait un bénéfice de la mort de sa femme. Non pas des mille et des cents, mais huit mille livres, une somme non négligeable. Mis à part son salaire, il ne jouissait d'aucun revenu personnel, et c'était quelqu'un de très dépensier qui avait un penchant pour la compagnie des femmes. Aussi discrètement que possible, Scotland Yard tenta d'élucider les rumeurs lui attribuant une liaison avec la fille du médecin ; mais il apparut qu'après avoir été très liés, ils s'étaient brouillés brusquement deux mois auparavant, et ne s'étaient pas revus depuis. Quant au médecin, homme d'un certain âge et, au-dessus de tout soupçon, il fut abasourdi en apprenant le résultat de l'autopsie. Appelé aux alentours de minuit, il avait trouvé trois personnes indisposées. Mesurant aussitôt la gravité de l'état de Mrs Jones, il avait envoyé chercher au dispensaire des pilules opiacées pour alléger ses souffrances. Cependant, en dépit de ses efforts, la malheureuse avait succombé sans qu'il ait un instant soupçonné quoi que ce soit. Il était convaincu que sa mort était due à une forme de botulisme. Le dîner s'était composé de homard en conserve, salade, fromage, pain et pudding. Par malheur, le homard avait été mangé jusqu'à la dernière miette, et la boîte de conserve, jetée aux ordures. Il avait interrogé la jeune bonne, Gladys Linch. Non sans peine car elle était bouleversée, agitée et larmoyante. Mais elle n'avait pas cessé de répéter que la boîte n'était pas ballonnée et que le homard lui avait paru tout à fait bien.

» Tels étaient les faits sur lesquels nous devions nous appuyer. Si Jones avait administré de l'arsenic à son épouse, il paraissait clair qu'il ne l'avait pas mis dans ce qu'ils avaient mangé au dîner puisqu'ils avaient tout partagé. Sans compter – autre détail – que Jones était rentré de Birmingham comme on mettait le souper sur la table, si bien qu'il n'avait pas eu la possibilité de tripatouiller la nourriture à l'avance.

— Et la demoiselle de compagnie ? demanda Joyce. La grosse dame à l'air jovial.

Sir Henry hocha la tête.

— Nous n'avons pas oublié miss Clark, je peux vous l'assurer. Mais quel aurait été son mobile ? Non seulement Mrs Jones ne lui léguait rien mais sa mort la contraignait même à chercher un autre emploi.

— Cela semble bien la disculper, remarqua Joyce, songeuse.

— Sur ces entrefaites, l'un de mes inspecteurs découvrit un fait intéressant, poursuivit sir Henry. Ce soir-là, après le souper, Mr Jones était descendu à la cuisine et avait demandé un bol de maïzena pour son épouse qui ne se sentait pas bien. Il avait attendu sur place que Gladys Linch l'ait préparé, et l'avait monté lui-même à sa femme, dans sa chambre. Ce qui, je le reconnais, paraissait mettre un terme à l'affaire.

Le notaire hocha la tête.

— Il avait le mobile, fit-il en comptant sur ses doigts. L'occasion, et, en tant que représentant en produits pharmaceutiques, l'accès facile au poison.

— Et une fibre morale fragile, ajouta le pasteur.

Raymond West regardait fixement sir Henry.

— Il y a une entourloupette quelque part, dit-il. Pourquoi ne l'avez-vous pas arrêté ?

Sir Henry eut un sourire désabusé.

— C'est le côté fâcheux de l'affaire. Jusque-là tout avait marché comme sur des roulettes, mais nous sommes tombés sur un os. Jones ne fut pas arrêté car, au cours de son interrogatoire, il apparut que c'était miss Clark, et non Mrs Jones, qui avait avalé toute la maïzena.

» Miss Clark était entrée dans la chambre de Mrs Jones. Comme à son habitude, Mrs Jones était au lit avec le bol de maïzena à côté d'elle.

» — Je ne me sens vraiment pas bien, Milly, lui avait-elle dit. Je l'ai cherché sans doute, en mangeant du homard ce soir. J'ai demandé à Albert d'aller me chercher un bol de maïzena, mais maintenant, je n'en ai plus envie.

» — Dommage, fit miss Clark, d'autant que cette maïzena a l'air bien belle, sans un grumeau.

Gladys est vraiment une bonne cuisinière. Il y a bien peu de filles, de nos jours, capables de préparer une maïzena pareille. Moi, elle me fait bien envie, j'ai une de ces faims !

» — Rien d'étonnant, avec toutes vos idioties ! remarqua Mrs Jones.

» Je dois préciser, déclara sir Henry en interrompant son récit, que miss Clark, inquiète de voir qu'elle prenait toujours plus de poids, suivait un régime amaigrissant.

» — Ça ne vous vaudra rien, Milly, rien de rien, remarqua Mrs Jones. Si le Seigneur vous a faite bien en chair, c'est qu'Il vous veut bien en chair. Avalez donc cette maïzena, ça vous fera le plus grand bien.

» Miss Clark s'y appliqua aussitôt et finit même le bol. Comme vous voyez cela réduit à néant l'accusation contre le mari. Prié d'expliquer ce qui était inscrit sur le buvard, il s'en tira assez facilement. Cette lettre, d'après lui, était une réponse à une demande d'argent que lui avait adressée son frère, établi en Australie. Il lui écrivait qu'il était entièrement dépendant de sa femme. Que quand elle serait morte, et lui en possession de l'argent, il lui viendrait en aide. Il regrettait de ne pouvoir le faire, mais lui faisait remarquer qu'il y avait des centaines de milliers de gens dans la même situation que lui.

— En conséquence de quoi, l'accusation s'écroula ? suggéra le révérend Pender.

— En conséquence de quoi, l'accusation s'écroula, répéta gravement sir Henry. On ne pouvait pas arrêter Jones sans rien pour l'étayer.

— Et c'est tout ? demanda Joyce, au bout d'un instant de silence.

— On en était là l'année dernière. Mais maintenant, Scotland Yard tient la solution. Vous aurez sans doute l'occasion de la lire d'ici deux ou trois jours dans les journaux.

— La solution, répéta pensivement Joyce. Je me demande… Donnons-nous cinq minutes de réflexion avant de parler.

Raymond West hocha la tête et regarda sa montre. Quand les cinq minutes furent écoulées, il fit signe au révérend Pender.

— Voulez-vous commencer ? demanda-t-il.

— Je dois avouer que je suis tout à fait déconcerté. Je ne peux pas m'empêcher de penser que le mari doit être le coupable, mais comment il s'y est pris, je ne le vois pas. Je peux seulement m'avancer qu'il lui a administré le poison par une voie nouvelle, bien que, dans ce cas, je me demande comment on a pu le découvrir si longtemps après.

— Joyce ?

— C'est la demoiselle de compagnie ! affirma la jeune femme. Sans aucun doute, la demoiselle de compagnie ! Son mobile ? Mais ce n'est pas parce qu'elle était vieille, grosse et laide qu'elle ne pouvait pas être amoureuse de Jones. Elle pouvait aussi haïr son épouse pour d'autres raisons. Songez à ce que doit être la vie d'une demoiselle de compagnie, obligée de se montrer perpétuellement aimable et docile, de se retenir et de tout ravaler. Un beau jour, n'y tenant plus, elle la tue. Elle a probablement mis l'arsenic dans la maïzena et a menti en racontant qu'elle l'avait mangée.

— Mr Petherick ?

Le notaire joignit le bout des doigts.

— Je ne saurais me prononcer. Sur ces simples faits, je ne saurais me prononcer.

— Mais vous devez le faire, Mr Petherick, fit Joyce. Vous ne pouvez pas réserver votre jugement « sans préjudice de… » comme au tribunal. Vous devez jouer le jeu.

— En ce qui concerne les faits, il n'y a rien à dire. A mon avis, ayant vu, hélas, trop d'affaires de ce genre, le mari est coupable. La seule explication, en accord avec les faits, serait que, pour une raison ou une autre, il ait été délibérément couvert par miss Clark. Il pouvait y avoir entre eux un arrangement financier.

» Comprenant, lui, qu'il serait suspecté, prévoyant, elle, un avenir misérable, ils ont pu tomber d'accord pour qu'elle raconte cette histoire de maïzena, moyennant une contrepartie substantielle. Si c'est le cas, c'est tout à fait illégal. Oui, tout à fait illégal.

— Je ne suis d'accord avec aucun de vous ! déclara Raymond. Vous avez négligé le facteur primordial en l'affaire. *La fille du docteur !* Le homard en conserve était avarié. Ce qui explique les symptômes d'empoisonnement. On appelle le médecin. Il trouve Mrs Jones, qui a consommé plus de homard que les autres, très souffrante, et il envoie, comme vous nous l'avez dit, chercher des pilules opiacées. Il n'y va pas lui-même, il envoie quelqu'un. Qui va remettre les pilules d'opium au messager ? Sa fille, évidemment. C'est sans doute elle qui prépare les médicaments pour lui. Elle est amoureuse de Jones et, à ce moment-là, ses plus bas instincts se réveillent. Elle se rend compte qu'elle tient entre ses mains le moyen de lui rendre sa liberté. Les pilules qu'elle lui envoie contiennent de l'arsenic blanc pur. Voilà ma solution.

— Et maintenant, sir Henry, dites-nous ce qui s'est passé ! s'écria Joyce, impatiente.

— Un instant, déclara sir Henry. Miss Marple n'a encore rien dit.

Miss Marple secouait tristement la tête.

— Mon Dieu ! mon Dieu ! J'ai encore laissé tomber une maille. Cette histoire était si intéressante. Une histoire triste, oui, bien triste. Cela m'a rappelé le vieux Mr Hargraves, qui vivait non loin de chez nous. Son épouse n'avait jamais eu le moindre soupçon – jusqu'au jour où il est mort, léguant toute sa fortune à une femme dont il avait eu cinq enfants. Elle avait été par le passé domestique chez eux. Une si gentille fille, avait l'habitude de dire Mrs Hargraves. On pouvait absolument compter sur elle pour retourner les matelas tous les jours, sauf le vendredi, évidemment… Eh bien, le vieux Hargraves l'avait installée dans une maison des environs, ce qui ne l'empêchait pas de continuer à assumer ses fonctions de bedeau et de faire la quête tous les dimanches.

— Ma chère tante Jane, dit Raymond un peu agacé. Qu'est-ce que feu Mr Hargraves a à voir avec cette affaire ?

— Cette histoire m'a immédiatement fait penser à lui, répliqua miss Marple. Les faits sont tellement semblables, non ? J'imagine que la fille a avoué maintenant, et c'est ainsi que vous l'avez appris, n'est-ce pas, sir Henry ?

— Quelle fille ? demanda Raymond. Ma chère tante, de qui diable parlez-vous ?

— De cette pauvre Gladys Linch, bien entendu, celle qui était si agitée, quand le médecin l'a interrogée – et il y avait de quoi, pauvre petite. J'espère que cet abominable Jones sera pendu pour avoir fait d'elle une meurtrière. Je suppose qu'ils la pendront aussi, l'infortunée créature.

— Je crains, miss Marple, que vous n'ayez pas bien saisi… intervint Mr Petherick.

Mais miss Marple secouait obstinément la tête en regardant sir Henry.

— J'ai raison, n'est-ce pas ? Cela me semble si évident. Des mille et des cents… le pudding… je veux dire, ça ne peut pas tromper.

— Qu'entendez-vous par le pudding et des mille et des cents ? s'exclama Raymond.

Sa tante se tourna vers lui.

— Les cuisinières mettent presque toujours des « mille et des cents » dans le pudding, mon cher. C'est ainsi qu'on appelle ces petits vermicelles de sucre, rose et blanc. Bien entendu, quand j'ai appris qu'ils avaient eu du pudding au dîner et que le mari avait écrit une lettre à propos de centaines et de milliers, j'ai tout naturellement fait le rapprochement. C'est là que se trouvait l'arsenic, dans les vermicelles. Il les avait remis à la gamine en lui demandant d'en saupoudrer le pudding.

— Mais c'est impossible ! s'écria aussitôt Joyce. Ils en ont mangé tous les trois !

— Oh, non ! répliqua miss Marple. Miss Clark suivait un régime, ne l'oubliez pas. Vous ne mangez pas de pudding quand vous êtes au régime. Et j'imagine que Jones a pris soin de laisser les vermicelles sur le bord de son assiette. L'idée était vicieuse, mais ingénieuse.

Les regards de tous les autres convergèrent vers sir Henry.

— C'est très curieux, déclara lentement celui-ci, mais il se trouve que miss Marple a mis le doigt sur la vérité. Jones avait mis Gladys dans une situation intéressante, comme on dit. Elle était au bord du désespoir. Désireux de se débarrasser de sa femme, il avait promis à Gladys de l'épouser quand elle serait morte. Il avait empoisonné les « centaines et les milliers » et les lui avait remis en lui expliquant comment les utiliser. Gladys Linch est décédée il y a une semaine. Son enfant était mort-né et Jones l'avait abandonnée pour une autre. Avant de mourir, elle a avoué la vérité.

— Ma foi, tante Jane, déclara Raymond après un silence, un point pour vous. Je n'arrive encore pas à comprendre comment vous avez pu tomber sur la vérité… Je n'aurais jamais pensé que la petite bonne pouvait être impliquée dans l'affaire.

— Non, mon cher, parce que tu ne connais pas la vie comme moi. Un homme comme ce Jones, grossier et jovial… Dès que j'ai entendu qu'il y avait une jolie fille dans la maison, j'ai compris qu'il ne pouvait pas l'avoir laissée tranquille. Tout cela est bien triste et douloureux, ce n'est pas un sujet de conversation très agréable. Je ne peux pas vous dire le choc que cela a été pour Mrs Hargraves, et la stupeur dans laquelle le village a été plongé.

2

LE SANCTUAIRE D'ASTARTE
(The Idol House of Astarte)

— Et maintenant, révérend Pender, qu'allez-vous nous raconter ?

Le vieil ecclésiastique sourit.

— J'ai vécu dans des lieux paisibles, déclara-t-il. Je n'ai pas assisté à beaucoup d'événements sortant de l'ordinaire. Une fois cependant, dans ma jeunesse, il m'est arrivé une bien étrange et tragique aventure.

— Ah ! ah ! fit Joyce Lemprière, en matière d'encouragement.

— Je ne l'ai jamais oubliée, poursuivit-il. Cela m'avait fait une profonde impression à l'époque et il me suffit d'un léger effort de mémoire pour raviver l'angoisse et l'horreur de ce moment terrible où j'ai vu un homme frappé à mort par un organisme non mortel.

— Vous me donnez la chair de poule, Pender, dit sir Henry.

— J'en ai eu moi aussi la chair de poule, répliqua Pender. Depuis je ne me suis jamais plus moqué de ceux qui utilisent le mot « atmosphère ». Ça existe.

Il y a des lieux chargés, saturés d'influences bonnes ou mauvaises, qui nous font sentir leur pouvoir.

— « Les Mélèzes », c'est une maison qui porte malheur ; remarqua miss Marple. Le vieux Mr Smithers a perdu toute sa fortune et a été obligé de la quitter ; les Carslake lui ont succédé : Johnny Carslake s'est cassé la jambe dans l'escalier et Mrs Carslake a dû partir dans le Midi de la France pour raison de santé ; et maintenant ce sont les Burden qui y sont, et j'ai entendu dire que Mr Burden avait dû se faire opérer presque immédiatement.

— A mon sens, il s'agit surtout de superstitions, déclara Mr Petherick. Ces histoires stupides qu'on colporte causent beaucoup de dommages à certaines propriétés.

— J'ai connu un ou deux « fantômes » doués d'une très forte personnalité, fit remarquer sir Henry avec un petit rire.

— Je suggère de laisser le révérend nous raconter son histoire, intervint Raymond.

Joyce se leva et éteignit les deux lampes, laissant la pièce éclairée par le seul feu dans la cheminée.

— Atmosphère, dit-elle. Maintenant, nous pouvons continuer.

Le révérend lui sourit, se carra dans son fauteuil, ôta son pince-nez et commença doucement l'évocation de ses souvenirs.

— J'ignore si vous connaissez Dartmoor. L'endroit dont je vais vous parler est situé en lisière de Dartmoor. C'était une charmante propriété, bien qu'elle n'ait pas trouvé d'acheteurs pendant plusieurs années. Elle était peut-être un peu sinistre en hiver, mais la vue était superbe et la maison elle-même était une construction intéressante et originale. Elle fut rachetée par un certain Haydon – sir Richard Haydon, l'un de mes anciens camarades de classe. Je l'avais perdu de vue depuis des années mais notre vieille amitié avait subsisté et j'acceptai avec plaisir son invitation à me rendre au « Bosquet silencieux », comme s'appelait sa nouvelle acquisition.

» Les invités n'étaient pas très nombreux. Il y avait Richard Haydon lui-même et son cousin, Elliot Haydon. Il y avait une certaine lady Mannering, et sa fille, une pâle et discrète jeune personne prénommée Violet. Il y avait un certain capitaine Rogers et son épouse, passionnés d'équitation, des gens hâlés qui ne vivaient que pour les chevaux et la chasse. Il y avait aussi un certain Dr Symonds et une femme, miss Diana Ashley. Le nom de cette dernière ne m'était pas inconnu : c'était une des « beautés » de la saison et des photos d'elle paraissaient régulièrement dans les chroniques mondaines. Elle était en effet frappante. Grande et brune, elle avait un teint magnifique d'un blanc crémeux sans défauts et ses yeux noirs en amande et perpétuellement mi-clos lui donnaient un piquant vaguement oriental. Sa voix aussi était merveilleuse, profonde et vibrante.

» Je compris aussitôt qu'elle avait séduit mon ami Richard Haydon et que cette réunion n'avait été qu'un prétexte pour l'inviter. De ses sentiments à elle je n'étais pas sûr. Ses faveurs étaient sujettes à caprices. Un jour, elle ne parlait qu'avec

Richard, ne daignant voir personne d'autre, le lendemain elle ne voyait qu'Elliot, son cousin, paraissant à peine remarquer qu'il existait quelqu'un du nom de Richard, pour ensuite décocher ses sourires les plus ensorceleurs sur le paisible et discret Dr Symonds.

» Le lendemain de mon arrivée, notre hôte nous fit faire le tour de sa propriété. La maison elle-même n'avait rien de particulier. C'était une bonne et solide bâtisse en granit de Devonshire. Faite pour résister au temps et au climat. Dépourvue de romantisme, mais très confortable. Les fenêtres donnaient sur le splendide panorama des landes, collines moutonnantes couronnées de buttes rocheuses battues par les vents.

» Sur les flancs de la butte la plus proche, on distinguait des cercles variés, vestiges de l'habitat de l'âge de pierre. Sur une autre colline, on apercevait un tumulus, dans lequel on avait récemment trouvé des outils de bronze. Passionné d'archéologie, Haydon nous en parlait avec force et enthousiasme. Les environs, nous expliqua-t-il, étaient particulièrement riches en vestiges du passé.

» — On y trouve des huttes datant du néolithique, des traces des druides, des Romains et même des Phéniciens. Mais cet endroit est le plus intéressant de tous. « Le bosquet silencieux » : il est assez facile de voir d'où il tire son nom.

» Cette partie du pays était plutôt nue – rochers, fougères, bruyères – mais à une centaine de mètres de la maison, il y avait un bosquet touffu sur lequel il pointa le doigt.

» — C'est un vestige des premiers âges, déclara-t-il. Les premiers arbres sont morts et ont été replantés, mais dans l'ensemble tout est resté à peu près comme c'était – peut-être même au temps des Phéniciens. Venez voir !

» Nous le suivîmes. En pénétrant dans le bosquet, je me sentis curieusement oppressé. A cause du silence, je pense. Aucun oiseau ne paraissait nicher dans ces arbres. On en éprouvait un sentiment d'horreur et de désolation. Haydon m'observait avec un étrange sourire.

» — Que ressentez-vous, Pender ? De l'hostilité ? Un malaise ?

» — Cela ne me plaît pas, répliquai-je tranquillement.

» — Ce n'est que juste. Ce bosquet a été le bastion des ennemis de votre foi. C'est le Bois d'Astarté.

» — D'Astarté ?

» — D'Astarté, ou d'Ishtar, ou d'Ashtoreth… comme il vous conviendra de l'appeler. Pour ma part, je préfère le nom phénicien d'Astarté. Je crois savoir qu'il existe un endroit connu sous le nom de Bois d'Astarté, dans ce pays, au nord du Mur d'Hadrien. Je n'en ai pas la preuve, mais j'aime à penser que le vrai, l'authentique bois d'Astarté est ici. Ici, au milieu de ces arbres, on se livrait à des rites sacrés.

» — Des rites sacrés…, murmura Diana Ashley, l'œil rêveur. En quoi consistaient-ils, je me le demande ?

» — Pas très recommandables, je le crains, lança le capitaine Rogers avec un gros rire. Plus ou moins orgiaques, j'imagine.

» — Au centre de ce bois, il devait y avoir un temple, poursuivit Haydon sans tenir compte de l'interruption. Je ne peux pas me permettre un temple, mais je me suis offert une petite fantaisie personnelle.

» Nous venions de déboucher dans une petite clairière, au milieu de laquelle se trouvait quelque chose qui ressemblait à un pavillon de pierre. Diana Ashley jeta un regard interrogateur à Haydon.

» — Je l'ai baptisé le Sanctuaire de l'Idole. Le sanctuaire d'Astarté.

» Il nous y précéda. A l'intérieur, sur un socle d'ébène grossièrement équarri, reposait une curieuse statuette représentant une femme avec des cornes en forme de croissant, assise sur un lion.

» — L'Astarté des Phéniciens, dit Haydon, la déesse de la lune.

» — La déesse de la lune ! s'exclama Diane. Oh ! livrons-nous à une orgie de tous les diables ce soir. Déguisons-nous. Et venons ici au clair de lune célébrer les rites d'Astarté !

» Je fis un brusque mouvement, et Elliot Haydon, le cousin de Richard, se tourna vivement vers moi.

» — Tout cela ne vous plaît pas, n'est-ce pas, mon père ? dit-il.

» — Non, dis-je gravement. Pas du tout.

Il me regarda avec curiosité.

» — Mais ce ne sont que des âneries. Dick ignore si ce bois est vraiment sacré. C'est juste une lubie ; il aime jouer avec cette idée. De toute façon, s'il l'était…

» — S'il l'était ?

» — Eh bien, reprit-il avec un rire gêné… Vous ne croyez pas à ce genre d'histoires, non ? Vous, un pasteur !

» — Je ne suis pas sûr qu'en tant que pasteur il me soit interdit d'y croire.

» — Mais tout cela est fini depuis longtemps !

» — J'en suis moins certain que vous, répliquai-je sur un ton songeur. Je ne sais qu'une chose : je suis d'habitude peu sensible aux atmosphères, mais depuis que je suis entré dans ce bosquet, j'éprouve une curieuse impression, je me sens entouré par quelque chose de maléfique et de menaçant.

» Mal à l'aise, il jeta un coup d'œil par-dessus son épaule.

» — Oui, dit-il, c'est… plutôt bizarre. Je comprends ce que vous voulez dire, mais c'est sans doute un effet de notre imagination. Qu'en pensez-vous, Symonds ?

» Le docteur ne répondit pas tout de suite. Puis il dit doucement :

» — Tout ça ne me plaît pas. Je ne saurais dire pourquoi. Mais pour une raison ou pour une autre, tout ça ne me plaît pas.

» Violet Mannering s'approcha de moi tout à coup.

» — Je déteste cet endroit, s'écria-t-elle. Je le déteste ! Sortons d'ici.

» Nous rebroussâmes chemin, et les autres nous suivirent. Diana Ashley fut la seule à s'attarder.

Tournant la tête, je la vis devant le pavillon qui regardait la statuette avec gravité.

» La journée était exceptionnellement belle et chaude, et l'idée de se déguiser, suggérée par Diana Ashley, remporta tous les suffrages. Les préparatifs se firent comme d'habitude dans le secret et dans la frénésie, avec des rires et des chuchotements, et quand nous fîmes notre apparition au dîner, on poussa également les cris de joie habituels. Rogers et sa femme s'étaient déguisés en personnages du néolithique – ce qui expliquait le manque soudain de carpettes. Richard Haydon prétendait être un marin phénicien, son cousin un chef de brigands, Symonds un maître queux, lady Mannering une infirmière, et sa fille une esclave circassienne. Pour ma part, j'étais habillé, trop chaudement, en moine. Diana Ashley descendit la dernière, entortillée, à notre déception à tous, dans un domino noir informe.

» — L'Inconnue, lança-t-elle d'un ton léger. Voilà ce que je suis. Mais, pour l'amour du ciel, passons à table !

» Après le dîner, nous sortîmes. La nuit était belle, douce et chaude, et la lune se levait.

» Nous nous promenâmes, nous bavardâmes, le temps passa très vite. Une heure plus tard, environ, nous nous aperçûmes que Diana n'était plus avec nous.

» — Elle n'est sûrement pas montée se coucher ! fit Richard Haydon.

» Violet Mannering secoua la tête.

» — Oh non ! Je l'ai vue s'éloigner par là il y a moins d'un quart d'heure ! dit-elle en pointant le doigt sur le bosquet, qui projetait des ombres noires au clair de lune.

» — Je me demande ce qu'elle fabrique, dit Richard. Des bêtises, j'en jurerais. Allons voir !

» Tout le monde le suivit, curieux de savoir ce qu'il en était. Pour ma part, j'éprouvais un singulier manque d'enthousiasme à pénétrer dans cette ceinture d'arbres sombre et menaçante. Quelque chose de plus fort que moi me retenait, me pressait de n'en rien faire. J'étais de plus en plus convaincu que l'endroit était maléfique. Je crois que je n'étais pas le seul à éprouver cette impression, même si les autres répugnaient à l'admettre. Les arbres étaient si serrés que la lumière de la lune ne pouvait pas pénétrer. Et tout autour de nous, nous entendions des bruits divers, des soupirs et des chuchotements. L'impression était très étrange et, d'un commun accord, nous ne nous éloignions pas les uns des autres.

» Tout à coup, au milieu du bois, nous débouchâmes dans la clairière et nous nous arrêtâmes, cloués au sol. Car sur le seuil du Sanctuaire se dressait une silhouette miroitante, étroitement enveloppée d'un voile diaphane, avec deux cornes en forme de croissant émergeant de la masse sombre de ses cheveux.

» — Seigneur ! s'exclama Richard, dont le front se couvrit de sueur.

» Violet Mannering fut plus futée.

» — Mais c'est Diana ! s'écria-t-elle. Qu'est-ce qu'elle s'est fait ? Elle a l'air toute changée !

» La silhouette leva les mains. Elle avança d'un pas et psalmodia d'une voix haute et mélodieuse.

» — Je suis la Prêtresse d'Astarté. Attention à vous, car je tiens la mort entre mes mains.

» — Ne faites pas ça, ma chère, protesta lady Mannering. Vous nous donnez la chair de poule !

» Haydon bondit vers elle.

» — Mon Dieu, Diana ! s'écria-t-il. Vous êtes fantastique !

» Mes yeux s'étaient accoutumés à l'obscurité et je distinguais tout plus clairement. Comme l'avait dit Violet, Diana était vraiment très changée. Ses traits orientaux semblaient plus accusés, quelque chose de cruel brillait dans ses yeux encore plus obliques, et je ne lui avais jamais vu cet étrange sourire.

» — Attention ! lança-t-elle. N'approchez pas la Déesse. Quiconque posera la main sur moi signera son arrêt de mort.

» — Vous êtes merveilleuse, Diana ! s'exclama Haydon, mais ça suffit. Je ne sais pas pourquoi mais je… je n'aime pas ça.

» Comme il avançait vers elle, elle tendit le bras :

» — Stop ! cria-t-elle. Un pas de plus, et Astarté vous châtiera !

» En riant, Richard Haydon avança plus vite quand soudain il arriva quelque chose d'étrange. Il hésita un moment, parut trébucher et tomba de tout son long.

» Il ne se releva pas et resta où il était tombé, face contre terre.

» Tout à coup, Diana Ashley partit d'un rire hystérique. C'était un bruit étrange, horrible, qui rompit le silence de la clairière.

» Avec un juron, Elliot se rua en avant.

» — Je ne peux pas supporter ça ! cria-t-il. Lève-toi, Dick, lève-toi, vieux !

» Mais Richard Haydon était toujours couché par terre. Elliot Haydon le rejoignit, s'agenouilla près de lui et le retourna avec douceur. Il se pencha sur lui, examina son visage.

» Puis il bondit vivement sur ses pieds, vacillant.

» — Docteur ! dit-il. Docteur, pour l'amour de Dieu, venez… Je… je crois qu'il est mort.

» Symonds se précipita, tandis qu'Elliot revenait vers nous à pas lents. Il regardait ses mains d'une façon que je ne m'expliquais pas.

» A cet instant, Diana poussa un cri affolé.

» — Je l'ai tué, s'écria-t-elle. Oh, mon Dieu ! Je ne le voulais pas, mais je l'ai tué !

» Et elle s'effondra sur l'herbe, évanouie.

» Mrs Rogers poussa un cri.

» — Oh ! quittons cet horrible endroit, gémit-elle. Il peut nous arriver n'importe quoi ici ! Oh, c'est affreux !

» Elliot me prit par le bras.

» — C'est impossible, vieux, murmura-t-il. Je vous le dis, c'est impossible. On ne peut pas tuer un homme comme ça. C'est… c'est contre nature.

» Je m'efforçai de le calmer.

» — Il doit y avoir une explication, lui dis-je. Votre cousin avait peut-être le cœur fragile, sans le savoir. Sous l'effet du choc et de l'excitation…

» Il m'interrompit.

» — Mais le choc n'y est pour rien ! Dick a été poignardé, poignardé en plein cœur, et il n'y a pas d'arme !

» Je le dévisageai, incrédule. Symonds se relevait justement, après voir examiné le corps, et venait vers nous. Il était pâle et tremblait de tous ses membres.

» — Sommes-nous tous fous ? demanda-t-il. Qu'est-ce que c'est que cet endroit où des choses pareilles peuvent arriver ?

» — Alors, c'est vrai ? dis-je.

» Il hocha la tête.

» — La blessure a l'air d'avoir été faite par un poignard long et fin, seulement… il n'y a pas de poignard.

» Nous nous regardâmes.

» — Mais il doit y être ! s'écria Elliot Haydon. Il a dû tomber. Il doit être quelque part dans l'herbe… Allons voir !

» Nous examinâmes le sol en vain.

» — Diana avait quelque chose dans la main, dit soudain Violet Mannering. Une espèce de poignard. Je l'ai vu briller lorsqu'elle l'a menacé.

» Elliot secoua la tête.

» — Il n'a jamais été même à un mètre d'elle, objecta-t-il.

» Lady Mannering était penchée sur la jeune fille toujours prostrée sur le sol.

» — Elle n'a rien dans la main, et je ne vois rien par terre. Tu es certaine de l'avoir vu, Violet ? Moi je n'ai rien remarqué.

» Le Dr Symonds s'approcha.

— Il faut la ramener à la maison, déclara-t-il. Rogers, voulez-vous m'aider ?

» Nous transportâmes la jeune fille, toujours inconsciente, dans la maison. Puis nous retournâmes chercher le corps de sir Richard.

Le révérend Pender s'interrompit et regarda autour de lui.

— Nous n'aurions pas fait ça aujourd'hui, dit-il. Etant donné l'essor qu'a pris le roman policier, n'importe quel gamin sait qu'on doit laisser le corps là où on l'a trouvé. Mais en ce temps-là, nous l'ignorions et, en conséquence, nous ramenâmes le corps de Richard Haydon dans sa chambre, dans la maison de granit, et nous envoyâmes le majordome chercher la police à bicyclette. Une balade de quelque 18 km…

» Sur ces entrefaites, Elliot me prit à part.

» — Ecoutez, me dit-il. Je retourne dans la clairière. Il faut trouver cette arme.

» — Si arme il y a, dis-je, sceptique.

» Il m'empoigna par le bras et me secoua avec fureur.

» — Vous vous êtes mis ces absurdités dans la tête ! Vous pensez que sa mort relève du surnaturel. Eh bien, je retourne dans la clairière pour élucider la question !

» J'étais bizarrement hostile à ce qu'il y aille. Je fis de mon mieux pour l'en dissuader, mais en vain. Rien que l'idée de ces arbres plantés en cercles serrés me faisait déjà horreur, et j'avais la prémonition de désastres à venir. Mais Elliot avait la tête dure. A mon avis, il avait peur, lui aussi, mais se refusait à l'admettre. Il partit, bien décidé à tirer ce mystère au clair.

» Ce fut une nuit épouvantable, personne ne dormit, ni n'essaya même de dormir. La police arriva et se montra franchement incrédule. Ils manifestèrent le désir d'interroger miss Ashley, mais le Dr Symonds s'y opposa véhémentement. Après qu'elle était revenue de son évanouissement, il lui avait administré un puissant somnifère. On ne pouvait à aucun prix la déranger avant le lendemain.

» C'est seulement à 7 heures, le matin, que quelqu'un pensa à Elliot Haydon. Symonds se demanda tout à coup où il était. Je lui expliquai ce qu'il avait fait et le visage grave de Symonds devint encore plus grave.

» — J'aurais préféré qu'il n'y aille pas, dit-il. C'est… c'est très imprudent.

» — Vous ne craignez tout de même pas qu'il lui soit arrivé malheur ?

» — J'espère que non. A mon avis, révérend, nous ferions bien d'aller voir.

» Il avait raison bien sûr, mais je dus rassembler tout mon courage pour me donner la force de l'accompagner. Nous sortîmes ensemble et pénétrâmes une fois de plus dans ce bosquet maléfique. Nous appelâmes Elliot sans obtenir de réponse. Puis nous arrivâmes dans la clairière, dans la lumière pâle et fantomatique du matin. Symonds se cramponna à mon bras, et j'étouffai un cri. La veille, dans le clair de lune, le corps d'un homme gisait là, face contre terre. Maintenant, dans la lumière du matin, le même spectacle s'offrait à nos yeux. Elliot Haydon gisait à l'endroit exact où s'était trouvé son cousin.

» — Seigneur ! s'écria Symonds. Il l'a eu, lui aussi !

» Nous nous précipitâmes vers Elliot. Inconscient, il respirait encore faiblement et cette fois le doute n'était plus permis en ce qui concernait la cause de cette tragédie : un poignard de bronze, long et mince, était resté dans la blessure.

» — Il a été atteint à l'épaule, non au cœur. C'est une chance ! remarqua le docteur. Sur mon âme, je ne sais que penser ! Quoi qu'il en soit, puisqu'il n'a pas succombé, il va pouvoir nous dire ce qui lui est arrivé !

» Mais c'était justement là ce qu'il fut incapable de nous dire. Son récit fut extrêmement vague. Il avait vainement cherché le poignard, avait fini par renoncer et avait pris place près du Sanctuaire. A ce moment-là, il avait eu l'impression que quelqu'un l'observait. Il avait beau s'en défendre, il n'arrivait pas à se défaire de cette impression. Ensuite il raconta qu'un vent froid et étrange s'était mis à souffler. Il avait l'air de venir, non des arbres cette fois, mais de l'intérieur du Sanctuaire. Il s'était tourné pour regarder. Il avait aperçu la statuette de la déesse et il avait été le jouet d'une illusion d'optique. La statuette devenait de plus en plus grande. C'est alors qu'il avait eu soudain la sensation de recevoir un coup sur la tête qui l'avait fait basculer, et en tombant il avait ressenti une douleur aiguë dans l'épaule gauche.

» Cette fois, on identifia le poignard. C'était celui qui avait été exhumé du tumulus sur la colline et qui avait été acheté par Richard Haydon. Personne n'avait l'air de savoir où il s'était trouvé jusque-là, dans le sanctuaire ou dans la maison.

» La police était convaincue – et le sera toujours – qu'il avait été poignardé par miss Ashley, mais puisque nous étions tous d'accord pour témoigner qu'elle n'avait jamais été à moins d'un mètre de lui, elle ne pouvait pas étayer son accusation. Si bien que cette histoire a été, et est toujours un mystère.

Il y eut un silence.

— Je ne vois pas ce qu'on peut dire, laissa enfin tomber Joyce Lemprière. Tout cela est si horrible, si étrange… Et vous, avez-vous une explication, révérend Pender ?

— Oui, dit-il. J'ai une explication… tout au moins, une sorte d'explication. Plutôt bizarre et qui, à mes yeux, ne rend pas compte de certains faits.

— J'ai pris part à des séances de spiritisme, déclara Joyce, et vous pouvez dire ce que vous voudrez, il arrive des choses très étranges. J'imagine qu'on pourrait trouver une explication à cette histoire dans l'hypnotisme. La fille se serait vraiment prise pour la prêtresse d'Astarté et d'une façon ou d'une autre, l'aurait poignardé. Elle lui a peut-être lancé le poignard que miss Mannering avait vu briller dans sa main.

— C'était peut-être un javelot ? suggéra Raymond West. Après tout, on ne voit pas très bien au clair de lune... Elle pouvait avoir dans la main une espèce de lance et le poignarder à distance, et ensuite interviendrait un phénomène d'hypnose collective... Je veux dire que si vous vous attendiez tous à le voir frappé par une puissance surnaturelle, c'est ainsi que vous l'aurez vu.

— J'ai vu des tours extraordinaires réalisés au music-hall, avec des armes et des couteaux, remarqua sir Henry. J'imagine que quelqu'un aurait pu se cacher dans les arbres et, de là, jeter un couteau ou un poignard avec assez de précision – à supposer bien sûr que ce soit un professionnel. Je reconnais que cela paraît plutôt tiré par les cheveux, mais c'est la seule théorie qui me semble réalisable. Rappelez-vous que l'autre a eu l'impression d'être observé à partir des arbres. Quant au fait que miss Mannering ait été la seule à voir un poignard dans les mains de miss Ashley, cela ne m'étonne pas. Si vous aviez mon expérience, vous sauriez que cinq témoins du même événement donneront cinq témoignages à ce point différents que c'en est incroyable.

Mr Petherick toussota.

— Il semble que toutes ces théories négligent un point essentiel, remarqua-t-il. Où est passée l'arme ? Plantée comme elle était au milieu d'un espace ouvert, miss Ashley aurait difficilement pu se débarrasser d'un javelot. Si un meurtrier caché avait lancé un poignard, on aurait retrouvé ce poignard dans la blessure en retournant le corps. J'estime que nous devrions écarter toutes les théories tirées par les cheveux et nous en tenir aux simples faits.

— Et où ces simples faits nous conduisent-ils ?

— Eh bien, une chose semble claire. Puisqu'il n'y avait personne à côté de lui lorsqu'il a été poignardé, la seule personne qui a pu le poignarder, c'est lui-même. En vérité, c'est un suicide.

— Mais pourquoi diable se serait-il suicidé ? demanda Raymond West, incrédule.

L'homme de loi toussota de nouveau.

— Ah ! voilà de nouveau une question théorique. Pour l'instant, je ne m'intéresse pas aux théories. Si l'on exclut le surnaturel, auquel je ne crois pas une seconde, il me semble que cela n'a pas pu se passer autrement. Il s'est poignardé et, en tombant, son bras a été projeté de côté, arrachant le poignard à la blessure et l'expédiant au loin, dans la zone des arbres. C'est assez invraisemblable, mais c'est possible.

— Je n'aime pas dire que je suis sûre, fit miss Marple. Tout cela me laisse fort perplexe. Mais il arrive des choses vraiment très curieuses ! L'année dernière, au cours de la garden-party donnée par lady Sharpley, l'homme qui installait le jeu de l'horloge a trébuché sur un chiffre, et il est resté inconscient pendant cinq minutes.

— Oui, ma tante, convint aimablement Raymond, mais il n'a pas été poignardé, que je sache ?

— Bien sûr que non, mon cher Raymond. C'est ce que je vous dis. Bien sûr, ce pauvre sir Richard n'a pu être poignardé que d'une seule manière, mais pour commencer j'aimerais savoir ce qui l'a fait trébucher. Bien sûr, cela aurait pu être une racine. Il aurait pu être en train de regarder la jeune fille bien sûr, à la lumière de la lune, on trébuche.

— Vous disiez que sir Richard n'avait pu être poignardé que d'une seule façon, miss Marple ? dit le pasteur en la dévisageant d'un air intrigué.

— C'est très triste, et je n'aime pas y penser. Il était droitier, non ? Je veux dire que pour se poignarder l'épaule gauche, il faut forcément l'être. Le cas de ce pauvre Jack Baynes m'a toujours désolée. Pendant la guerre, il s'était tiré lui-même une balle dans le pied, après les terribles affrontements d'Arras. Il me l'a raconté quand je suis allée le voir à l'hôpital, et il en avait grand honte. Je ne pense pas que ce pauvre Elliot Haydon ait tiré grand avantage de son crime.

— Elliot Haydon ? s'écria Raymond. Vous croyez que c'est lui qui l'a fait ?

— Je ne vois pas qui d'autre aurait pu le faire, déclara miss Marple, en ouvrant de grands yeux étonnés. Je veux dire comme Mr Petherick l'a sagement fait remarquer, si on considère les faits et qu'on ne tient pas compte de toute cette atmosphère de déesses païennes, que je ne trouve pas très agréable. C'est lui qui est allé vers son cousin le premier, il l'a retourné, et bien sûr pour le faire il a fallu qu'il tourne le dos à tous les autres, et comme il était déguisé en chef de brigands, il portait sûrement une arme quelconque à la ceinture. Je me rappelle avoir dansé avec un homme déguisé en chef de brigands dans ma jeunesse. Il portait quatre ou cinq sortes de couteaux et de poignards à sa ceinture ; vous n'imaginez pas combien c'était gênant et inconfortable pour sa partenaire.

Tous les yeux se tournèrent vers le révérend Pender.

— J'ai appris la vérité cinq ans après cette tragédie, déclara-t-il. Sous forme d'une lettre que m'adressa Elliot Haydon. Il s'y déclarait persuadé que je l'avais toujours suspecté. Il disait qu'il avait succombé à une soudaine tentation. Il aimait lui aussi Diana Ashley, mais il n'était qu'un pauvre avocat. Richard disparu, ses titres et ses biens lui revenant, un brillant avenir s'ouvrait devant lui. Le poignard avait glissé de sa ceinture lorsqu'il s'était agenouillé à côté de Richard et presque sans avoir eu le temps de penser, il le lui avait plongé dans le corps et l'avait remis à sa ceinture. Plus tard, il s'était poignardé lui-même pour détourner les soupçons. Il m'avait écrit la veille de son départ en expédition pour le pôle Sud au cas, disait-il, où il ne reviendrait pas. Je pense d'ailleurs qu'il n'avait pas l'intention de revenir, et je sais que, comme vient de le dire miss Marple, son crime ne lui avait guère profité. « Depuis cinq ans, je vis un enfer, m'écrivait-il. J'espère au moins pouvoir expier mon crime par une mort honorable. »

Il y eut un silence.

— Il a effectivement trouvé une mort honorable, remarqua sir Henry. Vous avez changé les noms dans votre histoire, révérend Pender, mais je crois avoir reconnu l'homme dont vous parlez.

— Comme je vous le disais, conclut le vieil ecclésiastique, je ne pense pas que cette explication rend compte de tous les faits. Je persiste à croire que ce bosquet exerçait une influence maléfique, une influence qui a guidé les actes d'Elliot Haydon. Aujourd'hui encore, je ne puis songer sans frissonner au Sanctuaire d'Astarté.

3

Les lingots d'or

(Ingots of gold)

— J'ai peut-être tort de vouloir vous raconter cette histoire, déclara Raymond West, parce que je ne peux pas vous en donner la solution. Mais les faits sont si intéressants et si curieux que j'aimerais vous la proposer comme un problème à résoudre et peut-être qu'à nous tous, nous lui trouverons une conclusion logique ?

» Les événements remontent à deux ans, quand je suis allé passer les fêtes de Pentecôte chez un certain John Newman, en Cornouailles.

— En Cornouailles ? s'exclama Joyce Lemprière.

— Oui. Pourquoi ?

— Oh, pour rien ! Seulement c'est drôle. Mon histoire se passe aussi en Cornouailles, dans un petit village de pêcheurs, du nom de Rathole. Ne me dites pas que c'est le même !

— Non, mon village s'appelle Polperran. Il est situé sur la côte occidentale. C'est un endroit rocheux et sauvage. J'avais fait la connaissance de Newman quelques semaines auparavant et j'avais trouvé en lui un compagnon très intéressant.

Intelligent et non dépourvu de moyens, il était doué d'une imagination très romanesque. La location de *Pol House* était le résultat de sa dernière passion. Il faisait autorité pour l'époque élisabéthaine, et il m'avait décrit, dans un langage aussi vivant qu'imagé, la défaite de l'Armada espagnole. Il en parlait avec une telle chaleur qu'on aurait pu croire qu'il en avait été le témoin. La réincarnation existe-t-elle ? Je… me le demande… Je me le demande vraiment.

— Tu es si romanesque, mon cher Raymond, dit miss Marple, en le regardant avec bienveillance.

— Je suis tout sauf romanesque, répliqua Raymond West, légèrement agacé. Mais ce bon Newman était si plein de son sujet qu'il m'intéressait à cause de ça, comme une bizarre survivance du passé. Il se trouve qu'un bateau appartenant à l'Armada, dont on savait qu'il transportait une grande partie du trésor espagnol sous forme d'or, avait fait naufrage sur les côtes de Cornouailles, sur les célèbres et dangereux Rochers du Serpent. Pendant quelques années, me dit Newman, on avait tenté de renflouer le navire et de retrouver le trésor. Il existe beaucoup d'histoires de ce genre, mais le nombre des trésors mythiques transportés par des bateaux dépasse de très loin celui des trésors authentiques. On avait même constitué une société, mais elle avait fait faillite et Newman avait pu racheter les droits de la chose, ou Dieu sait comment vous appelez ça, pour une bouchée de pain. Il était très enthousiaste. D'après lui, c'était une simple question de techniques scientifiques ultra-modernes. L'or était là et il ne doutait pas qu'on puisse le retrouver.

» Tout en l'écoutant, je me disais que les choses se passent souvent ainsi. Un homme riche comme Newman réussit presque sans effort alors que, selon toutes probabilités, la valeur monétaire de la découverte signifierait très peu pour lui. Je dois dire que je fus gagné par son enthousiasme. Je voyais des galions rabattus vers les côtes, poussés par la tempête, s'échouant, se brisant sur les rochers. Le mot « galion » avait à lui seul une résonance romantique. « L'or espagnol » est un accouplement de mots qui remue aussi bien l'écolier que l'adulte. En outre, je travaillais alors à un roman dont certaines scènes se passaient au XVIe siècle, et j'avais la perspective de tirer de mon hôte de l'authentique couleur locale.

» Je partis le vendredi matin de Paddington, de fort bonne humeur. Il n'y avait qu'une seule personne dans le compartiment, dans le coin opposé au mien, un homme de grande taille, à l'allure militaire. Je ne pouvais pas me défaire de l'impression de l'avoir déjà vu quelque part. Je me creusai longtemps la cervelle en vain. Enfin, ça me revint. C'était l'inspecteur Badgworth que j'avais rencontré à propos de ma série d'articles dans l'affaire de la disparition d'Everson.

» Je me rappelai à son souvenir, et nous nous mîmes à deviser agréablement. Quand je lui dis que je me rendais à Polperran, il me fit remarquer que c'était une drôle de coïncidence car il s'y rendait également. Ne voulant pas paraître indiscret, je ne lui demandai pas ce qu'il allait y faire. En revanche je lui parlai de ce qui m'attirait là-bas, et mentionnai le galion espagnol naufragé. A ma vive surprise, l'inspecteur n'en ignorait rien.

» — Il doit s'agir du *Juan Fernandez,* me dit-il. Votre ami ne sera pas le premier à engloutir de l'argent en essayant d'en tirer de l'or. C'est une idée chimérique.

» — Toute cette histoire n'est sans doute qu'un mythe, répliquai-je. Peut-être qu'aucun navire n'a jamais fait naufrage là-bas.

» — Oh ! ce navire a bien sombré là-bas, et beaucoup d'autres encore, rétorqua l'inspecteur. Vous seriez étonné d'apprendre combien de naufrages il y a eu sur ces côtes. En fait, c'est ce qui m'amène maintenant. C'est là que *l'Otrante* a coulé il y a six mois.

» — Je me rappelle avoir lu ça dans les journaux, dis-je. Il n'y avait pas eu de pertes humaines, je crois ?

» — Non, mais quelque chose d'autre a été perdu. La plupart des gens l'ignorent, mais *l'Otrante* transportait de l'or en barres.

» — Ah ? dis-je, très intéressé.

» — Nous avons mis évidemment des équipes de sauvetage à l'œuvre, mais… *l'or avait disparu, Mr West.*

» — Disparu ? m'écriai-je. Comment peut-il avoir disparu ?

» — C'est toute la question, répondit l'inspecteur. Les rochers avaient creusé un grand trou dans la chambre forte. Il a été facile d'y pénétrer par là, mais les plongeurs l'ont trouvée vide. Toute l'histoire se résume ainsi : l'or a-t-il été volé avant ou après le naufrage ? A-t-il jamais été entreposé dans la chambre forte ?

» — Curieuse affaire, fis-je.

» — Très curieuse, en effet, si l'on songe à ce que représentent des lingots d'or. Il ne s'agit pas d'une rivière de diamants, qu'on peut glisser dans sa poche. Quand on sait à quel point c'est lourd et encombrant, ma foi, cela paraît absolument impossible. Il peut y avoir eu un tour de passe-passe avant que le bateau ne prenne la mer. Mais si ce n'est pas le cas, ils ont été enlevés au cours des six derniers mois. C'est pour éclaircir cette histoire que je vais là-bas.

» Newman m'attendait à la gare. Il regrettait de n'avoir pas sa voiture, qui se trouvait en réparation à Truro. Il était venu me chercher avec la fourgonnette de la ferme.

» Je grimpai à côté de lui, et nous traversâmes prudemment les rues étroites du village de pêcheurs. Après avoir grimpé une pente abrupte, avec une inclinaison, je dirais, de 5 %, puis emprunté sur une courte distance une route en lacets, nous franchîmes les piliers de granit flanquant l'entrée de *Pol House*.

» L'endroit était charmant. Il était situé sur les falaises, avec une belle vue sur la mer. Une aile moderne avait été ajoutée au corps du bâtiment qui datait de trois ou quatre siècles. Derrière, trois ou quatre hectares de terres cultivables.

» — Bienvenue à Pol House, à l'enseigne du *Galion d'Or*, me déclara Newman, en me montrant du doigt, au-dessus de la porte, la reproduction parfaite d'un galion espagnol, toutes voiles dehors.

» La première soirée fut aussi plaisante qu'instructive. Mon hôte me montra de vieux manuscrits relatifs au *Juan Fernandez*. Il déroula des cartes pour moi, m'indiqua sa position avec des pointillés, et déploya des plans d'appareils de plongée qui, je dois l'avouer, me parurent absolument stupéfiants.

» Je lui racontai ma rencontre avec l'inspecteur Badgworth, ce qui l'intéressa vivement.

» — La côte est peuplée de drôles de gens, dit-il, songeur. Ils ont la contrebande dans le sang. Quand un bateau s'échoue sur ces rochers, ils ne peuvent pas s'empêcher de le considérer comme un objet de pillage qui leur est légalement destiné. Il y a quelqu'un ici que j'aimerais que vous voyiez. C'est une véritable survivance du passé.

» Le lendemain matin, il faisait un temps splendide. Newman m'emmena à Polperran et me présenta son scaphandrier, un certain Higgins. C'était un homme au visage de bois, très taciturne, qui ne s'exprimait que par monosyllabes. Ils discutèrent tous les deux de problèmes purement techniques, après quoi nous allâmes aux *Trois Ancres*. Une chope de bière délia en quelque façon la langue de ce remarquable individu.

» — Un policier a débarqué de Londres, grommela-t-il. Ils disent que ce bateau qui a coulé en novembre transportait un sacré tas d'or. Eh bien, c'est pas le premier qui s'échoue ici, et ce sera pas le dernier.

» — Sûr, sûr, dit le patron des *Trois Ancres,* faisant chorus.

» — C'est bien vrai ce que tu dis, Bill Higgins.

» — Je pense bien, Mr Kelvin ! repartit Higgins.

» Je dévisageai avec curiosité le patron. C'était un type peu ordinaire, brun et basané, aux larges épaules. Ses yeux étaient injectés de sang et il avait une façon étrangement furtive d'éviter votre regard. Je le soupçonnais d'être celui dont m'avait parlé Newman, la véritable survivance du passé.

» — Sur la côte, on n'aime pas que des étrangers viennent se mêler de nos affaires, lança-t-il avec une certaine agressivité.

» — Comme la police ? demanda Newman, en souriant.

» — Comme la police… et comme *d'autres,* rétorqua Kelvin d'un air entendu. N'allez pas l'oublier, monsieur.

» — Et vous savez, Newman, à mon avis ça sonnait comme une menace, dis-je tandis que nous grimpions la colline pour rentrer.

» Mon ami se mit à rire.

» — Ridicule ! Je ne fais de mal à personne, ici.

Je secouai la tête, sceptique. Ce Kelvin avait quelque chose de sinistre et de grossier. J'avais le sentiment que son esprit devait emprunter des voies étranges et inconnues. C'est à compter de ce jour que je me suis senti inquiet. J'avais bien dormi la première nuit, mais la nuit suivante mon sommeil fut très agité. Le dimanche matin se leva sur un ciel sombre et couvert, un orage menaçait. Je n'ai jamais su dissimuler mes états d'âme et Newman remarqua le changement qui s'était produit en moi.

» — Qu'est-ce qui ne va pas, West ? Vous me semblez un paquet de nerfs, ce matin.

» — Je ne sais pas, dis-je, mais j'ai d'horribles pressentiments.

» — C'est à cause du temps !

» — Oui, peut-être.

» Je n'en dis pas plus. L'après-midi, nous sortîmes dans le canot à moteur de Newman, mais la pluie s'abattit avec une telle violence que nous fûmes heureux de mettre pied à terre et d'enfiler des vêtements secs.

» Dans la soirée, mon malaise ne fit que croître. Dehors, la tempête hurlait, rugissait. Vers 10 heures, elle se calma. Newman jeta un coup d'œil par la fenêtre.

» — Le ciel s'éclaircit, déclara-t-il. Je ne serais pas étonné qu'on ait une belle nuit d'ici une demi-heure. Si c'est le cas, j'irai faire un petit tour.

» Je bâillai.

» — J'ai terriblement sommeil, dis-je. Je n'ai pas beaucoup dormi la nuit dernière. Je crois que je ne vais pas tarder à aller me coucher.

» Ce que je fis. J'avais très peu dormi la veille. Cette nuit-là je dormis lourdement. Mais pas paisiblement pour autant. J'étais encore oppressé par un affreux pressentiment ; je fis d'épouvantables rêves. Je voyais de terrifiants abîmes et d'immenses précipices parmi lesquels j'errais, sachant qu'un faux pas signifiait la mort. Les aiguilles de ma montre indiquaient 8 heures lorsque j'ouvris les yeux. J'avais très mal à la tête et j'étais encore sous l'impression de terreur que m'avaient causée mes rêves de la nuit.

» Cette impression était encore si vive que quand j'ouvris la fenêtre, je reculai en sursautant, de nouveau saisi de terreur. Car la première chose que j'avais vue – ou que j'avais cru voir – c'était un homme creusant une tombe. Il me fallut quelques minutes pour me remettre. Puis je compris que le fossoyeur était le jardinier de Newman, et que la « tombe » était destinée à trois rosiers, qui reposaient pour l'heure sur la pelouse, attendant le moment propice pour être plantés.

» Le jardinier leva la tête, me vit et porta la main à son chapeau.

» — Bonjour, monsieur. Belle matinée, monsieur.

» — Sans doute, dis-je sans conviction, n'ayant pas encore réussi à retrouver mon calme.

» Quoi qu'il en soit, comme venait de le dire le jardinier, la matinée était belle. Le soleil brillait et le ciel était d'un bleu pâle qui laissait espérer du beau temps pour la journée. Je descendis prendre mon petit déjeuner en sifflotant. Newman n'avait pas de domestiques vivant dans la maison. Deux sœurs d'âge mûr venaient chaque jour de la ferme voisine satisfaire ses modestes besoins. L'une d'elles posait justement la cafetière sur la table quand je pénétrai dans la salle à manger.

» — Bonjour, Elisabeth. Mr Newman n'est pas encore descendu ?

» — Il a dû sortir de bonne heure, monsieur, me répondit-elle. Il n'était pas dans la maison quand nous sommes arrivées.

» Mon angoisse se réveilla aussitôt. La veille et l'avant-veille, Newman était descendu déjeuner assez tard, et je ne l'imaginais pas se levant à l'aube. Mû par mes pressentiments, je grimpai jusqu'à sa chambre. Elle était vide et, de plus, son lit n'avait pas été défait. En examinant rapidement la pièce, je découvris encore autre chose. Si Newman était allé se promener, il était sorti dans le costume qu'il portait au dîner car celui-ci n'y était pas. J'étais sûr, maintenant que mes pressentiments étaient justifiés. Newman avait dû sortir se promener comme il me l'avait annoncé. Pour une raison ou une autre, il n'était pas rentré. Pourquoi ? Avait-il eu un accident ? Etait-il tombé de la falaise ? Il fallait organiser tout de suite des recherches.

» En l'espace de quelques heures, je rassemblai un bon nombre de volontaires, et nous partîmes en chasse dans toutes les directions, le long de la falaise et en bas, sur les rochers. Mais il n'y avait pas trace de Newman.

» A la fin, désespéré, j'allai voir l'inspecteur Badgworth. Son visage devint très grave.

» — Il y a quelque chose de louche dans tout ça, dit-il. Il y a quelques individus, par ici, que les scrupules n'étouffent pas. Avez-vous déjà rencontré Kelvin, le patron des *Trois Ancres* ?

» J'opinai du bonnet.

» — Savez-vous qu'il a fait un petit tour en prison, il y a quatre ans ? Agression et voies de fait.

» — Ça ne m'étonne pas, dis-je.

» — On a l'air de penser ici que votre ami a tendance à fourrer son nez dans des affaires qui ne le regardent pas. J'espère qu'il ne lui est rien arrivé de grave.

» On poursuivit les recherches avec une ardeur redoublée. C'est en fin d'après-midi seulement que nos efforts furent récompensés. Nous découvrîmes Newman dans un fossé profond, dans un coin de sa propriété. Il avait les pieds et les mains soigneusement liés, et un mouchoir enfoncé dans la bouche pour l'empêcher de crier.

» Il souffrait beaucoup et était terriblement épuisé. Mais après quelques frictions des poignets et des chevilles et une bonne rasade de whisky, il fut capable de nous expliquer ce qui s'était passé.

» Le temps s'étant dégagé, il était sorti se promener vers 11 heures. Il avait longé les falaises jusqu'au lieu-dit la Caverne des Contrebandiers, en raison des nombreuses grottes qui s'y trouvent. Ayant aperçu des hommes occupés à décharger un petit bateau, il était descendu pour voir de plus près de quoi il s'agissait. La marchandise, quelle qu'elle soit, paraissait très lourde et on la transportait dans une des grottes les plus éloignées.

» Sans soupçonner quoi que soit de louche, Newman fut néanmoins intrigué. Il s'était approché très près sans se faire remarquer. Soudain il entendit un cri d'alarme. Aussitôt deux marins taillés en force fonçaient sur lui et il perdit conscience. Lorsqu'il reprit connaissance, il était couché dans il ne savait quel véhicule à moteur qui, autant qu'il pouvait en juger, grimpait, avec beaucoup de sauts et soubresauts, le chemin de la côte du village. A sa grande surprise, le véhicule pénétra dans sa propriété. Là, après avoir chuchoté entre eux, les hommes le tirèrent du camion et le jetèrent dans un fossé assez profond pour qu'il ne puisse pas être découvert avant un certain temps. Puis le camion repartit et sortit, pensait-il, par une autre porte, située cinq cents mètres plus près du village. Tout ce qu'il put dire de ses agresseurs fut que c'étaient certainement des marins et qu'ils parlaient avec l'accent de Cornouailles.

» L'inspecteur Badgworth fut très intéressé.

» — C'est sûrement là qu'avait été caché le butin ! s'exclama-t-il. Il aura été sauvé du naufrage d'une manière quelconque et entreposé dans une grotte écartée. Tout le monde sait qu'après avoir fouillé toutes les grottes de la Caverne des Contrebandiers, nous allions poursuivre nos recherches plus loin. Ils ont dû déplacer la marchandise pendant la nuit et l'entreposer dans une grotte que nous avons déjà fouillée et qui, par conséquent, a peu de chance d'être fouillée de nouveau. Malheureusement, ils ont eu au moins dix-huit heures pour disposer de la marchandise. S'ils ont mis la main sur Mr Newman la nuit dernière, nous ne trouverons sans doute plus rien maintenant.

» L'inspecteur se dépêcha d'aller relancer les recherches. On découvrit que le butin semblait effectivement avoir été entreposé là, mais on l'avait de nouveau changé de place et rien n'indiquait où on avait pu l'emmener.

« On releva cependant un indice dont l'inspecteur me fit part le lendemain matin.

» — Rares sont les véhicules qui empruntent ce chemin, me dit-il, et à plusieurs endroits nous avons relevé des traces de pneus très nettes. L'un d'eux a laissé des marques triangulaires qu'on ne peut confondre avec aucune autre. Certaines de ces empreintes se dirigent vers la maison, d'autres vers l'autre porte, ce qui prouve qu'il s'agit bien du véhicule que nous recherchons. Maintenant, pourquoi sont-ils sortis par cette porte éloignée ? Il me paraît clair qu'il s'agit d'un camion du village. Et au village, ils ne sont pas nombreux à posséder un camion – deux ou trois au plus. Kelvin, le propriétaire des *Trois Ancres* en a un.

» — Quel a été le premier métier de Kelvin ? demanda Newman.

» — Curieux que vous posiez cette question, Mr Newman. Dans son jeune temps, Kelvin a été plongeur professionnel.

» J'échangeai un regard avec Newman. Les différentes pièces du puzzle semblaient se mettre en place.

» — Kelvin n'était pas parmi les hommes de la plage ? demanda l'inspecteur.

» Newman secoua la tête.

» — Je crains de ne pouvoir vous être d'aucun secours à ce sujet, déclara-t-il à regret. Je n'ai pas eu le temps de voir quoi que ce soit.

» L'inspecteur eut l'amabilité de me permettre de l'accompagner aux *Trois Ancres*. Le garage se trouvait dans une rue adjacente. La grande porte était fermée, mais en remontant l'allée qui le longeait, nous découvrîmes une petite porte qui y conduisait. Celle-ci était ouverte. Une rapide inspection des pneus fut suffisante.

» — Nom de Dieu, nous le tenons ! s'exclama l'inspecteur. Voilà le dessin, plus vrai que nature, sur la roue arrière gauche ! Eh bien, Mr Kelvin, je ne pense pas que vous serez assez malin pour vous tirer de là !

Raymon West s'arrêta.

— Et alors ? dit Joyce. Jusque-là, je ne vois pas le problème, à moins qu'ils n'aient jamais retrouvé l'or.

— En effet. Ils n'ont jamais retrouvé l'or, répondit Raymond. Et ils n'ont jamais eu Kelvin non plus. J'imagine qu'il était trop malin pour eux, mais je ne vois pas très bien comment il s'y est pris. Il fut arrêté, au vu de la trace de pneu. Mais il se produisit quelque chose d'extraordinaire. Juste en face du garage, il y avait un cottage loué pour l'été par une femme peintre.

— Oh, ces femmes peintres ! s'exclama Joyce en riant.

— Comme vous dites « oh ! ces femmes peintres ! ». Celle-ci, en particulier, avait été malade pendant plusieurs semaines et, en conséquence, avait deux infirmières pour s'occuper d'elle. L'infirmière de nuit avait installé son fauteuil près de la fenêtre dont le store était relevé. Elle déclara que le camion n'aurait pas pu sortir du garage sans qu'elle le voie, et elle jura qu'en fait il n'avait pas quitté le garage cette nuit-là.

— Je ne pense pas que cela soit très difficile à comprendre, dit Joyce. L'infirmière s'est endormie, bien sûr. Elles s'endorment toujours.

— Cela… euh… on sait que c'est déjà arrivé, dit Mr Petherick avec diplomatie, mais il me semble que nous acceptons les faits sans les examiner suffisamment. Avant d'accepter le témoignage de cette infirmière, il faudrait examiner de plus près sa bonne foi. Un alibi fourni avec un empressement aussi suspect ne peut que semer le doute dans les esprits.

— Il y a aussi le témoignage de la femme peintre, dit Raymond West. Elle a déclaré qu'étant souffrante elle était restée éveillée presque toute la nuit, qu'elle aurait certainement entendu un camion, étant donné que ce n'était pas un bruit habituel et que la nuit avait été justement très calme après l'orage.

— Hum, fit le pasteur, c'est certainement un argument supplémentaire… Et Kelvin, il avait un alibi ?

— Il a déclaré qu'il était chez lui et couché depuis 10 heures du soir, mais qu'il n'avait aucun témoin en mesure de confirmer sa déclaration.

— L'infirmière s'est endormie, dit Joyce, et la malade aussi. Les gens pensent toujours qu'ils n'ont pas fermé l'œil de la nuit.

Raymond jeta un regard interrogateur au révérend Pender.

— Vous savez, ce Kelvin me fait pitié. C'est typique. Quand on veut abattre son chien, on l'accuse de la rage. Kelvin a fait de la prison. Mais à part cette trace de pneu, évidemment trop particulière pour n'être qu'une coïncidence, il n'y avait pas grand-chose à lui reprocher, sinon son passé.

— Votre sentiment, sir Henry ?

Celui-ci secoua la tête.

— Il se trouve que je connais un peu cette affaire, dit-il en souriant. Je ne peux donc pas parler.

— Bon, alors, tante Jane. Avez-vous quelque chose à dire ?

— Un instant, mon cher Raymond, déclara miss Marple. Je crains de m'être trompée. Deux mailles à l'envers, trois mailles à l'endroit, une maille sautée, deux mailles à l'envers… voilà, c'est juste. Tu disais ?

— Quelle est votre opinion ?

— Mon opinion risque fort de te déplaire, mon cher. J'ai remarqué qu'elle déplaît toujours aux jeunes. Je ferais mieux de ne rien dire.

— C'est ridicule, tante Jane ! Allez-y !

— Eh bien, mon cher Raymond, dit miss Marple en posant son tricot et en le regardant fixement. J'estime que tu devrais choisir tes amis avec plus de discernement. Tu es si crédule, mon petit, si facile à berner… peut-être parce que tu es écrivain et que tu as trop d'imagination. Cette histoire de galion espagnol ! Si tu avais été plus âgé et si tu avais eu plus d'expérience de la vie, tu te serais méfié immédiatement… Un homme que tu ne connaissais que depuis quelques semaines, par-dessus le marché !

Sir Henry éclata d'un rire tonitruant et se tapa sur la cuisse.

— Cette fois, Raymond, elle vous a eu ! s'écria-t-il. Miss Marple, vous êtes merveilleuse. Votre ami Newman, mon garçon, a un autre nom, — plusieurs autres noms, en fait. A l'heure actuelle, il ne se trouve pas en Cornouailles, mais dans le Devonshire, à Dartmoor, pour être exact, détenu à la prison de Princetown. Nous ne l'avons pas arrêté pour cette histoire de lingots d'or, mais pour le pillage de la chambre forte d'une banque londonienne. En fouillant son passé, nous avons retrouvé une bonne partie de l'or volé, enterrée dans le parc de *Pol House*. Ce n'était pas une mauvaise idée. Tout le long de la côte il court des histoires de bateaux échoués pleins d'or. Cela justifiait le plongeur, et cela aurait justifié plus tard l'existence de l'or. Mais il lui fallait un bouc émissaire, et Kelvin était le sujet idéal. Newman joua à merveille sa petite comédie. Notre ami Raymond, étant un écrivain connu, faisait un témoin inattaquable.

— Mais l'empreinte de pneu ? objecta Joyce.

— Oh ! J'ai compris ça tout de suite, ma chère enfant, bien que je ne connaisse rien aux moteurs ! On peut changer les roues, vous savez – j'ai souvent vu des gens faire ça – et bien sûr ils pouvaient enlever une roue du camion de Kelvin, la sortir par la petite porte dans l'allée, la mettre sur le camion de Newman, amener le camion jusqu'à la plage par la porte principale, le charger d'or et remonter par l'autre porte. Après, ils ont dû rapporter la roue, la remettre sur le camion de Kelvin, tandis que quelqu'un d'autre, je suppose, ligotait Mr Newman dans le fossé. C'était très inconfortable et il y est sans doute resté plus longtemps que prévu. J'imagine que c'est le soi-disant jardinier qui s'est occupé de cette partie de l'affaire.

— Pourquoi dites-vous le « soi-disant jardinier », tante Jane ? demanda Raymond, intrigué.

— Eh bien, ce ne pouvait pas être un vrai jardinier, non ? répondit miss Marple. Les jardiniers ne travaillent pas le lundi de Pentecôte. Tout le monde sait ça.

Avec un sourire, elle replia son tricot.

— En vérité, c'est ce petit détail qui m'a mis sur la bonne voie, dit-elle en regardant son neveu. Quand tu seras propriétaire et que tu auras ton propre jardin, tu n'ignoreras plus ces petites choses-là.

4

LE SEUIL ENSANGLANTÉ
(The Bloodstrained Pavement)

— C'est étrange, commença Joyce Lemprière, mais cela ne me plaît pas beaucoup de vous raconter mon histoire. C'est arrivé il y a longtemps – il y a cinq ans pour être exacte – mais cela n'a pas cessé de me hanter depuis. Sous un aspect superficiel, souriant et brillant, il se cache quelque chose d'épouvantable. Et le plus étrange, c'est que l'esquisse que j'ai peinte à l'époque est comme imprégnée de cette atmosphère. Au premier regard, c'est le simple croquis d'une rue escarpée de Cornouailles inondée de soleil. Mais si l'on s'y attarde, quelque chose de sinistre s'en dégage. Je ne l'ai jamais vendue, mais je ne la regarde jamais. Elle est encore dans un coin de mon atelier, tournée vers le mur.

» L'endroit en question s'appelle Rathole. C'est un drôle de petit village de pêcheurs très pittoresque, trop pittoresque peut-être. Plein de boutiques avec des jeunes filles en sarrau, coiffées à la Jeanne d'Arc, occupées à faire des enluminures. C'est charmant, c'est original, mais très conscient de l'être.

— J'en sais quelque chose, grommela Raymond West. Maudits autocars ! Si étroits que soient les chemins qui y conduisent, aucun village pittoresque ne leur échappe.

Joyce hocha la tête.

— Les chemins qui mènent à Rathole sont en effet très étroits et aussi à pic que les murs d'une maison. Enfin, pour en revenir à mon histoire, j'étais allée passer quinze jours en Cornouailles pour y faire des croquis. Il y a une vieille auberge à Rathole : *Aux Armes de Polharwith*. On prétend que c'est la seule maison qui aurait résisté aux bombardements des Espagnols en mille cinq cent et quelques.

— Pas aux bombardements, dit Raymond West en fronçant les sourcils. Tâchez d'avoir une vue plus juste de l'histoire, Joyce.

— Quoi qu'il en soit, ils ont débarqué des canons, quelque part le long de la côte, ont mis le feu et les maisons sont dégringolées. L'auberge était un endroit merveilleux, avec une espèce de vieux porche construit sur quatre piliers. J'avais trouvé un excellent point de vue et je m'installais pour travailler quand une voiture descendit la route en lacets de la colline. Bien entendu, il fallut qu'elle s'arrête juste devant l'auberge, à l'endroit le plus gênant pour moi. Il en sortit deux personnes, un homme et une femme. Je ne fis pas particulièrement attention à eux. Elle portait une espèce de robe de toile mauve et un chapeau mauve.

» L'homme ressortit de l'auberge et, à mon grand soulagement, alla garer sa voiture un peu plus bas, sur le quai. Puis il repassa devant moi pour rentrer à l'auberge. Juste à ce moment-là, une autre horrible voiture arriva, conduite par une femme vêtue d'une robe en chintz, le plus tape-à-l'œil que j'aie jamais vu, imprimé de fleurs écarlates je crois, et qui portait un chapeau de paille indigène – cubain, c'est ça ? – rouge vif.

» Cette femme n'arrêta pas sa voiture devant l'auberge, mais plus bas, sur le quai, derrière l'autre. Elle en descendit et l'homme, en la voyant, poussa un cri de surprise.

» — Carol ! Par tous les saints du paradis ! Se retrouver dans ce trou perdu ! Cela fait des années que je ne vous ai pas vue ! Hello, Margery !… c'est ma femme, vous savez. Il faut absolument que vous fassiez connaissance.

» Ils remontèrent la rue côte à côte, tandis que l'autre femme sortait de l'auberge pour venir à leur rencontre. Je n'avais fait qu'entrevoir la dénommée Carol lorsqu'elle était passée devant moi. Assez pour remarquer un menton poudré de blanc et une bouche flamboyante, et je me demandai – c'était une simple question – si Margery serait tellement enchantée de la voir. Je n'avais pas vu Margery de près, de loin, elle m'avait paru plutôt mal fagotée et extrêmement guindée.

» Evidemment, tout cela ne me regardait pas, mais on remarque parfois des choses bizarres et on ne peut s'empêcher de se faire des idées. D'où j'étais, seules me parvenaient des bribes de leur conversation. Ils envisageaient d'aller se baigner. L'homme, qui semblait se prénommer Denis, voulait louer une barque pour longer la côte. Il y avait une grotte qui valait la peine d'être vue à environ un mille de là. Carol voulait bien voir la grotte mais elle proposa de marcher le long des falaises et de l'aborder par la terre. Elle détestait les bateaux. A la fin, ils décidèrent que Carol prendrait le chemin de la falaise et les rejoindrait à la grotte, tandis que Denis et Margery rameraient jusque-là.

» En les entendant parler de baignade, l'envie me vint de me baigner moi aussi. La matinée était chaude et mon travail n'était pas fameux. En outre, je pensais que la lumière de l'après-midi serait beaucoup plus belle. Je ramassai mes affaires et me rendis sur une petite plage que je connaissais – une découverte que j'avais faite, juste à l'opposé de la grotte. Je pris un bain sensationnel, déjeunai de langue en boîte et de deux tomates, et rentrai l'après-midi, pleine de confiance et d'enthousiasme pour mon travail.

» Tout Rathole semblait endormi. J'avais eu raison à propos de la lumière, les ombres étaient maintenant beaucoup plus expressives. L'auberge des *Armes de Polharwith,* était le centre de mon dessin. Un rayon de soleil tombait obliquement et touchait le sol devant elle, produisant le plus curieux effet. Les baigneurs devaient être rentrés sains et saufs car deux maillots, l'un bleu foncé et l'autre écarlate, séchaient au soleil sur le balcon.

» Je me penchai un instant sur mon dessin pour corriger quelque chose qui n'allait pas. Dans un coin, quand je relevai la tête, un personnage, surgi comme par magie, était adossé à un pilier des

Armes de Polharwith. A en juger par sa tenue, c'était sans doute un pêcheur. Mais il portait une longue barbe noire, et on ne pouvait pas rêver mieux si on cherchait un modèle de méchant capitaine espagnol. Je me mis à l'œuvre avec une hâte fébrile, craignant qu'il ne s'en aille, bien qu'à son air on eût pu croire qu'il était appuyé à ce pilier pour l'éternité.

» Il finit par bouger, mais par bonheur, j'avais eu ce que je voulais. Il vint vers moi et se mit à parler. Oh ! Pour parler il parlait !

— Rathole, me dit-il, est un endroit très intéressant.

» Cela, je le savais déjà mais j'eus beau le lui dire, je ne fus pas sauvée pour autant. J'eus droit à toute l'histoire du bombardement – je veux dire de la destruction – du village, dont le propriétaire des *Armes de Polharwith* avait été le dernier à périr : transpercé sur son propre seuil par la rapière d'un capitaine espagnol. Son sang avait jailli jusque sur le trottoir qui était resté taché pendant cent ans.

» Tout cela était en harmonie avec l'atmosphère langoureuse et somnolente de l'après-midi. L'homme avait une voix doucereuse avec, malgré tout, quelque chose d'assez effrayant sous-jacent. Il avait des manières obséquieuses et, pourtant, je sentais percer la cruauté. Il me fit comprendre, comme jamais auparavant, l'Inquisition et les atrocités commises par les Espagnols.

» Tandis qu'il me parlait, j'avais continué de peindre et je m'aperçus soudain que, prise par son récit, j'avais peint quelque chose qui n'existait pas. Sur les dalles blanches où tombait le soleil, devant les *Armes de Polharwith*, j'avais représenté des taches de sang. Il me sembla inouï que l'esprit puisse jouer des tours aussi extraordinaires à la main, mais en regardant encore une fois l'auberge, j'éprouvai un nouveau choc. Ma main n'avait fait que peindre ce que mon œil voyait – des taches de sang sur les dalles blanches.

» Je les fixai un moment. Puis je fermai les yeux en me disant : ne sois pas stupide, en fait, il n'y a rien du tout. Mais quand je les rouvris, les taches de sang étaient toujours là. Je me sentis soudain incapable de le supporter. J'interrompis le flot de paroles de mon pêcheur.

» — Dites-moi, ma vue n'est pas très bonne. Ces taches de sang, on les voit encore sur le trottoir ?

» Il me regarda gentiment, avec indulgence :

» — Pas de taches de sang aujourd'hui, madame. Ce que je vous raconte s'est passé il y a cinq cents ans.

» — Oui, dis-je, mais maintenant… sur le trottoir…

» Les mots s'éteignirent dans ma gorge. Je *savais*, oui je *savais* qu'il ne verrait pas ce que je voyais. Je me levai et, les mains tremblantes, rassemblai mes affaires. Sur ces entrefaites, le jeune homme arrivé le matin en voiture sortit de l'auberge. Il regarda la rue d'un bout à l'autre d'un air perplexe. Sa femme sortit sur le balcon et en retira les maillots de bain. Il se dirigea vers sa voiture puis, tout à coup, rebroussa chemin et s'adressa au pêcheur.

» — Dites-moi, mon brave, vous ne savez pas si la dame qui est arrivée dans l'autre voiture est rentrée ?

» — La dame avec la robe toute pleine de fleurs ? Non, monsieur, je ne l'ai pas vue. Elle est partie vers la grotte par la falaise, ce matin.

» — Je sais, je sais... Nous nous sommes baignés ensemble, puis elle nous a quittés pour rentrer, mais je ne l'ai pas revue depuis. Elle n'a pas pu mettre aussi longtemps. Les falaises ne sont pas dangereuses par ici, non ?

» — Tout dépend, monsieur, du chemin qu'on emprunte. La meilleure solution, c'est de prendre avec soi quelqu'un du pays.

» Il voulait clairement dire quelqu'un comme lui et il s'apprêtait à broder sur ce thème lorsque le jeune homme, lui coupant la parole sans cérémonie, retourna en courant vers l'auberge et appela sa femme sur le balcon.

» — Dis donc, Margery, Carol n'est toujours pas rentrée. C'est bizarre, tu ne trouves pas ?

» Je ne saisis pas la réponse de Margery, mais son mari poursuivit :

» — Tant pis, nous ne pouvons pas attendre plus longtemps. Nous devons pousser jusqu'à Penrithar. Tu es prête ? Je vais chercher la voiture.

» C'est ce qu'il fit et ils partirent tous les deux. Entre temps, je m'étais reprise, déterminée à me prouver combien ridicules étaient mes fantasmes. Sitôt que leur voiture eut disparu, j'allai examiner de près les dalles devant l'auberge. Il va de soi que je n'y trouvai pas la moindre trace de sang. Non, tout cela n'était que le fruit d'une imagination déréglée. Cependant, cela ne faisait que rendre la chose encore plus effrayante. J'étais encore plantée au même endroit quand j'entendis la voix du pêcheur. Il me regardait avec curiosité.

» — Vous pensiez avoir vu des taches de sang, ici, madame ?

» J'acquiesçai.

» — C'est très curieux, très curieux... On dit, dans le pays, que si quelqu'un voit ces taches de sang...

» Il s'arrêta.

» — Eh bien ?

» Il poursuivit, de sa voix doucereuse à l'intonation de Cornouailles, mais à la prononciation involontairement souple de quelqu'un de cultivé, et en n'utilisant aucune des tournures locales :

» — On dit, madame, que si quelqu'un voit ces taches de sang, il y aura une mort violente dans les vingt-quatre heures.

» — Quelle horreur !

J'en eus froid dans le dos ! Il poursuivit, encourageant :

» — Vous trouverez dans la chapelle une intéressante plaque commémorative, madame, à propos d'une mort...

» — Non, merci, dis-je avec fermeté.

» Je tournai vivement les talons et remontai la rue en direction du cottage où je logeais. Juste en arrivant, je vis la dénommée Carol revenir par le chemin des falaises. Elle se dépêchait. Contre le gris des rochers, elle avait l'air d'une espèce de fleur rouge vénéneuse. Son chapeau avait la couleur du sang...

» Je me secouai. Décidément, je n'avais que sang à l'esprit.

» Plus tard, j'entendis le bruit de sa voiture. Je me demandai si elle allait, elle aussi, à Penrithar, mais elle tourna à gauche dans la direction opposée. Je regardai la voiture grimper la colline et disparaître, et, en quelque sorte, je respirai mieux. Rathole me parut retrouver sa paisible somnolence habituelle.

— Si c'est tout, déclara Raymond West comme Joyce s'arrêtait, je peux vous donner d'ores et déjà mon verdict : indigestion, taches devant les yeux après les repas.

— Ce n'est pas tout, dit Joyce. Ecoutez la suite. Je la découvris deux jours après, dans les journaux sous le titre de *Baignade fatale*. L'article relatait comment Mrs Dacre, l'épouse du capitaine Denis Dacre, s'était malheureusement noyée dans la crique de Landeer, un peu plus loin sur la côte. Son mari et elle s'étaient installés là à l'hôtel et avaient manifesté l'intention de se baigner, mais un vent froid s'était levé. Le capitaine Dacre avait estimé qu'il faisait trop froid pour lui et il s'était rendu, en compagnie de quelques autres personnes de l'hôtel, sur le terrain de golf voisin. Cependant, Mrs Dacre avait déclaré qu'il ne faisait pas trop froid pour elle et elle était partie seule vers la crique. Ne la voyant pas revenir, son époux s'inquiéta et descendit sur la plage avec ses amis. Ils trouvèrent ses vêtements par terre, près d'un rocher, mais il n'y avait pas trace de la malheureuse. On avait retrouvé son corps presque une semaine plus tard, renvoyé par la mer, un peu plus bas sur la côte. Il portait une vilaine blessure à la tête qui avait été faite avant la mort, et on en déduisit qu'elle avait dû plonger dans la mer et se cogner la tête contre un rocher. Autant que j'aie pu le calculer, sa mort avait dû survenir juste vingt-quatre heures après le moment où j'avais aperçu les taches de sang.

— Je proteste, déclara sir Henry. Il ne s'agit pas d'un problème, mais d'une histoire de fantômes. De toute évidence, miss Lemprière est un médium.

Mr Petherick toussota comme d'habitude.

— Un point m'a frappé, dit-il. Ce coup à la tête… je pense que nous ne devrions pas exclure la possibilité de quelque chose de louche. Mais je ne vois pas sur quoi m'appuyer. L'hallucination, ou la vision, de miss Lemprière est certainement intéressante, cependant, je ne comprends pas très bien à propos de quoi elle nous demande de nous prononcer.

— Indigestion et coïncidence, dit Raymond. De toute façon, vous ne pouvez pas être sûre qu'il s'agissait des mêmes personnes. D'ailleurs, cette malédiction, ou quelle que soit la façon que vous choisissez de l'appeler, ne peut s'appliquer qu'aux habitants de Rathole.

— A mon avis, dit sir Henry, ce sinistre pêcheur est mêlé à cette histoire. Mais comme Mr Petherick, j'estime que miss Lemprière ne nous a pas fourni beaucoup d'éléments.

Joyce se tourna vers le révérend Pender qui secoua la tête en souriant.

— C'est une histoire très intéressante, dit-il, mais je pense, comme Mr Petherick et sir Henry, que vous ne nous avez guère fourni d'éléments.

Joyce regarda alors miss Marple avec curiosité. Celle-ci lui sourit.

— Moi aussi, je pense que vous n'avez pas été tout à fait honnête, ma chère Joyce, déclara-t-elle. Bien entendu, pour moi c'est différent. Je veux dire qu'étant une femme, j'accorde de la valeur aux vêtements. Mais ce n'est pas un problème qu'on peut honnêtement poser à un homme. Il a dû exiger un certain nombre de changements de tenues rapides. Mais quelle horrible femme ! Et quel homme plus horrible encore !

Joyce la regarda fixement.

— Tante Jane ! dit-elle. Euh… miss Marple ! Je veux dire, je crois… je crois que vous connaissez vraiment la vérité.

— Ma foi, ma chère, c'est beaucoup plus facile pour moi, du fond de mon fauteuil, que cela a été pour vous, d'autant plus qu'étant une artiste, vous devez être sensible aux atmosphères, n'est-ce pas ? Assise ici avec mon tricot, je ne vois que les faits. Les taches de sang dégouttaient évidemment du maillot de bain suspendu sur le balcon… et comme ce maillot était rouge, évidemment, les meurtriers ne s'étaient pas aperçus qu'il était taché de sang. Pauvre, pauvre petite !

— Pardonnez-moi, miss Marple, intervint sir Henry, mais je suis toujours dans le noir, vous savez ! Vous et miss Lemprière vous avez l'air de savoir de quoi vous parlez, mais nous, les hommes, nous nageons toujours en pleine obscurité.

— Je vais vous raconter la fin de l'histoire maintenant, dit Joyce. Cela se passe un an plus tard. Je séjournais sur une petite plage de la côte orientale, et j'étais en train de dessiner, quand j'eus soudain l'étrange sentiment de revivre une scène déjà vécue. Deux personnes, un homme et une femme, plantés sur le trottoir en face de moi, en accueillaient une troisième, une femme en robe de chintz imprimé de fleurs écarlates.

» — Carol, par tous les saints du paradis ! Quel plaisir de vous retrouver après tant d'années ! Vous ne connaissez pas ma femme ? Joan, je te présente une vieille amie à moi, miss Harding.

» Je reconnus l'homme sur-le-champ. C'était le même Denis que j'avais déjà vu à Rathole. Sa femme était différente – c'est-à-dire c'était Joan au lieu de Margery, mais elle sortait du même moule : jeune, plutôt mal fagotée, et guindée. Durant un instant, je crus devenir folle. Ils commencèrent à envisager d'aller se baigner. Je vais vous dire ce que j'ai fait. Sans perdre une seconde, j'ai foncé au poste de police. Ils penseraient probablement que j'avais perdu la tête, mais tant pis. Il se trouve que tout alla bien. Il y avait justement là un homme de Scotland Yard, spécialement venu pour cette affaire. La police – oh ! c'est horrible de parler de ça ! – soupçonnait Denis Dacre. Ce n'était pas son vrai nom – il en changeait au gré des situations. Il se liait toujours avec des jeunes filles, généralement plutôt tranquilles et guindées sans parents ni amis, il les épousait, puis il les assurait sur la vie pour de grosses sommes, et alors… Oh, c'est horrible ! La dénommée Carol était sa vraie femme, et la méthode était toujours la même. C'est ce qui les a perdus. Les compagnies d'assurances ont conçu des soupçons. Dacre arrivait avec sa nouvelle épouse dans une petite station balnéaire puis Carol faisait son apparition, et ils partaient tous se baigner ensemble. Là on tuait la femme, Carol mettait ses vêtements et revenait en barque avec Dacre. Puis ils quittaient les lieux après s'être enquis de la prétendue Carol, et sitôt hors du village, Carol remettait en hâte ses vêtements flamboyants, refaisait son maquillage outrancier, retournait au village et en repartait dans sa propre voiture. Ils se renseignaient sur le sens du courant et la mort était censée se produire sur la côte, dans la station balnéaire suivante. Reprenant le rôle de l'épouse, Carol descendait sur une plage écartée et abandonnait les vêtements de leur victime près d'un rocher et repartait dans sa toilette fleurie pour attendre tranquillement que son mari la rejoigne.

— J'imagine que lorsqu'ils ont assassiné la malheureuse Margery, un peu de son sang a éclaboussé le maillot de Carol, mais celui-ci étant rouge, ils ne l'ont pas remarqué, comme l'a dit miss Marple. Seulement, quand ils l'ont suspendu sur le balcon, il a coulé. Oh ! je le vois encore ! fit-elle, en frissonnant.

— Mais oui ! s'exclama sir Henry. Je m'en souviens très bien maintenant. L'homme s'appelait en réalité Davis. J'avais complètement oublié que

Dacre était une de ses nombreuses identités. Le couple était diabolique. Il m'avait toujours paru extraordinaire que personne n'ait jamais remarqué le changement. J'imagine, comme le dit miss Marple, que les vêtements sont plus aisément identifiables que les visages. En tout cas, le plan était très intelligent parce que, même quand nous avons soupçonné Davis, il n'a pas été facile de lui imputer le crime : il avait toujours un alibi inattaquable.

— Tante Jane, dit Raymond en la regardant avec curiosité, comment faites-vous ? Vous qui avez mené une existence si paisible, rien ne semble jamais vous surprendre.

— En ce monde, je trouve qu'une chose en rappelle toujours une autre, répondit miss Marple. Une certaine Mrs Green, vois-tu, a enterré cinq enfants — et ils étaient tous assurés. Ma foi, cela a fini par éveiller les soupçons.

Elle hocha la tête.

— Dans un village, la vie est souvent pleine de cruauté. J'espère pour vous, mes enfants, que vous ne saurez jamais à quel point le monde est cruel.

5

Mobile contre occasion
(Motive v. Opportunity)

Mr Petherick s'éclaircit la gorge plus longuement qu'à l'habitude.

— Je crains fort qu'après les histoires sensationnelles que vous avez entendues, mon petit problème ne vous semble bien fade, déclara-t-il d'un ton d'excuse. Il ne comporte pas d'effusion de sang, mais c'est un petit problème intéressant et assez ingénieux auquel je suis, par bonheur, capable d'apporter la bonne réponse.

— Pas trop juridique, j'espère ? demanda Joyce Lemprière. J'entends, des points de droit et un tas de références, Barnaby contre Skinner en l'année 1881 par exemple, ou des choses comme ça ?

Mr Petherick lui adressa un regard admiratif par-dessus ses lunettes.

— Non, non, ma chère demoiselle. Ne craignez rien. L'histoire que je vais vous raconter est très simple et à la portée de n'importe quel profane.

— Pas d'arguties juridiques, alors ! fit miss Marple, en agitant une aiguille à tricoter sous son nez.

— Certainement pas, dit Mr Petherick.

— Ma foi, je n'en suis pas si sûre, mais écoutons votre histoire.

— Elle concerne un de mes anciens clients. Je l'appellerai Mr Clode, Simon Clode. C'était un homme très riche qui vivait dans une belle maison, non loin d'ici. Son fils unique était mort à la guerre, et ce fils avait laissé un enfant, une petite fille. La mère étant morte à la naissance, après la mort de son père, elle était allée vivre avec son grand-père, qui s'était aussitôt passionnément attaché à elle. La petite Chris faisait de lui tout ce quelle voulait. Je n'ai jamais vu un homme plus ensorcelé par un bambin et je ne saurais vous décrire son désespoir quand, à l'âge de onze ans, l'enfant attrapa une pneumonie et en mourut.

» Le malheureux Simon Clode était inconsolable. Un de ses frères était décédé peu de temps avant et il avait généreusement recueilli ses enfants : deux filles, Grace et Mary, et un garçon George. Mais tout en faisant preuve de beaucoup de bonté et de générosité envers son neveu et ses nièces, le vieillard ne reporta pas sur eux l'adoration qu'il avait vouée à sa petite-fille. On trouva un emploi pour George dans une banque des environs, et Grace épousa un jeune chercheur en chimie du nom de Philip Garrod. Mary, jeune fille paisible et discrète, vivait chez son oncle et veillait sur lui. Je crois qu'à sa manière peu expansive, elle lui était attachée. A en juger par les apparences, tout allait bien. Je dois préciser qu'après la mort de la petite Christobel, Simon Clode était passé me voir et m'avait prié de rédiger un nouveau testament. Sa fortune, qui était considérable, devait être maintenant divisée également entre son neveu et ses nièces, un tiers allant à chacun.

» Le temps passa. Rencontrant George Clode un jour par hasard, je lui demandai des nouvelles de son oncle. A ma surprise, il se rembrunit.

» — Si seulement vous pouviez redonner un peu de bon sens à l'oncle Simon ! me répondit-il, l'air à la fois perplexe et inquiet. Ces histoires de spiritisme deviennent de plus en plus graves.

» — Quelles histoires de spiritisme ? fis-je, très étonné.

» George me raconta tout. Comment Mr Clode s'était graduellement intéressé au sujet et comment, pour couronner le tout, il avait fait la connaissance d'une certaine Eurydice Spragg, une médium américaine. Cette femme, que George n'hésita pas à qualifier d'escroc fieffé, avait pris sur Simon Clode un énorme ascendant. Elle était pratiquement toute la journée chez lui, et ils organisaient des séances au cours desquelles l'esprit de la petite Christobel se manifestait au grand-père qui l'adorait.

» Je m'empresse de préciser que je ne suis pas de ceux qui méprisent le spiritisme et le tournent en ridicule. Comme je vous l'ai dit, je crois à ce que je vois. Et j'estime que si l'on examine les preuves en faveur du spiritisme avec un esprit impartial il reste assez de choses qu'il est impossible d'attribuer à la fraude ou de considérer comme négligeable. En conséquence, encore une fois, je ne peux dire ni que j'y crois, ni que je n'y crois pas. Il y a certains témoignages qu'on ne peut pas se permettre de réfuter.

» En revanche, le spiritisme se prête aisément à la fraude et à l'imposture, et tout ce que me raconta le jeune George Clode à propos de Mrs Eurydice Spragg me fit penser que Simon Clode était tombé dans de mauvaises mains, que Mrs Spragg était probablement un imposteur de la pire espèce. Aussi avisé qu'il fût dans le domaine pratique, on devait facilement pouvoir abuser ce vieillard dès que son amour pour sa petite-fille morte était en jeu.

» Plus j'y pensais, plus j'étais inquiet. J'éprouvais de l'affection pour les jeunes Clode, Mary et George, et je me rendais compte que cette Mrs Spragg avec l'influence qu'elle exerçait sur leur oncle, pouvait leur réserver de graves problèmes dans l'avenir.

» Je saisis donc la première occasion pour rendre visite à Simon Clode. Je trouvai Mrs Spragg installée dans la place en amie honorée. En la voyant, mes pires appréhensions se trouvèrent confirmées. C'était une forte femme d'âge mûr, habillée de façon voyante. Son discours était rempli de clichés à propos de « nos chers disparus » et autres choses de ce genre.

» Son époux, Mr Absalom Spragg, était également installé dans la maison. Mince et longiligne, il avait l'expression mélancolique et les yeux fuyants. Sitôt que je pus, je pris Simon Clode à part pour le sonder discrètement. Il était plein d'enthousiasme. Eurydice Spragg était merveilleuse ! Elle lui avait été envoyée pour répondre à ses prières. L'argent ne l'intéressait pas, venir en aide à un cœur affligé suffisait à son bonheur. Elle nourrissait des sentiments tout à fait maternels pour la petite Chris. Et il commençait à la considérer presque comme sa fille. Puis il m'expliqua en détail, comment il avait entendu Chris lui parler, lui dire combien elle était heureuse entre son père et sa mère. Il me rapporta encore d'autres sentiments que l'enfant aurait exprimés et qui, étant donné le souvenir que j'avais de la petite Chris, me paraissaient hautement improbables. Elle mettait l'accent sur le fait que « père et mère aimaient la chère Mrs Spragg ».

» — Mais bien sûr, vous êtes sceptique, Petherick ? me dit-il.

» — Non, je ne suis pas sceptique. Loin de là. J'accepte sans hésiter le témoignage de certaines personnes qui ont écrit sur le sujet, et j'accorderais respect et confiance à n'importe quel médium recommandé par elles. Je suppose que Mrs Spragg a de sérieuses références ?

» Simon s'extasia alors sur Mrs Spragg. C'était une envoyée du Ciel. Il avait fait sa connaissance dans la ville d'eaux où il avait passé deux mois durant l'été. Une rencontre de hasard aux merveilleuses conséquences !

» Je le quittai, fort mécontent. Certes, mes pires appréhensions étaient confirmées, mais je ne voyais pas ce que je pouvais faire. Après avoir beaucoup réfléchi, j'écrivis à Philip Garrod, qui, comme je vous le disais, venait d'épouser Grace Clode, l'aînée des filles. En termes aussi mesurés que possible, je lui exposai les faits. Je soulignai le dangereux ascendant que pouvait prendre sur son oncle une telle personne. Je lui suggérai de mettre Simon Clode en contact si possible avec des cercles réputés s'occupant de spiritisme. Je pensais qu'il n'aurait pas de mal à arranger ça.

» Garrod réagit promptement. Il mesura aussitôt – ce que je n'avais pas fait – la précarité de l'état de santé de Simon Clode, et, en homme pratique qu'il était, il se refusait à laisser spolier sa femme, son beau-frère et sa belle-sœur de l'héritage qui leur revenait légitimement. Il arriva la semaine suivante, amenant avec lui rien moins que le fameux Pr Longman. Longman était un savant de premier ordre, un homme dont l'intérêt qu'il portait au spiritisme ne pouvait qu'obliger à considérer ce domaine avec respect. Et ce n'était pas seulement un brillant savant. C'était un homme de la plus grande droiture.

» Cette visite eut des effets désastreux. Il semble que Longman n'ait pas dit grand-chose durant son séjour. On tint deux séances, je ne saurais dire dans quelles conditions. Longman resta sur la réserve tant qu'il se trouva dans la maison, mais sitôt parti, il envoya une lettre à Philip Garrod. Il reconnaissait n'avoir pas été capable de prendre Mrs Spragg en flagrant délit de fraude, néanmoins il penchait pour l'imposture. Il autorisait Garrod à montrer cette lettre à son oncle, s'il l'estimait nécessaire et il proposait de mettre lui-même Simon Clode en rapport avec un médium au-dessus de tout soupçon.

» Philip Garrod s'empressa d'aller montrer la lettre à son oncle, mais le résultat ne fut pas celui qu'il attendait. Le vieillard piqua une terrible colère. Il s'agissait d'un complot destiné à discréditer Mrs Spragg, une sainte calomniée et offensée ! Elle lui avait d'ailleurs déjà expliqué l'amère jalousie dont elle était victime dans le pays. Il fit remarquer que Longman avait été obligé de reconnaître qu'il n'avait pas décelé de fraude. Eurydice Spragg était venue à lui aux heures les plus sombres de son existence, lui avait apporté aide et réconfort, il était prêt à la défendre, dût-il pour cela avoir à lutter avec tous les membres de sa famille. Elle comptait plus pour lui que n'importe quelle personne au monde.

» Philip Garrod fut mis à la porte sans cérémonie. Mais à la suite de cette colère, la santé de Simon Clode s'aggrava encore. Il avait gardé le lit presque continuellement le mois précédent mais maintenant il était menacé de rester grabataire jusqu'à sa mort. Deux jours après le départ de Philip Garrod, il me fit appeler d'urgence. Je le trouvai alité, et au plus mal à mes yeux de profane. Il avait des difficultés respiratoires.

» — Ma fin est proche, me dit-il. Je le sens. Inutile de discuter, Petherick. Mais avant de mourir, je veux remplir mon devoir envers la personne qui a fait pour moi plus que toute autre au monde. Je veux rédiger un nouveau testament.

» — Mais certainement, lui dis-je. Donnez-moi vos instructions, je vous le préparerai et vous l'enverrai.

» — Non, ça ne va pas, me répondit-il. Vous savez, mon vieux, je ne passerai peut-être pas la nuit. J'ai écrit là ce que je veux, ajouta-t-il en fouillant sous son oreiller. Dites-moi si c'est correct.

» Il me tendit une feuille de papier portant quelques mots griffonnés au crayon. C'était tout à fait simple et clair. Il léguait cinq mille livres à chacun de ses neveu et nièces, et le reste de sa considérable fortune à Eurydice Spragg, en témoignage « de gratitude et d'admiration ».

» Cela ne me plaisait pas mais c'était ainsi. Il n'était pas question d'invoquer l'irresponsabilité : le vieillard était aussi sain d'esprit que n'importe qui.

» Il sonna deux de ses domestiques. Elles arrivèrent aussitôt. La gouvernante, Emma Gaunt, était une grande femme d'âge mûr, à son service depuis de nombreuses années et qui le soignait avec dévouement. Avec elle était venue la cuisinière, une jolie femme bien en chair d'une trentaine d'années. Simon Clode les défia du regard, sous ses sourcils broussailleux.

» — Je veux que vous soyez témoins de mes dernières volontés. Emma, passez-moi mon stylo.

» Emma obéit et se dirigea vers le bureau.

» — Pas dans le tiroir de gauche, ma fille, fit Clode agacé. Comme si vous ne saviez pas qu'il se trouve à droite ?

» — Mais non, monsieur, le voilà, dit Emma en le lui montrant.

» — Alors, c'est que vous l'avez mal rangé la dernière fois, grommela le vieillard. J'ai horreur qu'on ne mette pas les choses à leur place.

» Grommelant toujours, il lui prit le stylo des mains, et recopia son brouillon, corrigé par moi, sur une feuille de papier blanc. Puis il signa. Emma Gaunt et la cuisinière, Lucy David signèrent aussi. Je pliai le testament et le glissai dans une grande enveloppe bleue. Il avait forcément été rédigé sur une feuille de papier ordinaire.

» Comme les deux domestiques quittaient la pièce, Clode retomba sur ses oreillers, haletant, le visage tordu. Je me penchai sur lui avec angoisse et Emma Gaunt revint aussitôt sur ses pas. Le vieillard surmonta néanmoins son malaise, et esquissa un sourire.

» — Tout va bien, Petherick, ne vous inquiétez pas. De toute façon, je peux mourir en paix, à présent que j'ai fait ce que je voulais faire.

» Emma Gaunt me jeta un coup d'œil interrogateur, comme pour me demander si elle pouvait s'en aller. Je la rassurai d'un signe de tête et elle sortit, s'étant arrêtée d'abord pour ramasser l'enveloppe bleue que j'avais laissée tomber par terre sous le coup de l'inquiétude. Elle me la tendit et je la glissai dans la poche de mon manteau.

» — Vous êtes contrarié, Petherick. Comme tout le monde, vous avez un préjugé contre elle.

» — Ce n'est pas la question, dis-je. Mrs Spragg est peut-être tout ce qu'elle prétend être. Je ne verrais aucune objection à ce que vous lui fassiez un petit legs en témoignage de votre gratitude. Mais je vous le dis franchement, Clode, déshériter votre chair et votre sang, en faveur d'une étrangère, ce n'est pas juste.

» Là-dessus, je tournai les talons. J'avais fait ce que je pouvais, j'avais élevé ma protestation.

» Dans le vestibule, je rencontrai Mary Clode qui sortait du salon.

» — Vous prendrez bien une tasse de thé avant de partir ? Par ici, dit-elle en me faisant entrer dans le salon.

» Un feu brûlait dans l'âtre, la pièce était gaie et confortable. Mary me débarrassait de mon manteau quand son frère George entra. Il le lui prit des mains et alla le poser sur une chaise, à l'autre bout de la pièce, puis il revint près du feu et nous prîmes le thé. A un moment donné, on évoqua un problème touchant la gestion du domaine. Simon Clode ne voulant pas qu'on l'ennuie avec ça, il avait laissé George libre de décider. Mais George, inquiet, n'avait pas confiance en son propre jugement. Je lui proposai de passer dans le bureau, et d'examiner ses papiers avec lui. Mary nous suivit.

» Un quart d'heure plus tard, je me préparai à partir. Me rappelant avoir laissé mon manteau au salon, j'allai le chercher. Nous ne trouvâmes dans la pièce que Mrs Spragg, agenouillée à côté de la chaise sur laquelle il était posé. Elle avait l'air de faire subir à la housse en cretonne du siège un traitement plutôt inutile. En nous voyant entrer, elle se releva aussitôt, toute rouge.

» — Cette housse est mal adaptée, dit-elle. Même moi je serais capable de faire mieux.

» Je repris mon manteau. En l'enfilant, je m'aperçus que l'enveloppe renfermant les dernières volontés de Clode avait glissé par terre. Je la remis dans ma poche et pris congé.

» Je vais vous décrire soigneusement ce que je fis en arrivant à l'étude : j'enlevai mon manteau et retirai l'enveloppe de ma poche. Je l'avais encore à la main et j'étais à côté de mon bureau quand mon clerc entra. Quelqu'un me demandait au téléphone. Comme mon appareil était en dérangement, j'allai répondre dans un autre bureau où je restai environ cinq minutes à parler.

» Quand j'en sortis, mon clerc m'attendait.

» — Mr Spragg désire vous voir, monsieur. Je l'ai fait entrer dans votre cabinet.

» Je trouvai Mr Spragg assis devant mon bureau. Il se leva et me salua avec des manières plutôt onctueuses, puis il se lança dans un long discours décousu. En gros, c'était une justification malhabile de sa femme et de lui-même. Il craignait que les gens disent… etc. Son épouse était connue depuis sa petite enfance pour la pureté de son cœur et de ses intentions… et ainsi de suite. Je crains de m'être montré assez cassant. Il finit par comprendre que sa visite n'était pas un succès et il s'en alla assez brusquement. Je me rappelai alors avoir laissé le testament sur mon bureau. Je le pris, scellai l'enveloppe, écrivis ce qu'il fallait dessus et la déposai dans mon coffre.

» J'en arrive maintenant au point crucial de mon histoire. Deux mois plus tard, Simon Clode mourait. Je ne m'étendrai pas outre mesure, je m'en tiendrai aux faits : quand on ouvrit l'enveloppe scellée, *elle ne contenait plus qu'une feuille de papier blanc.*

Il s'arrêta, regarda les expressions intéressées des visages qui l'entouraient. Puis il se sourit à lui-même.

— Vous voyez où se situe le problème, bien sûr ? Depuis deux mois, cette enveloppe n'avait pas quitté mon coffre. On n'avait pas pu y toucher. Non, cela s'était produit dans un laps de temps très court. Entre le moment où le testament avait été signé et celui où je l'avais serré dans mon coffre. Maintenant, qui en avait eu l'occasion, et dans l'intérêt de qui ?

» Je récapitule sommairement les points essentiels : le testament signé par Mr Clode, est placé par mes soins sous enveloppe. Tout va bien jusque-là. Je le glisse dans la poche de mon manteau. Mary prend mon manteau et le tend à George, lequel va sous mes yeux le déposer sur un siège. Tandis que je me trouvais dans le bureau, Mrs Eurydice Spragg a eu largement le temps de s'en emparer et d'en prendre connaissance ; et c'est sans doute ce qu'elle a fait puisque j'ai retrouvé l'enveloppe par terre, et non dans ma poche. Mais ici, nous nous heurtons à un curieux problème : elle a eu *l'occasion* de substituer le papier blanc au testament mais elle n'avait pas le *mobile.* Le testament était en sa faveur et elle se serait privée d'un legs ardemment convoité. Il en va de même pour Mr Spragg. Lui aussi en a eu l'occasion. Il est resté seul deux ou trois minutes avec le document dans mon cabinet. Cependant, là encore, il n'avait pas intérêt à le faire. Nous nous heurtons donc à un curieux problème : les deux personnes ayant eu l'occasion de substituer au testament une feuille de papier n'avaient pas de mobile et les deux personnes qui avaient un mobile n'en ont pas eu l'occasion. Soit dit en passant, je ne laverais pas Emma Gaunt de tous soupçons. Elle était dévouée à ses jeunes maîtres et détestait les Spragg. Je suis sûr qu'elle aurait opéré sans hésiter la substitution, si seulement elle y avait pensé. Mais bien qu'elle ait eu effectivement l'enveloppe en main, lorsqu'elle l'avait ramassée par terre et me l'avait tendue, elle n'avait pas eu l'occasion d'en changer le contenu. Et elle n'aurait pas pu lui substituer une autre enveloppe par quelque tour de passe-passe (dont elle aurait été de toute façon incapable) parce que l'enveloppe en question avait été apportée dans la maison par mes soins et personne n'aurait pu en avoir une autre identique.

Il considéra en souriant son auditoire.

— Voilà mon petit problème. J'espère vous l'avoir clairement exposé. Je suis curieux d'entendre vos avis respectifs.

A la surprise générale, miss Marple laissa échapper un rire qui se prolongea. Quelque chose paraissait l'amuser énormément.

— Qu'y a-t-il, tante Jane ? Ne pourrions-nous partager votre gaieté ? demanda Raymond.

— Je songeais au petit Tommy Symonds, un méchant garnement, j'en ai peur, mais très drôle parfois. Un de ces gosses à l'air angélique, toujours en train de mijoter quelque mauvaise farce. Je pensais à la question qu'il a posée la semaine dernière au catéchisme : "Mademoiselle, diriez-vous plutôt que « le jaune des œufs est blanc » ou « les jaunes de l'œuf sont blancs ? »" A quoi miss Durston a répliqué qu'il valait mieux dire soit « le jaune de l'œuf est blanc » soit « les jaunes des œufs sont blancs ». Et le petit polisson a répondu : « Eh bien ! moi, je dirais plutôt que le jaune de l'œuf est jaune ! » C'était très méchant de sa part, bien sûr, et vieux comme le monde. Celle-là, je la connaissais déjà quand j'étais petite.

— Très drôle, ma chère tante, convint gentiment Raymond, mais cela n'a rien à voir avec la très intéressante histoire que nous a racontée Mr Petherick.

— Oh, mais si ! s'exclama miss Marple. C'est un attrape-nigaud. Et l'histoire de Mr Petherick est aussi un attrape-nigaud. Bien digne d'un homme de loi ! Ah, mon cher vieil ami ! fit-elle en secouant la tête d'un air réprobateur.

— Je me demande si vous avez vraiment compris, répliqua Mr Petherick avec un clin d'œil.

Miss Marple griffonna aussitôt quelques mots sur un bout de papier qu'elle replia avant de le lui faire passer.

Mr Petherick le déplia, lut ce qui s'y trouvait écrit et lui jeta un regard admiratif.

— Ma chère amie, existe-t-il quelque chose que vous ignorez ?

— Je connaissais déjà ça quand j'étais petite. J'en ai usé, moi aussi.

— Je ne comprends pas de quoi vous parlez, déclara sir Henry. Je suis sûr que Mr Petherick a en réserve, dans sa manche, un vilain tour de prestidigitation légale.

— Pas du tout, pas du tout, dit Mr Petherick. C'est une affaire toute simple. Ne faites pas attention à miss Marple. Elle a sa façon à elle de voir les choses.

— Nous *devrions* pouvoir découvrir la vérité, déclara Raymond West, un brin vexé. Les faits semblent en effet très simples. Cinq personnes ont touché cette enveloppe. Il est clair que les Spragg auraient pu le faire mais il est tout aussi clair qu'ils ne l'ont pas fait. Reste les trois autres. Or, quand on songe aux extraordinaires tours de passe-passe que peuvent exécuter sous nos yeux les prestidigitateurs, il me paraît possible que George Clode ait pu sortir une feuille de papier d'une enveloppe et en mettre une autre à la place pendant qu'il allait déposer le manteau à l'autre bout de la pièce.

— Eh bien, *moi*, je pense que c'est la fille, dit Joyce. Je crois que la gouvernante est descendue en toute hâte lui raconter ce qui s'était passé, et elle a pris une autre enveloppe bleue qu'elle a substituée à la première.

Sir Henry secoua la tête.

— A mon avis, vous vous trompez tous les deux, déclara-t-il lentement. Les illusionnistes font ça sur la scène ou dans les romans, mais dans la vie je pense que c'est impossible, surtout sous des yeux aussi perçants que ceux de mon ami Mr Petherick. Cependant, j'ai une idée… une simple idée, sans plus. Nous savons que le Pr Longman est venu en visite, et n'a pas dit grand-chose. Il est légitime de penser que les Spragg étaient anxieux de connaître le résultat de sa visite. Si Simon Clode ne les avait pas mis dans la confidence, ce qui est vraisemblable, ils ont pu interpréter d'une tout autre façon le fait qu'il ait envoyé chercher Mr Petherick. Ils ont pu croire que Mr Clode avait déjà fait un testament en faveur d'Eurydice Spragg et que le nouveau avait pour but de l'éliminer, à la suite des révélations du Pr Longman, ou encore que Philip Garrod avait fait valoir avec succès auprès de son oncle ses devoirs envers sa chair et son sang, comme vous dites, les hommes de loi. En ce cas Mrs Spragg se serait préparée à opérer une substitution. Ce qu'elle fait, mais Mr Petherick arrivant au mauvais moment, elle n'a pas eu le temps de lire le vrai document et le brûle en hâte pour le cas où le notaire découvrirait qu'il a disparu.

Joyce secoua la tête, avec décision.

— Elle ne l'aurait jamais brûlé sans l'avoir lu.

— Cette solution n'est pas fameuse, reconnut sir Henry. Je suppose… euh… que Mr Petherick n'a pas aidé lui-même la Providence…

L'hypothèse ne pouvait être qu'une plaisanterie mais le petit notaire se redressa offensé.

— Hypothèse parfaitement déplacée, dit-il assez sèchement.

— Et le révérend Pender, que pense-t-il ? demanda sir Henry.

— J'avoue ne pas y voir très clair. A mon sens, la substitution a dû être effectuée par Mrs Spragg ou son mari, pour la raison qu'a invoquée sir Henry. Si Mrs Spragg n'a pu prendre connaissance du testament avant le départ de Mr Petherick, elle se sera trouvée devant un pénible dilemme, car elle ne pouvait pas avouer ce qu'elle avait fait. Elle a pu glisser ce papier parmi ceux de Mr Clode, avec l'idée qu'on le retrouverait après sa mort. Mais on ne l'a jamais retrouvé, je ne sais pas pourquoi. A moins que – simple supposition – Emma Gaunt l'ait découvert et délibérément détruit, par dévouement mal compris pour ses maîtres ?

— La solution du révérend me paraît la meilleure, s'exclama Joyce. Est-ce la bonne, Mr Petherick ?

L'homme de loi secoua la tête.

— Je reprendrai mon récit là où je l'avais interrompu. J'étais aussi abasourdi et perplexe que vous. Je crois que je n'aurais jamais découvert la vérité – probablement pas – mais on m'a éclairé. Cela avait été très intelligemment fait.

» Environ un mois plus tard, je dînais avec Philip Garrod. Dans le courant de la conversation, il fit allusion à un cas intéressant dont il venait d'avoir connaissance.

» — J'aimerais vous le raconter, Petherick, mais à condition que cela reste entre nous.

» — Bien entendu ! répondis-je.

» — Un de mes amis, qui avait des espérances du côté d'un de ses parents, fut atterré d'apprendre que celui-ci songeait à léguer sa fortune à une personne tout à fait indigne. Mon ami, je le crains, n'est pas très scrupuleux dans ses méthodes. Il y avait dans la maison une domestique, toute dévouée aux intérêts de ce que j'appellerai le parti légitime. Il lui donne des instructions très simples. Il lui remit un stylo rempli d'encre. Elle devait ranger ce stylo dans le secrétaire où son maître avait coutume de ranger le sien, mais pas dans le même tiroir. Si son maître la priait de lui servir de témoin, et lui demandait de lui apporter son stylo, elle devait lui donner non le bon, mais celui-là qui était une réplique exacte du premier. C'était tout ce qu'elle avait à faire. Il ne lui donna pas d'autres instructions. C'était une créature dévouée qui les observa soigneusement.

» Philip Garrod s'interrompit et demanda :

» — J'espère que je ne vous ennuie pas, Petherick ?

» — Pas du tout, dis-je. Je suis vivement intéressé.

» Nos regards se croisèrent.

» — Bien entendu, vous ne connaissez pas mon ami ?

» — Bien entendu, répondis-je.

» — Alors, c'est parfait, déclara Philip Garrod.

Il s'arrêta un instant et sourit.

— Vous avez compris ? Le stylo était rempli avec ce qu'on appelle de l'encre sympathique, simple solution d'amidon additionnée de quelques gouttes de teinture d'iode. Cela donne un liquide bleu-noir, avec lequel ce qu'on écrit s'efface au bout de quatre ou cinq jours.

Miss Marple gloussa de nouveau.

— De l'encre sympathique ! Je connais ça. Je m'en suis servie quand j'étais enfant.

Rayonnante, elle sourit à ses amis, en agitant une fois de plus un index réprobateur en direction de Mr Petherick.

— N'empêche Mr Petherick, que c'est un attrape-nigaud. Bien digne d'un homme de loi !

6

L'EMPREINTE DE SAINT PIERRE

(The Thumb Mark of St. Peter)

— Et maintenant, à vous, tante Jane ! dit Raymond West.

— Oui, tante Jane, nous espérons quelque chose de particulièrement corsé ! renchérit Joyce Lemprière.

— Ah ! vous vous moquez de moi, mes enfants, répliqua miss Marple tranquillement. Vous pensez sans doute qu'il ne m'est jamais rien arrivé d'intéressant sous prétexte que j'ai vécu toute ma vie dans ce trou perdu.

— Dieu me garde de penser qu'il ne se passe rien dans un village, s'exclama Raymond avec conviction. Surtout après les horreurs que vous nous avez révélées. A côté de St Mary Mead, le monde cosmopolite est un havre de paix et de douceur.

— Ma foi, mon cher Raymond, la nature humaine est la même partout, mais dans un village, on a l'occasion de l'observer de plus près.

— Vraiment, vous êtes unique, tante Jane ! s'écria Joyce. J'espère que vous ne voyez pas d'inconvénient à ce que je vous appelle tante Jane ? ajouta-t-elle. Je ne sais vraiment pas pourquoi je fais ça !

— Vraiment vous ne le savez pas ? demanda miss Marple.

Elle leva la tête un instant, et la lueur ironique qui brillait dans ses yeux amena le feu aux joues de la jeune fille. Un peu gêné, Raymond West s'agita et s'éclaircit la gorge.

Miss Marple les regarda tous les deux, sourit encore et se pencha de nouveau sur son tricot.

— Il est vrai, bien sûr, que j'ai mené ce qu'on appelle une vie sans histoire, mais à force de chercher à résoudre les différents petits problèmes qui se présentaient, j'ai acquis de l'expérience. Il y en avait qui demandaient beaucoup d'astuce, mais ils concernent des choses si peu importantes qu'ils ne vous intéresseraient pas… Qui a tailladé le filet de Mrs Jones ? par exemple, ou pourquoi Mrs Sims n'a porté qu'une seule fois sa nouvelle fourrure ? Tout cela est pourtant très intéressant pour qui étudie la nature humaine. Non, je ne vois qu'une histoire de cette sorte, c'est celle qui concerne le mari de ma pauvre nièce Mabel.

» L'affaire remonte à dix ou quinze ans et, heureusement, tout le monde l'a oubliée maintenant. Par bonheur, les gens ont la mémoire courte.

Miss Marple s'interrompit et murmura :

— Je dois juste compter ce rang. Les diminutions sont un peu délicates. Un, deux, trois, quatre, cinq, et trois mailles à l'envers : c'est ça. Voyons, où en étais-je ? Ah ! oui, à ma pauvre Mabel !

» Mabel était ma nièce. Une brave fille, oui, une très brave fille, mais juste un petit peu… ce qu'on appellerait *idiote.* Elle adorait dramatiser et employer de grands mots pour rien. A l'âge de vingt-deux ans, elle avait épousé un certain Mr Denman, et je crains que ce mariage n'ait pas été très heureux. J'avais espéré que leur attachement n'irait pas jusque-là car Mr Denman était un être violent, pas du tout du genre à témoigner de l'indulgence pour les faiblesses de Mabel ; et j'avais appris aussi qu'il y avait eu des cas de folie dans sa famille. Mais les filles étaient aussi obstinées alors qu'elles le sont aujourd'hui et qu'elles le seront toujours. Mabel l'épousa donc.

» Je ne la vis plus beaucoup ensuite. Elle vint une ou deux fois séjourner chez moi, et ils m'invitèrent à plusieurs reprises, mais comme je n'aime pas habiter chez les autres, je m'arrangeais toujours pour trouver une excuse. Ils étaient mariés depuis dix ans quand Mr Denman mourut subitement. Comme ils n'avaient pas eu d'enfants, toute sa fortune revenait à Mabel. Evidemment, j'écrivis à Mabel et lui proposai de venir si elle le désirait ; mais elle me fit une réponse très raisonnable, et j'en déduisis qu'elle ne devait pas être écrasée de chagrin. Cela me parut d'autant plus naturel qu'ils ne s'entendaient plus très bien depuis quelque temps. Cependant, trois mois plus tard, je recevais une lettre hystérique de Mabel, me suppliant de venir, me disant que les choses allaient de mal en pis et qu'elle ne pouvait plus le supporter.

» Bien entendu, poursuivit miss Marple, je mis Clara en pension, portai mon assiette et mon pot à bière Charles II à la banque et partis aussitôt. Je trouvai Mabel dans un état d'extrême nervosité. Sa maison, « Les Myrtes », était relativement grande et confortablement meublée. Mabel avait une cuisinière, une bonne à tout faire et une infirmière pour s'occuper du vieux Mr Denman, le père de son mari qui, comme on dit, « n'avait plus toute sa tête. » C'était un homme courtois et paisible, mais très bizarre par moments. Comme je vous l'ai dit, on connaissait des cas de folie dans la famille.

» Je fus très frappée par le changement qui s'était opéré en Mabel. Agitée de mouvements convulsifs, elle n'était plus qu'un paquet de nerfs, et pourtant, je n'arrivais pas à lui soutirer ce qui n'allait pas. Je parvins à mes fins de manière indirecte, comme toujours dans ces cas-là. Je lui demandai des nouvelles des Gallagher, des amis dont elle me parlait toujours dans ses lettres. A ma surprise, elle me répondit qu'elle ne les voyait plus guère. La même question, à propos d'autres amis, m'attira la même réponse. Je lui déclarai alors quelle avait tort de s'isoler pour remâcher ses difficultés et plus encore de cesser tout rapport avec ses amis. C'est alors qu'elle laissa éclater la vérité.

» — Cela ne vient pas de moi, mais d'eux. Il n'y a pas une âme, ici, qui accepterait de m'adresser la parole, maintenant. Quand je descends la grand-rue, les gens s'écartent pour éviter d'avoir à me rencontrer ou à me parler. Ils me traitent en pestiférée. C'est abominable, je ne peux plus le supporter.

Il va falloir que je vende la maison et que je parte à l'étranger. Mais pourquoi doit-on me chasser d'ici ? Je n'ai rien fait de mal !

» J'en fus plus bouleversée que je ne saurais le dire. Je tricotais alors un cache-nez pour la vieille Mrs Hay, et, dans mon trouble, je lâchai deux mailles et ne m'en aperçus que longtemps après.

» — Ma chère Mabel, dis-je, tu me vois stupéfaite. Comment expliques-tu ça ?

» Même enfant, Mabel avait toujours été compliquée. J'eus le plus grand mal à obtenir d'elle une réponse directe à ma question. Elle parlait de façon vague de propos fielleux, de gens désœuvrés qui n'ont rien de mieux à faire que de jaser, ou des gens qui mettent des idées dans la tête des autres.

» — Cela me paraît clair, dis-je. De toute évidence, il court une histoire sur toi. Tu dois la connaître aussi bien que n'importe qui. Et tu vas me la dire.

» — Mais c'est si atroce ! gémit Mabel.

» — Bien sûr que c'est atroce, fis-je avec brusquerie. Mais rien de ce que tu pourras me rapporter à propos de ce que les gens ont dans l'esprit ne peut m'étonner ni me surprendre. Alors, Mabel, me diras-tu enfin en langage clair ce qu'on raconte sur toi ?

» Elle lâcha enfin le morceau.

» Aussi subite qu'inopinée, la mort de Geoffrey Denman avait donné naissance à diverses rumeurs. En fait, en langage clair comme je le lui avais demandé, on disait qu'elle avait empoisonné son époux.

» Comme vous le savez tous, j'en suis certaine, rien n'est plus cruel et plus difficile à combattre que les commérages. Il est impossible de réfuter ou de nier ce qu'on dit derrière votre dos, la rumeur enfle de plus en plus et personne ne peut l'arrêter. Je n'avais qu'une certitude : Mabel était tout à fait incapable d'empoisonner quelqu'un. Et je ne voyais pas pourquoi sa vie devait être gâchée, simplement parce que, selon toute probabilité, elle avait fait quelque chose d'idiot.

» — Il n'y a point de fumée sans feu, dis-je. Maintenant, Mabel, tu vas me dire ce qui a lancé les gens sur cette piste. Il s'est forcément passé quelque chose.

» Mabel répondit, de façon très incohérente, qu'il ne s'était rien passé, absolument rien, excepté, bien sûr, que la mort de Geoffrey avait été tout à fait soudaine. Ce jour-là, au dîner, il allait très bien, et la nuit, il avait été pris de violentes douleurs ! On avait appelé le docteur, mais le pauvre homme était mort quelques minutes après son arrivée. On avait mis son décès sur le compte de champignons vénéneux qu'il aurait ingérés.

» Ma foi, dis-je, une mort soudaine de ce genre peut faire marcher bien des langues, mais pas sans quelque chose de plus à l'appui. Tu avais eu une dispute avec Geoffrey, ou quoi que ce soit d'autre ?

» Elle reconnut qu'elle s'était querellée avec lui la veille au petit déjeuner.

» — Et les domestiques vous ont entendus, je suppose ?

» — Elles n'étaient pas dans la pièce.

» — Non, ma chère petite, mais elles ne devaient pas être bien loin, derrière la porte.

» Je ne savais que trop jusqu'où pouvait porter la voix aiguë de Mabel, en pleine crise de nerfs. Geoffrey Denman aussi avait tendance à élever très fort la voix lorsqu'il s'emportait.

» — A propos de quoi vous êtes-vous disputés ? demandai-je.

» — Oh ! comme d'habitude. On ressassait toujours les mêmes histoires. Cela commençait par quelque chose d'anodin, puis Geoffrey devenait impossible, me lançait des reproches abominables à la figure, et moi je lui disais ce que je pensais de lui.

» — Vous vous querelliez souvent, alors ?

» — Ce n'était pas ma faute !

» — Ma chère enfant, peu importe à qui revient la faute. Ce n'est pas la question. Dans un endroit comme celui-ci, les affaires privées deviennent plus ou moins vite publiques. Ton mari et toi vous ne cessiez de vous quereller. Vous avez une querelle particulièrement violente un matin, la nuit suivante ton mari meurt, subitement et mystérieusement. C'est tout, est-ce tout, ou y a-t-il encore autre chose ?

» — Je ne vois pas ce que vous voulez dire par « autre chose » fit Mabel, boudeuse.

» — Simplement ce que je dis, ma chère enfant ! Si tu as fait quelque chose d'idiot, pour l'amour du ciel, dis-le-moi ! Je ne songe qu'à t'aider de mon mieux.

» — Rien ni personne ne peut m'aider ! s'écria Mabel avec fureur. Sauf la mort !

» — Aie un peu plus confiance en la Providence, mon enfant. Cela dit, Mabel, je sais très bien qu'il y a quelque chose d'autre que tu ne veux pas me dire.

» Quand elle ne me disait pas toute la vérité, je le sentais toujours, même lorsqu'elle était enfant. Cela me prit du temps mais je finis par la lui soutirer. Ce matin-là, elle était allée à la pharmacie acheter de l'arsenic. Bien entendu, elle avait dû signer le registre. Et naturellement, le pharmacien avait parlé.

» — Qui est ton médecin ? lui demandai-je.

» — Le Dr Rawlinson.

» Je le connaissais de vue, Mabel me l'ayant montré du doigt, quelques jours auparavant. A vous parler franchement, c'était ce que j'appellerais un vieux gâteux. J'ai bien trop d'expérience de la vie pour croire à l'infaillibilité des médecins. Il y en a qui sont intelligents, il y en a d'autres qui ne le sont pas, mais une fois sur deux les meilleurs d'entre eux ne comprennent pas ce que vous avez. Pour ma part, je me passe de leurs soins et de leurs remèdes.

» Après avoir bien réfléchi, je mis mon bonnet et allai rendre visite au Dr Rawlinson.

» Il correspondait exactement à l'idée que je m'en étais faite – un brave et aimable vieillard, légèrement dur d'oreille, affligé d'une vue si basse que c'en était pitoyable ; et, avec ça, ombrageux et susceptible au dernier degré. Je n'eus pas plus tôt mentionné la mort de Geoffrey Denman qu'il était lancé : il me cita toutes les espèces de champignons, comestibles ou non. Il avait interrogé la cuisinière et celle-ci avait admis qu'un ou deux des champignons qu'elle avait fait cuire étaient « un peu bizarres ». Mais comme ils venaient du même fournisseur que d'ordinaire, elle avait pensé qu'ils devaient être bons. Mais depuis, plus elle y songeait, plus elle était convaincue qu'ils avaient un aspect inhabituel.

» — Et elle y arrivera ! dis-je. On commence par être sûr qu'ils ressemblent tout à fait à des champignons, et on finit par les voir orange, avec des taches violettes. Il n'y a rien que ces gens-là n'arrivent pas à se rappeler.

» Denman n'était plus en état de parler quand le docteur est arrivé. Il ne pouvait rien avaler et, quelques minutes après, il était mort. Le docteur paraissait tout à fait satisfait du certificat qu'il avait donné. Par entêtement ou sincère conviction, difficile d'en juger.

» Je rentrai directement et demandai carrément à Mabel pourquoi elle avait acheté de l'arsenic.

» — Tu avais forcément une idée en tête ?

» Mabel éclata en sanglots.

» — Je voulais en finir, gémit-elle. J'étais si malheureuse ! Je voulais me suicider.

» — Tu as toujours cet arsenic ?

» — Non, je l'ai jeté.

» Je restais là, à réfléchir encore et encore.

» — Que s'est-il passé quand il s'est senti mal ? Est-ce qu'il t'a appelée ?

» — Non, me répondit-elle. Il a sonné très violemment. Il a dû sonner plusieurs fois. Finalement, la bonne l'a entendu, a réveillé la cuisinière, et elles sont descendues. Quand Dorothy l'a vu, elle a pris peur. Il délirait déjà. Elle a laissé la cuisinière auprès de lui, et elle a couru me chercher. Je me suis levée et je me suis rendue près de lui. J'ai vu tout de suite qu'il était au plus mal. Malheureusement, Brewster, celle qui s'occupe du vieux Mr Denman, s'était absentée pour la nuit, si bien que personne ne savait quoi faire. J'ai envoyé Dorothy chercher le médecin, et je suis restée à son chevet avec la cuisinière, mais au bout de quelques minutes je n'ai plus pu le supporter. C'était trop affreux. Je suis retournée en courant dans ma chambre et j'ai fermé la porte.

» — Très égoïste et pas très gentil de ta part. Tu peux être certaine que cela n'a rien fait pour t'aider. La cuisinière a dû raconter ça partout. Eh bien, nous voilà mal parties…

» J'allai ensuite interroger les domestiques. La cuisinière voulut me parler des champignons mais je l'arrêtai. Je n'en pouvais plus de ces champignons. Au lieu de quoi je les interrogeai soigneusement toutes les deux à propos de l'état dans lequel s'était trouvé leur maître cette nuit-là. Elles tombèrent d'accord pour dire qu'il avait l'air de souffrir atrocement, qu'il était incapable d'avaler et que les propos qu'il tenait n'avaient aucun sens.

» — Mais que disait-il ? demandai-je, intriguée.

» — Quelque chose au sujet de poisson, non ? répondit la cuisinière en se tournant vers l'autre.

» Dorothy confirma.

» — Un tas de poissons, dit-elle, une idiotie de ce genre. J'ai vu tout de suite qu'il n'avait plus toute sa tête, le pauvre monsieur.

» Il n'y avait pas grand-chose à tirer de tout ça. En désespoir de cause, j'allai interroger Brewster, une femme décharnée d'une cinquantaine d'années.

» — Quel malheur que je me sois précisément absentée cette nuit-là ! Il semble que personne n'ait rien tenté pour lui jusqu'à l'arrivée du médecin.

» — Je suppose qu'il délirait, dis-je. Mais ce n'est pas un symptôme d'empoisonnement par la ptomaïne, non ?

» — Ça dépend, répondit Brewster.

» Je lui demandai des nouvelles de son patient.

» — Il va plutôt mal, dit-elle.

» — Affaibli ?

» — Oh non ! Physiquement, il est encore solide – mis à part la vue. Celle-ci baisse dangereusement. Mais il pourrait survivre à tout le monde, n'était la tête qui décline très rapidement. J'avais déjà prévenu Mr et Mrs Denman qu'il faudrait le mettre dans une maison de santé, mais Mrs Denman ne voulait pas en entendre parler.

» Je dois reconnaître que Mabel a toujours eu bon cœur.

» Voilà donc comment se présentait l'affaire. Je l'examinai sous tous ses aspects et, en fin de compte, décidai qu'il n'y avait qu'une chose à faire. Se fondant sur les bruits qui couraient, il fallait demander l'autorisation d'exhumer le corps et se livrer à un rigoureux examen post-mortem afin de faire cesser une fois pour toutes les rumeurs mensongères. Bien entendu, Mabel fit un tas d'histoires, principalement d'ordre sentimental – il ne fallait pas toucher le repos du mort dans sa tombe, etc. – mais je tins bon.

» Je ne m'étendrai pas sur ce point. L'autorisation fut accordée, on fit l'autopsie – ou Dieu sait comment on appelle ça – mais le résultat ne fut pas aussi satisfaisant qu'on pouvait l'espérer. On ne trouva pas trace d'arsenic – ce qui était déjà une bonne chose – mais le rapport disait en propres termes que *rien ne permettait d'indiquer avec certitude ce qui avait pu entraîner la mort du défunt*.

» Comme vous voyez, cela ne suffisait pas à nous tirer d'affaire. Les gens continuèrent à jaser à propos de poisons rares, impossibles à déceler, et autres sornettes de ce genre. J'avais vu le pathologiste qui avait procédé à l'examen post-mortem et je lui avais posé plusieurs questions. Il s'était arrangé pour éviter de répondre à la plupart d'entre elles, mais j'arrivai à lui faire dire qu'il considérait comme hautement improbable que la mort soit due à des champignons vénéneux. Une idée me trottait par la tête, et je lui demandai s'il existait un poison qui aurait pu donner ce résultat. Je ne compris pas grand-chose à sa longue explication, mais il en ressortait que la mort pouvait avoir été causée par un puissant alcaloïde végétal.

» Mon idée était la suivante : supposer que Geoffrey Denman ait eu aussi la folie dans le sang, ne pouvait-il pas s'être suicidé ? Il avait fait des études de médecine à un moment donné de sa vie et devait connaître les poisons et leurs effets.

» Ce n'était pas très vraisemblable, mais je ne voyais rien d'autre. J'étais à bout de ressources, je vous l'avoue. Cela va vous faire rire, vous, jeunes gens modernes, mais quand je suis plongée dans de graves ennuis, je m'adresse toujours une petite prière – n'importe où, dans la rue, au marché… Et j'obtiens toujours une réponse. Un rien quelquefois, apparemment sans rapport avec le sujet, mais une réponse. Au-dessus de mon lit, quand j'étais petite, j'avais épinglé le texte suivant : *Demandez et vous serez exaucé.* Ce matin-là, je descendis la grand-rue en priant très fort. Je fermai les yeux et quand je les rouvris, quelle fut la première chose que je vis ?

Cinq visages, intéressés à des degrés divers, étaient tournés vers miss Marple. On peut affirmer, sans risque de se tromper, que personne n'aurait pu répondre correctement à la question.

— Je vis, déclara miss Marple, *la vitrine d'un poissonnier*. Et dans cette vitrine, il n'y avait qu'une chose : *un saint-pierre*.

Elle regarda autour d'elle d'un air triomphant.

— Oh, mon Dieu ! s'exclama Raymond West. En réponse à une prière, un saint-pierre !

— Oui, Raymond, dit miss Marple sévèrement, cela n'a rien d'un sacrilège. Le doigt de Dieu est partout. La première chose que je vis, ce fut les taches noires, les marques du pouce de saint Pierre ! C'est une légende, vous savez. Et cela m'a éclairée. J'avais besoin de foi, de la vraie foi de saint Pierre. Et j'ai rapproché les deux choses : la foi et le poisson.

Sir Henry s'empressa de se moucher. Joyce se mordit la lèvre.

— A quoi cela me faisait-il penser ? Mais bien sûr, la cuisinière et la bonne avaient toutes les deux prétendu que le mourant avait parlé de poisson. J'étais convaincue maintenant, absolument convaincue qu'il fallait chercher dans ses propos la solution du mystère. Je rentrai décidée à aller au fond des choses.

» Avez-vous jamais remarqué, poursuivit miss Marple après un temps de réflexion, combien nous sommes conditionnés par ce qu'on appelle, je crois, le contexte ? Si vous parlez de temps, selon les circonstances, l'un pensera que vous parlez du temps qui passe, l'autre du temps qu'il fait, un troisième de tant, d'une quantité. Ainsi, quand nous rapportons une conversation, en règle générale nous ne rapportons pas les paroles exactes. Nous employons d'autres mots qui nous semblent signifier la même chose.

» J'interrogeai séparément la cuisinière et Dorothy. Je demandai à la cuisinière si elle était sûre que son maître avait bien parlé d'un tas de poissons. Elle me répondit qu'elle en était tout à fait sûre.

» — Ce sont ses paroles exactes ou a-t-il mentionné une espèce particulière de poisson ?

» — C'est ça, dit la cuisinière, c'était une espèce particulière de poisson mais je ne me rappelle pas laquelle. Un tas de – mais de quoi ? Pas de ces poissons qu'on met sur la table. Des perches ? Des plies ? Non, cela ne commençait pas par un P.

» Dorothy se souvint aussi que son maître avait mentionné un poisson précis : un poisson plutôt exotique. Une pile de… De quoi, déjà ?

» — A-t-il dit une pile ou un tas ?

» — Une pile, je crois. Mais je n'en suis pas sûre. C'est si difficile de se rappeler les mots exacts, mademoiselle, surtout quand ils n'ont aucun sens. Pourtant, plus j'y pense, plus je jurerais qu'il a dit une pile, et que le poisson commençait par un C. Mais ce n'était ni carrelet ni colin.

» La suite c'est ce dont je suis le plus fière, dit miss Marple, parce que, bien sûr, j'ignore tout des médicaments – ces choses que je considère comme nuisibles et dangereuses. Je tiens de ma grand-mère une tisane vermifuge qui vaut largement tous les médicaments vendus dans le commerce. Mais je savais qu'il se trouvait dans la maison divers ouvrages de médecine, dont l'un renfermait un index des principaux remèdes. Voyez-vous, j'avais dans l'idée que Geoffrey avait dû avaler un certain poison et qu'il avait essayé de dire lequel.

» Je commençai par la lettre C, mais rien ne paraissait convenir. Je passai alors à la lettre P, et presque immédiatement je tombai sur… sur quoi, à votre avis ?

Elle regarda autour d'elle, retardant l'heure de son triomphe.

— Pilocarpine ! Figurez-vous un homme qui peut à peine parler, essayant de s'arracher ce mot ! Comment sonnerait-il aux oreilles d'une cuisinière qui ne l'a jamais entendu ? Est-ce que cela ne ressemblerait pas à une « pile de carpes ? »

— Grands dieux ! s'écria sir Henry.

— Je n'aurais jamais pensé à ça, dit le révérend Pender.

— Très intéressant ! Vraiment très intéressant, reconnut Mr Petherick.

— Je consultai aussitôt la page indiquée dans l'index. Je lus l'article consacré à la pilocarpine et à ses effets sur les yeux, et bien d'autres choses qui n'avaient aucun rapport avec l'affaire, quand je tombai enfin sur une phrase décisive : *A été employée avec succès comme antidote dans les cas d'empoisonnement par atropine.*

» Je ne saurais vous dépeindre comment j'ai entrevu la lumière. Je n'avais jamais vraiment cru que Geoffrey s'était suicidé. Non, ma nouvelle solution n'était pas seulement possible, j'étais convaincue que c'était la bonne parce que toutes les pièces s'emboîtaient logiquement.

— Je ne tenterai même pas de deviner, déclara Raymond West. Allez-y, tante Jane, racontez-nous ce qui vous a paru si clair.

— J'ignore tout de la médecine, reprit miss Marple mais je sais que lorsque j'ai eu des problèmes avec mes yeux, mon médecin m'a ordonné des gouttes de sulfate d'atropine. Je montai aussitôt voir le vieux Mr Denman dans sa chambre. Je ne tournai pas autour du pot.

» — Mr Denman, je sais tout, lui dis-je. Pourquoi avez-vous empoisonné votre fils ?

» Il me regarda un instant – c'était un beau vieillard, dans son genre – puis il éclata de rire. Du rire le plus malfaisant que j'aie jamais entendu.

Je vous assure, j'en ai eu la chair de poule. Je n'avais entendu ça qu'une fois dans ma vie, quand la pauvre Mrs Jones avait perdu la tête.

» — Oui, je me suis vengé de Geoffrey. J'ai été plus malin que lui. Il voulait se débarrasser de moi, non ! M'enfermer dans un asile… Je les avais entendus en parler. Mabel, qui est une bonne fille, elle me défendait, mais je savais qu'elle était incapable de tenir tête à Geoffrey. Il finirait par l'emporter, comme toujours. Mais je lui ai réglé son compte, à ce gentil fils aimant ! Ha ! Ha ! Je suis descendu la nuit, en catimini. Cela a été très facile. Brewster était sortie. Mon cher fils dormait. Il y avait un verre d'eau près de son lit. Il le buvait toujours quand il se réveillait au milieu de la nuit. J'en ai vidé une partie – Ha ! Ha ! – et j'ai versé dedans tout mon flacon de gouttes pour les yeux. Il se réveillerait et l'avalerait, avant même de pouvoir se rendre compte de ce que c'était. Il n'y en avait qu'une cuillère à dessert mais c'était suffisant, tout à fait suffisant. Et c'est ce qu'il a fait. Au matin, on est venu m'annoncer ça avec ménagement. Ils avaient peur de me bouleverser. Ha ! Ha ! Ha ! Ha ! Ha !

— Et voilà, dit miss Marple. L'histoire est finie. Bien entendu, le pauvre vieux monsieur fut interné. Il n'était pas réellement responsable de ce qu'il avait fait. En apprenant la vérité, tout le monde fut désolé pour Mabel et chacun fit de son mieux pour lui faire oublier leurs injustes soupçons. Mais si Geoffrey n'avait pas compris ce qu'il venait d'avaler et essayé d'obtenir l'antidote d'urgence, on aurait pu ne jamais savoir. Je crois que l'atropine provoque des symptômes bien précis : dilatation des pupilles, etc. Malheureusement, comme je vous l'ai dit, le Dr Rawlinson avait la vue fort basse, le pauvre vieux. D'après l'ouvrage de médecine que j'ai lu – et où j'ai trouvé des choses très intéressantes – les symptômes de l'empoisonnement par la ptomaïne et par l'atropine sont assez semblables. Mais je vous assure que depuis, je ne peux pas voir une pile de carpes sans songer à l'empreinte de saint Pierre.

Il y eut un long silence.

— Ma chère amie ! déclara enfin Mr Petherick. Ma très chère amie, vous êtes stupéfiante !

— Je vais engager Scotland Yard à recourir à vos services, affirma sir Henry

— Eh bien, en tout cas, tante Jane, il y a au moins une chose que vous ne savez pas.

— Oh ! mais si, mon cher Raymond, déclara miss Marple. Cela s'est passé juste avant le dîner, n'est-ce pas ? Quand tu as emmené Joyce admirer le coucher du soleil. C'est un endroit privilégié là-bas. Près de la haie de jasmin. C'est là que le laitier a demandé à Annie s'il pouvait faire publier les bans.

— Allons, tante Jane, ne gâchez pas mon histoire. Joyce et moi nous n'avons rien de commun avec le laitier.

— C'est là où tu te trompes, mon cher Raymond, déclara miss Marple. Nous avons tous quelque chose de commun. Mais, par bonheur peut-être, nous n'en avons pas conscience.

7

Le geranium bleu

(The Blue Geranium)

— Lorsque je séjournais ici l'an dernier..., commença sir Henry Clithering, et il s'arrêta.

Son hôtesse, Mrs Bantry, le fixa d'un œil intrigué.

L'ex-superintendant de Scotland Yard résidait chez de vieux amis à lui, le colonel Bantry et son épouse, lesquels vivaient non loin de St Mary Mead.

Mrs Bantry, plume en main, venait de lui demander qui, à son avis, elle devrait inviter pour faire le sixième, ce soir.

— Oui ? dit Mrs Bantry, sur un ton encourageant. Quand vous étiez ici l'année dernière... ?

— Dites-moi, reprit sir Henry, connaissez-vous une certaine miss Marple ?

Mrs Bantry fut très étonnée. Elle s'attendait à tout sauf à ça.

— Miss Marple ? Qui ne la connaît pas ? La vieille fille typique qu'on trouve dans les romans. Adorable, mais désespérément vieux jeu ! Voulez-vous dire que vous voudriez que je l'invite, *elle*, à dîner ?

— Cela vous surprend ?

— Un peu, je l'avoue. Du diable si j'aurais cru que vous... Mais vous avez sans doute une bonne raison pour ça ?

— Une raison très simple. Lorsque je séjournais ici, l'an dernier, nous avions pris l'habitude de discuter de mystères non éclaircis. Nous étions cinq ou six. C'était Joyce Lemprière qui avait lancé cette idée. Chacun à son tour racontait une histoire dont il était seul à connaître la réponse. Il s'agissait d'exercer nos capacités de déduction – et de voir qui approcherait de plus près la vérité.

— Eh bien ?

— Nous n'avions même pas pensé que miss Marple pourrait vouloir participer à ce jeu. Néanmoins, nous nous montrâmes très polis, nous ne voulions pas la froisser. Et maintenant, vient le sel de l'histoire : la vieille demoiselle nous a battus à chaque fois !

— Comment ?

— Je vous assure – elle allait droit sur la vérité, comme le pigeon rentre au nid.

— C'est extraordinaire ! Cette chère vieille miss Marple qui n'est quasiment jamais sortie de St Mary Mead !

— Oui, mais à l'en croire, on y trouve d'innombrables occasions d'observer la nature humaine... au microscope, en quelque sorte.

— C'est bien possible, concéda Mrs Bantry. On apprend à connaître la mesquinerie des gens. Mais, je ne crois pas qu'il y ait parmi nous des criminels bien excitants. Enfin, après dîner, nous pourrions essayer sur elle l'histoire d'Arthur et de ses fantômes. Je lui serais très reconnaissante si elle lui trouvait une solution.

— Je ne savais pas qu'Arthur croyait aux fantômes.

— Oh, mais il n'y croit pas ! C'est pourquoi cette histoire le tracasse. C'est arrivé à un de ses amis, George Pritchard, un personnage tout à fait prosaïque. C'est vraiment tragique pour ce pauvre George. Ou cette histoire est vraie, ou alors…

— Ou alors quoi ?

Mrs Bantry ne répondit pas. Un instant plus tard elle reprit, hors de propos :

— J'aime beaucoup George, vous savez. Tout le monde l'aime. On a du mal à croire… Mais les gens font parfois des choses si extraordinaires !

Sir Henry hocha la tête. Il savait encore mieux que Mrs Bantry de quelles choses extraordinaires les gens étaient capables.

C'est ainsi que le soir même, Mrs Bantry, regardant les invités assis à table autour d'elle (en frissonnant un peu car la salle à manger, comme la plupart des salles à manger anglaises, était glaciale), posa les yeux sur la vieille demoiselle assise très droite à côté de son mari. Miss Marple portait des mitaines de dentelle noire, un vieux fichu de dentelle sur les épaules et un autre morceau de dentelle sur ses cheveux blancs. Très animée, elle parlait avec le vieux Dr Lloyd de l'hospice et des défauts supposés des infirmières de la région.

Mrs Bantry fut de nouveau frappée d'étonnement. Elle se demanda même si sir Henry n'avait pas voulu lui faire une farce. Mais pour quelle raison ? Si ce qu'il avait dit était vrai, c'était incroyable !

Elle jeta un regard affectueux sur le visage rougeaud et les larges épaules de son mari, qui parlait chevaux à Jane Helier, la belle et célèbre actrice. Plus belle encore – si c'était possible – que sur les planches, Jane ouvrait d'immenses yeux bleus, en soufflant de temps à autre : « Vraiment ? », « Pas possible ! », « Incroyable ! ». Elle ne connaissait rien aux chevaux et s'en souciait comme d'une guigne.

— Arthur ! intervint Mrs Bantry, vous ennuyez à mort cette pauvre Jane. Laissez tomber vos chevaux, et racontez-lui plutôt votre histoire de fantômes. Vous savez… George Pritchard.

— Oh ! Dolly ? Je ne sais pas si…

— Sir Henry aussi désire l'entendre. Je lui en ai touché deux mots ce matin. Il serait intéressant de savoir ce que chacun en pense.

— Oh, oui ! dit Jane. J'adore les histoires de fantômes.

— Ma foi, commença le colonel Bantry, hésitant. Je n'ai jamais cru au surnaturel. Mais là…

» Aucun de vous ne connaît sans doute George Pritchard. C'est un type formidable. Sa femme… ma foi elle est morte à présent, la malheureuse. Je dirai seulement que de son vivant, elle n'a pas facilité l'existence de George. Elle faisait partie de ces demi-invalides… j'imagine qu'elle avait vraiment quelque chose qui n'allait pas, mais elle en jouait à plaisir. Capricieuse, exigeante, déraisonnable, elle se plaignait du matin au soir. George devait obéir au doigt et à l'œil, mais ce qu'il faisait n'était jamais bien et il ne récoltait que des injures. N'importe qui, à sa place, lui aurait fendu le crâne depuis longtemps à coups de hache. N'est-ce pas, Dolly ?

— C'était une femme terrifiante, confirma Mrs Bantry. Si George Pritchard l'avait tuée à coups de hache, il aurait été triomphalement acquitté... à supposer qu'il n'y ait pas de femmes dans le jury.

— Je ne sais pas très bien comment cette histoire a commencé. George est resté plutôt vague à ce sujet. J'imagine que Mrs Pritchard avait toujours eu un faible pour les voyantes, les diseuses de bonne aventure et autres extra-lucides. George n'y voyait pas d'inconvénient. Si elle y trouvait du plaisir, c'était bel et bon. Mais il refusait de partager son enthousiasme, ce qui était pour elle un grief supplémentaire.

» Comme au bout de quelques semaines leurs services ne satisfaisaient plus Mrs Pritchard, c'était chez eux un perpétuel défilé d'infirmières. Pendant un temps, Mrs Pritchard s'était entichée de l'une d'elles, une passionnée de spiritisme. Puis, soudain, elle s'était fâchée contre elle et l'avait renvoyée. Elle en avait choisi une autre, plus âgée, plus expérimentée, et qui savait manier avec tact les patients névrosés. D'après George, cette miss Copling opposait une totale indifférence aux fureurs et aux crises de nerfs de Mrs Pritchard.

» Mrs Pritchard déjeunait toujours dans sa chambre, tandis que George et l'infirmière mettaient au point le programme de l'après-midi. En principe, l'infirmière sortait de 2 à 4. Mais, par obligeance, elle prenait parfois ses heures après le thé, si George désirait disposer de son après-midi. Un beau jour, elle annonça qu'elle allait voir sa sœur à Golders Green et, qu'en conséquence elle rentrerait peut-être un peu tard. George ne put masquer sa déconvenue : il comptait faire une partie de golf. Mais miss Copling le rassura aussitôt.

» — Nous ne manquerons ni l'un ni l'autre à Mrs Pritchard, dit-elle, une lueur dans l'œil. Mrs Pritchard attend de la compagnie plus divertissante que la nôtre.

» — Qui ça ?

» — Un instant, fit miss Copling, l'œil encore plus brillant. Il ne faut pas que je me trompe. *Zarida, médium, lit dans l'avenir*.

» — Seigneur ! grommela George. C'en est une nouvelle, n'est-ce pas ?

» — Toute nouvelle. Envoyée, je crois, par celle qui m'a précédée, miss Carstairs. Mrs Pritchard ne l'a pas encore vue. Elle m'avait demandé de lui écrire et de lui donner rendez-vous pour cet après-midi.

» — Enfin, j'aurai au moins ma partie de golf, dit George, qui partit, plein de sentiments les plus amicaux pour Zarida, Lectrice du Futur.

» En rentrant, il trouva Mrs Pritchard dans un état d'agitation extrême. Elle était comme toujours sur son lit d'invalide, un flacon de sels à la main qu'elle respirait à intervalles réguliers.

» — George ! s'exclama-t-elle. Qu'est-ce que je vous disais à propos de cette maison ? Dès l'instant où j'y ai mis les pieds, j'ai *senti* que quelque chose n'allait pas. Je ne vous l'ai pas dit, à l'époque ?

» Refoulant une envie de lui répliquer : « Comme toujours », George murmura :

» — Non, je ne peux pas dire que je m'en souvienne…

» — Vous ne vous souvenez jamais de rien de ce qui me concerne. Les hommes sont extraordinairement insensibles, mais vous êtes encore plus insensible que les autres.

» — Allons, Mary, ma chérie, vous êtes injuste !

» — Eh bien, comme je vous le disais, cette femme l'a su aussitôt. En passant la porte, elle… elle a littéralement blêmi, si vous voyez ce que je veux dire, et elle a déclaré : « Le mal rôde ici… le mal et le danger. Je le sens. »

» George commit l'imprudence de rire.

» — Ma foi, vous en aurez eu pour votre argent, cet après-midi !

» Sa femme ferma les yeux et inhala longuement ses sels.

» — Comme vous me haïssez ! Si j'étais en train de mourir, vous ririez et vous vous moqueriez encore de moi !

» George protesta et au bout d'un moment elle poursuivit :

» — Vous pouvez rire, mais je vous dirai tout. Cette maison est dangereuse pour moi. C'est ce que cette femme pense.

» Les sentiments amicaux que George éprouvait jusque-là pour Zarida changèrent du tout au tout. Sa femme était parfaitement capable de vouloir déménager à tout prix, si le caprice l'en prenait.

» — Que vous a-t-elle dit d'autre ?

» — Pas grand-chose. Elle était trop bouleversée… Si, une chose encore. J'avais des violettes dans un verre. Elle les a montrées du doigt en criant : « Enlevez-les ! Pas de fleurs bleues – jamais de fleurs bleues. Les fleurs bleues vous sont fatales… Ne l'oubliez pas ! »

» — Et vous savez, ajouta Mrs Pritchard, je vous l'ai assez dit, que j'ai toujours eu le bleu en horreur. Il me donne une espèce de sentiment instinctif de danger.

» George était trop avisé pour lui faire remarquer qu'il ne l'avait jamais entendue dire quoi que ce soit de pareil jusque-là. A la place, il lui demanda à quoi ressemblait la mystérieuse Zarida. Mrs Pritchard se mit à en faire le portrait avec délectation.

» — Des cheveux noirs avec des macarons sur les oreilles… des yeux mi-clos avec de grands cernes autour, la bouche et le menton dissimulés par un voile noir… Une voix chantante, avec un fort accent étranger… espagnol, me semble-t-il…

» — Tout le tremblement, quoi ! commenta George, joyeusement.

» Aussitôt, sa femme referma les yeux.

» — Je me sens très mal, fit-elle. Sonnez l'infirmière. Comme vous ne le savez que trop, la méchanceté me bouleverse.

» Deux jours après, miss Copling, soucieuse, vint trouver George.

» — Voulez-vous venir voir Mrs Pritchard, je vous prie ? Elle vient de recevoir une lettre qui l'a beaucoup agitée.

» Il trouva sa femme, la lettre à la main. Elle la lui tendit :

» — Lisez ! dit-elle.

» La lettre était rédigée d'une large écriture, à l'encre noire, sur un papier violemment parfumé.

» — *J'ai percé l'Avenir. Soyez avertie, avant qu'il ne soit trop tard. Prenez garde à la Pleine Lune. La primevère bleue signifie Attention, la rose trémière bleue, signifie Danger, le géranium bleu, la Mort…*

» George allait pouffer de rire, quand il croisa le regard de miss Copling. Elle lui adressa un petit signe de prudence.

» — Cette femme essaie probablement de vous effrayer, Mary, déclara-t-il assez gauchement. D'ailleurs, il n'existe ni primevère bleue ni géranium bleu.

» Mais Mrs Pritchard se mit à pleurer, en disant que ses jours étaient comptés. L'infirmière quitta la pièce avec George.

» — Quel tissu d'absurdités ! s'exclama-t-il.

» — Peut-être bien.

» Frappé par le ton de l'infirmière, il la regarda avec étonnement.

» — Vous ne croyez tout de même pas…

» — Non, non, Mr Pritchard. Je ne crois pas à ceux qui lisent dans l'avenir – c'est absurde. Mais ce qui m'intrigue c'est le sens de tout ça. D'ordinaire, les diseuses de bonne aventure cherchent à obtenir quelque chose. Mais cette personne semble vouloir effrayer Mrs Pritchard sans aucun avantage pour elle-même. Je n'en vois pas la raison. Et puis il y a autre chose…

» — Oui ?

» — Mrs Pritchard dit que cette Zarida lui a paru familière.

» — Eh bien ?

» — Eh bien, je n'aime pas ça, Mr Pritchard.

» — Je ne vous savais pas superstitieuse, miss Copling.

» — Je ne suis pas superstitieuse, je sais voir s'il y a du louche.

» Quatre jours après, survint le premier incident. Mais pour vous l'expliquer je dois d'abord vous décrire la chambre de Mrs Pritchard.

— Laissez-moi faire ça, intervint Mrs Bantry. Elle était tapissée d'un de ces nouveaux papiers peints imprimés de massifs de fleurs qui forment une espèce de bordure de plantes herbacées. Cela donne l'impression d'être dans un jardin – bien que les fleurs soient évidemment toutes fausses. Je veux dire qu'elles ne peuvent pas fleurir toutes au même moment…

— Ne vous laissez pas emporter par votre amour pour l'horticulture, Dolly. Nous savons tous que vous êtes une jardinière passionnée.

— Mais c'est absurde de mettre ensemble des jacinthes, des jonquilles, des lupins, des roses trémières et des pâquerettes.

— Bien peu scientifique, convint sir Henry. Mais revenons à notre histoire.

— Eh bien, parmi ces fleurs il y avait des primevères, des massifs de primevères roses et jaunes et… oh, Arthur, allez-y, c'est votre histoire…

Le colonel Bantry poursuivit son récit.

— Un matin, Mrs Pritchard se mit à sonner violemment. Toute la maisonnée arriva en courant, pensant qu'elle était au plus mal. Il n'en était rien. Surexcitée, elle pointait le doigt sur le papier peint. Sans aucun doute, on voyait là, *une primevère bleue* au milieu des autres.

— Oh ! s'écria miss Helier. C'est terrifiant !

— La question était la suivante : cette primevère bleue avait-elle toujours été là ? C'était ce que suggéraient George et l'infirmière. Mais Mrs Pritchard ne voulait rien entendre. Elle ne l'avait jamais remarquée jusqu'à ce matin-là, et elle venait après une nuit de pleine lune. Elle en était bouleversée.

— Le jour même, je croisai George Pritchard, qui me raconta l'histoire, précisa Mrs Bantry. J'allai voir Mrs Pritchard et fit de mon mieux pour tourner la chose en ridicule, mais sans succès. Je rentrais, réellement inquiète, quand je rencontrai Joan Instow, à qui je confiai toute l'affaire. Joan est une drôle de fille. « Elle est vraiment si bouleversée que ça ? » me demanda-t-elle. Je lui répondis qu'elle était à ce point superstitieuse qu'elle était capable de mourir de frayeur.

» Je me rappelle que Joan me stupéfia par ce qu'elle me dit ensuite. Elle me dit : « Ma foi, c'est ce qui pourrait lui arriver de mieux, non ? », d'une voix si posée, si froide que j'en fus… eh bien, oui, choquée. Bien sûr, je sais que cela se fait aujourd'hui : on s'exprime avec franchise et brutalité ; mais je ne m'y ferai jamais. « Cela ne vous plaît pas de m'entendre parler ainsi, poursuivit Joan avec un curieux sourire, mais c'est la vérité.

A quoi lui sert sa vie ? A rien. Et pour George Pritchard c'est l'enfer. Que sa femme meure de peur, c'est ce qui pourrait lui arriver de mieux. » « George a toujours été très bon pour elle », lui fis-je remarquer. Et elle me répondit : « Oui, il mérite une récompense, le pauvre cher homme. Il est très séduisant, George Pritchard. C'était l'avis de la précédente infirmière, la jolie... Comment s'appelait-elle, déjà ? Miss Carstairs. C'est ce qui a causé la brouille entre elle et Mrs P. »

» Cela ne me plut pas d'entendre Joan dire ça. Bien sûr, on s'était bien demandé...

Arrivée là, Mrs Bantry marqua une pause significative.

— Oui, ma chère, remarqua d'une voix placide miss Marple. C'est toujours le cas. Est-ce que miss Instow est jolie ? J'imagine qu'elle joue au golf ?

— Oui ! Elle est très sportive. Jolie, séduisante avec un teint superbe, des cheveux blonds et de beaux yeux bleus au regard serein. D'ailleurs, nous avons toujours pensé qu'elle et George Pritchard – si les circonstances avaient été différentes, bien entendu – étaient faits l'un pour l'autre.

— Et ils étaient amis ? demanda miss Marple.

— Oh oui ! Grands amis.

— Voudriez-vous, Dolly, me laisser poursuivre ? fit plaintivement le colonel.

— Arthur brûle d'en revenir à ses chers fantômes, fit Mrs Bantry, résignée.

— Je tiens la suite de l'histoire de George lui-même, reprit le colonel. Bien entendu, Mrs Pritchard ne vit pas arriver sans terreur la fin du mois. Elle avait coché sur son calendrier le jour de la nouvelle lune et, ce soir-là, elle avait fait venir dans sa chambre l'infirmière, puis George, pour qu'ils examinent attentivement le papier peint. On y voyait des roses trémières roses, d'autres rouges, mais aucune n'était bleue. Et lorsque George quitta sa chambre, Mrs Pritchard s'enferma à double tour.

— Et au matin, il y en avait une grande bleue ! s'exclama gaiement miss Helier.

— Tout juste ! dit le colonel. Ou presque. L'une des roses trémières juste au-dessus de sa tête, avait viré au bleu. George en fut stupéfait. Mais bien sûr, plus il était stupéfait, plus il refusait de prendre la chose au sérieux. Il prétendait que tout cela n'était qu'une plaisanterie. Il ne tenait pas compte du fait que la porte était fermée à clef et que Mrs Pritchard avait découvert la transformation avant que quiconque – même miss Copling – soit entré.

» George était stupéfait et cela lui fit perdre son bon sens. Sa femme voulait quitter la maison, il s'y refusa. Pour la première fois de son existence, il était à deux doigts de croire au surnaturel, mais il n'était pas près d'en convenir. Il cédait toujours devant sa femme, mais cette fois il tint bon. Toute l'histoire lui paraissait un tissu d'absurdités.

» Un mois s'écoula. Mrs Pritchard protesta moins qu'on n'aurait pu l'imaginer. Je pense qu'elle était assez superstitieuse pour croire échapper à sa destinée. La primevère bleue : attention ; la rose trémière bleue : danger ; le géranium bleu : la mort, répétait-elle inlassablement. Et elle ne quittait plus des yeux le bouquet de géraniums roses qui était le plus près de son lit.

» Cette histoire éprouvait les nerfs de tous. Même l'infirmière fut contaminée. Deux jours avant la pleine lune, elle vint implorer George d'emmener Mrs Pritchard loin de la maison. George se fâcha.

» — Même si toutes les fleurs de ce fichu mur se transformaient en diables bleus, personne n'en mourrait pour autant ! cria-t-il.

» — Détrompez-vous ! On a déjà vu des gens qu'un choc a tués.

» — Ridicule ! dit George.

» George a toujours eu une tête de cochon. On ne peut pas le faire changer d'idée. Je le soupçonne d'avoir été intimement persuadé que sa femme opérait ces changements elle-même, que cela correspondait de sa part à un plan maladif et hystérique.

» La nuit fatidique arriva enfin. Comme l'autre fois, Mrs Pritchard verrouilla sa porte. Elle était très calme, presque dans un état second. Inquiète, l'infirmière lui proposa un stimulant, une piqûre de strychnine, mais Mrs Pritchard refusa. En un sens, je crois qu'elle prenait plaisir à l'affaire. C'était l'avis de George, du moins.

— C'est bien possible, dit Mrs Bantry. Tout cela devait avoir quelque chose de fascinant.

— Le lendemain matin, il n'y eut pas de violent coup de sonnette. Mrs Pritchard avait coutume de se réveiller vers 8 heures. Comme elle ne s'était toujours pas manifestée à 8 heures et demie, l'infirmière alla frapper à sa porte. N'obtenant pas de réponse, elle alla chercher George. Elle insista pour qu'il force la porte. Ce qui fut fait, à l'aide d'un ciseau à froid.

» Un simple coup d'œil sur le corps immobile sur le lit suffit à miss Copling. Elle envoya George téléphoner au docteur, mais il était trop tard. D'après lui, Mrs Pritchard était morte depuis 8 heures au moins. Son flacon de sels reposait sur le lit, à côté de sa main, et, *sur le mur, près d'elle, l'un des géraniums roses avait viré au bleu.*

— Atroce, fit miss Helier en frissonnant.

— Pas d'autres détails ? demanda sir Henry, les sourcils froncés.

Le colonel Bantry secoua la tête mais ajouta vivement :

— Le gaz !

— Comment ça, le gaz ? demanda sir Henry.

— En arrivant, le médecin avait décelé une légère odeur de gaz, et il trouva effectivement le radiateur à gaz, devant la cheminée, légèrement ouvert, mais si légèrement que cela ne pouvait pas avoir eu de conséquence.

— Mr Pritchard et l'infirmière n'avaient rien senti en pénétrant dans la pièce ?

L'infirmière avait remarqué une vague odeur. George dit qu'il n'avait pas senti le gaz, mais qu'il avait eu une impression de malaise. Il avait mis cela sur le compte du choc – ce qui était probablement le cas. Quoi qu'il en soit, il n'a pas été question d'empoisonnement par le gaz. L'odeur était à peine perceptible.

— Et c'est la fin de l'histoire ?

— Non. Dans un sens ou dans l'autre, on a commencé à jaser. Voyez-vous, les domestiques avaient entendu des choses… par exemple ils avaient entendu Mrs Pitchard dire à son mari qu'il la détestait et qu'il rirait s'il la voyait mourir. Et des propos plus récents. Ainsi, comme il refusait de déménager, elle lui avait dit un jour : « Parfait ! j'espère qu'une fois que je serai morte, chacun comprendra que vous m'avez tuée. » Et par malchance, la veille de sa mort, on l'avait aperçu en train de préparer un herbicide pour les allées du jardin. Le domestique qui l'avait remarqué l'avait vu ensuite apporter un verre de lait chaud à sa femme.

» Les bavardages se propagèrent et s'amplifièrent. Le médecin avait délivré un certificat – je n'en connais pas exactement la teneur : choc, syncope, arrêt du cœur, probablement un terme médical qui ne signifiait pas grand-chose. Quoi qu'il en soit, la pauvre femme n'était pas depuis un mois dans sa tombe qu'on demandait et obtenait son exhumation.

— Et si je m'en souviens bien, l'autopsie ne donna aucun résultat, intervint gravement sir Henry. Bref, de la fumée sans feu, pour une fois.

— Toute cette affaire est vraiment très étrange, dit Mrs Bantry. Cette diseuse de bonne aventure, par exemple, la fameuse Zarida… A l'adresse qu'elle avait donnée, personne ne la connaissait.

— Elle est tombée du ciel un jour, dit son mari, et ensuite s'est proprement évanouie. Du ciel bleu, bien entendu, ajouta-t-il.

— Le comble, reprit son épouse, c'est que miss Carstairs, qui était censée l'avoir recommandée, n'en avait jamais entendu parler !

Tout le monde se regarda.

— C'est une histoire bien mystérieuse, remarqua le Dr Lloyd. On peut faire des suppositions, mais quant à deviner…

Il secoua la tête.

— Mr Pritchard a-t-il épousé miss Instow ? demanda alors miss Marple de sa voix douce.

— Pourquoi cette question ? dit sir Henry, étonné.

Miss Marple ouvrit ses gentils yeux bleus.

— Mais parce que cela me semble important. Se sont-ils mariés ?

Le colonel Bantry secoua la tête.

— Nous… eh bien nous nous attendions à quelque chose de ce genre, mais cela fait dix-huit mois maintenant… Je crois qu'ils ne se voient même plus.

— C'est important, dit miss Marple, très important.

— Vous pensez donc comme moi ! s'écria Mrs Bantry. Vous pensez que…

— Allons, Dolly ! fit son mari. Ce que vous allez dire est injustifiable. Vous ne pouvez pas accuser les gens sans l'ombre d'une preuve.

— Ne soyez pas si… masculin, Arthur ! Les hommes hésitent toujours à dire *quoi que ce soit*. De toute façon, tout cela reste entre nous. Il m'est venu l'idée extravagante que peut-être, je dis bien peut-être, Joan Instow se serait déguisée en diseuse de bonne aventure. Pour plaisanter et sans mauvaise intention, entendez-moi bien. Mais supposons qu'elle l'a fait, et que Mrs Pritchard a été assez stupide pour mourir de frayeur… N'est-ce pas ce à quoi pensait miss Marple ?

— Non, ma chère, pas exactement, répondit miss Marple. Voyez-vous, si je voulais tuer quelqu'un — ce qui, bien entendu, ne me viendrait pas une seconde à l'esprit parce que c'est très mal et que, par ailleurs, je répugne à tuer même les guêpes, et pourtant je sais bien qu'il faut le faire et je suis sûre que le jardinier le fait de la façon la plus humaine possible… Voyons, où en étais-je ?

— Si vous vouliez tuer quelqu'un… lui souffla sir Henry.

— Ah oui ! Eh bien, en ce cas, je ne compterais pas sur la seule frayeur. Je sais bien qu'on nous raconte souvent que des gens en sont morts, mais c'est un moyen très aléatoire, et les gens les plus nerveux sont infiniment plus courageux qu'on pourrait le croire. Je préférerais quelque chose de sûr et certain, reposant sur un plan soigneusement conçu.

— Miss Marple, vous me faites peur ! s'exclama sir Henry. J'espère que vous n'aurez jamais envie de vous débarrasser de moi. Vos plans risqueraient d'être trop parfaits.

Miss Marple lui jeta un regard de reproche.

— Je croyais avoir fait comprendre que je ne songerai jamais à commettre pareille vilenie. Non, je tentais simplement de me mettre à la place de… euh… d'une certaine personne.

— Voulez-vous dire George Pritchard ? demanda le colonel Bantry. Je ne croirai jamais ça de George... bien que même l'infirmière en soit convaincue. Je l'ai vue un mois plus tard, au moment de l'exhumation. Elle ignorait comment la chose avait pu se faire – et se refusait d'ailleurs à en parler – mais elle tenait George pour responsable en quelque sorte de la mort de sa femme. Elle en était certaine.

— Ma foi, risqua le Dr Lloyd, peut-être n'avait-elle pas tout à fait tort. Les infirmières *savent* la plupart du temps. Elle ne peut pas le dire – elle n'a pas de preuves – mais elle *sait*.

Sir Henry se pencha en avant.

— Allons, miss Marple, dit-il. Vous voilà perdue dans vos pensées. Ne voulez-vous pas nous les confier ?

Miss Marple sursauta et rosit légèrement.

— Veuillez m'excuser. Je songeais à notre infirmière régionale... Un problème bien difficile.

— Plus difficile que celui du géranium bleu ?

— En fait, tout dépend des primevères. Mrs Bantry nous a dit qu'elles étaient jaunes et roses. Si c'en était une rose, qui a viré au bleu, tout colle parfaitement. Mais si c'en était une jaune...

— C'était une rose, précisa Mrs Bantry.

Elle avait les yeux fixés sur miss Marple. Comme tous les autres.

— Alors, tout semble concorder, annonça miss Marple en secouant la tête d'un air navré. Et la saison des guêpes, et tout le reste. Et aussi le gaz, bien entendu.

— Cela vous rappelle, j'imagine, d'innombrables tragédies villageoises ?

— Pas des tragédies, répondit miss Marple, et certainement rien de criminel. Mais cela me fait un peu penser aux ennuis que nous avons avec notre infirmière régionale. Après tout, les infirmières sont des êtres humains, et obligées comme elles sont de se conduire avec une correction exemplaire, de porter des cols inconfortables, étant précipitées dans les familles… ma foi, trouvez-vous étonnant qu'il arrive parfois des choses ?

Sir Henry entrevit une lueur.

— Vous voulez parler de miss Carstairs ?

— Oh, non ! Pas de miss Carstairs. De miss *Copling*. Voyez-vous, elle s'était déjà trouvée là auparavant, et en rapport avec Mr Pritchard dont vous dites qu'il est très séduisant. Elle a dû penser, la pauvre petite… bon, inutile de remuer tout ça. Je pense quelle ignorait l'existence de miss Instow et bien sûr, quand elle l'a découverte, elle s'est retournée contre lui et a essayé de lui faire tout le mal possible. Bien entendu, c'est surtout la lettre qui l'a trahie, non ?

— Quelle lettre ?

— Eh bien, celle qu'elle a écrite à la diseuse de bonne aventure à la demande de Mrs Pritchard. La diseuse de bonne aventure est arrivée, soi-disant en réponse à cette lettre. Mais on a découvert ensuite que cette personne était inconnue à cette adresse. Cela montre que miss Copling était mêlée à l'affaire. Elle était seule à prétendre avoir envoyé cette lettre – de là à penser que c'était elle la diseuse de bonne aventure…

— J'avais complètement négligé cette lettre, admit sir Henry. Bien sûr, c'est un point de la plus haute importance.

— C'était une démarche bien audacieuse, poursuivit miss Marple. Mrs Pritchard pouvait la reconnaître en dépit de son déguisement. Encore que, en ce cas, l'infirmière pouvait prétendre avoir voulu lui faire une farce.

— Qu'aviez-vous à l'esprit quand vous avez dit que, à la place d'une certaine personne, vous n'auriez pas compté sur la seule frayeur ? demanda sir Henry.

— C'est un moyen dont on ne peut pas être sûr, précisa miss Marple. Non, je pense que les menaces et les fleurs bleues – si vous me permettez d'utiliser un terme militaire – étaient du pur *camouflage*, dit-elle avec un petit rire gêné.

— Et le vrai moyen ?

— Je sais bien que chez moi les guêpes sont une obsession, dit miss Marple d'un ton d'excuse. Ces pauvres choses qu'on détruit par milliers, en général par un beau jour d'été. Mais je me rappelle avoir pensé, quand je voyais le jardinier mélanger dans une bouteille du cyanure de potassium et de l'eau, combien cela ressemblait à des sels. Si on substituait cette préparation au contenu d'un flacon de vrais sels… Oui, la pauvre femme avait l'habitude d'en respirer. Vous dites d'ailleurs qu'on a retrouvé le flacon à portée de sa main. Mr Pritchard est allé au téléphone appeler le médecin, l'infirmière a remis le vrai flacon à la place et elle a ouvert légèrement le gaz, afin de masquer l'odeur d'amandes amères propre au cyanure, et pour le cas où quelqu'un se sentirait mal. Et j'ai toujours entendu dire que, à condition d'attendre assez longtemps, le cyanure ne laissait aucune trace. Bien sur, je peux me tromper, le flacon contenait peut-être tout autre chose. Mais cela n'a pas beaucoup d'importance, n'est-ce pas ?

Miss Marple s'arrêta, un peu essoufflée.

— Mais le géranium bleu, et les autres fleurs ? demanda Jane Helier.

— Les infirmières ont toujours avec elles du papier de tournesol, non ? dit miss Marple, pour, ma foi… certains tests. Ce n'est pas un sujet très agréable. Inutile de s'appesantir. J'ai moi-même donné des soins. (Elle rosit délicatement.) Le bleu vire au rouge, sous l'action des acides, et le rouge au bleu, sous l'action des alcaloïdes. Quoi de plus facile que d'enduire une fleur rouge de pâte de tournesol, près du lit, bien sûr. Quand la pauvre femme respirait ses sels, les vapeurs d'ammoniaque la faisaient virer au bleu. Remarquablement ingénieux ! Evidemment, le géranium n'était pas bleu quand ils firent irruption dans la chambre la première fois. On ne le remarqua qu'après. En opérant la substitution des flacons, l'infirmière a dû tenir une minute le flacon de sels ammoniaqués contre le papier peint.

— On dirait que vous y étiez, miss Marple, remarqua sir Henry.

— Ce qui me tracasse : c'est ce pauvre Mr Pritchard et cette charmante miss Instow. Ils ont dû se soupçonner l'un l'autre et se tenir à distance, alors que la vie est si courte !

Elle secoua la tête.

— Rassurez-vous, déclara sir Henry. En fait, j'ai un atout dans ma manche. On a arrêté une infirmière qui est soupçonnée d'avoir assassiné un vieux malade, qui l'avait faite son héritière. Elle aurait substitué du cyanure de potassium à des sels. Miss Copling a employé encore une fois le même truc. Mr Pritchard et miss Instow ne pourront plus avoir de doutes.

— N'est-ce pas merveilleux ? s'écria miss Marple. Je ne parle pas du nouveau meurtre, bien sûr. C'est très triste, cela montre bien toute la méchanceté qui court de par le monde, et que si l'on y cède une fois… mais cela me rappelle que je *dois* terminer ma conversation avec le Dr Llyod à propos de l'infirmière du village.

Le Club du mardi continue

8

La demoiselle de compagnie
(The Companion)

— Et vous, docteur Lloyd ? demanda miss Helier. Vous ne connaissez aucune histoire terrifiante ?

Elle lui sourit, de ce sourire qui ensorcelait chaque soir au théâtre tant de spectateurs. Jane Helier était parfois qualifiée de plus belle femme d'Angleterre, et ses consœurs jalouses avaient l'habitude de dire : « Bien sûr ; Jane n'est pas une *artiste.* Elle ne sait pas *jouer,* si vous voyez ce que je veux dire. Mais elle a des yeux… ! »

Et ces « yeux » étaient fixés en cet instant sur le célibataire grisonnant qui prodiguait depuis cinq ans ses soins aux malades de St Mary Mead.

D'un geste machinal, le médecin tira sur son gilet (qui avait tendance depuis quelque temps à le serrer de façon très désagréable), et se creusa l'esprit pour ne pas décevoir la ravissante créature qui s'adressait à lui avec tant de confiance.

— Ce soir, reprit Jane sur un ton pensif, j'aimerais me vautrer dans le crime.

— Epatant ! Epatant ! s'exclama son hôte, le colonel Bantry. N'est-ce pas, Dolly ? dit-il avec un rire de militaire, joyeux et tonitruant.

Rappelée à ses devoirs d'hôtesse, sa femme (qui rêvait à ses plantations de printemps) approuva avec enthousiasme.

— Bien sûr que c'est épatant, dit-elle de tout cœur mais distraitement. Je l'ai toujours pensé.

— Vraiment, ma chère ? dit la vieille miss Marple, l'œil pétillant.

— Voyez-vous, miss Helier, il se passe peu de choses horribles à St Mary Mead, et il se commet encore moins de crimes, affirma le Dr Lloyd.

— Vous me surprenez, déclara sir Henry Clithering en se tournant vers miss Marple. Notre amie ici présente m'a toujours laissé entendre que St Mary Mead était un véritable foyer de crime et de vice !

— Oh, sir Henry ! protesta miss Marple, tandis que le rouge lui montait aux joues. Je suis certaine de n'avoir jamais rien affirmé de tel. La seule chose que j'ai dite, c'est que la nature humaine est la même dans un village que partout ailleurs, mais que dans un village, on a l'occasion et le loisir de l'étudier de plus près.

— Mais *vous*, vous n'avez pas toujours vécu ici, reprit Jane Helier, s'adressant toujours au médecin. Vous avez vécu dans toutes sortes d'endroits bizarres du monde, des endroits où il se passe des choses !

— Oui, bien sûr, dit le Dr Lloyd en réfléchissant désespérément. Oui, bien sûr… oui… Ah ! J'en tiens une !

Il s'enfonça sur son siège avec un soupir de soulagement.

— Elle remonte à plusieurs années, je l'avais presque oubliée. Les faits étaient étranges, très très étranges. Et la coïncidence finale, qui m'en apporta la clé, fut aussi très étrange.

Miss Helier rapprocha son fauteuil, se remit du rouge à lèvres et attendit, pleine d'espoir. Les autres le regardaient aussi avec intérêt.

— J'ignore si l'un de vous connaît les Canaries…

— Ce sont des îles magnifiques ! s'exclama Jane Helier. Elles se trouvent dans les mers du Sud, n'est-ce pas ? Ou dans la Méditerranée ?

— J'y ai fait escale un jour, alors que je me rendais en Afrique du Sud, remarqua le colonel. Au soleil couchant, le Pic de Ténérife est de toute beauté.

— L'histoire que je vais vous raconter ne s'est pas déroulée à Ténérife, mais dans la Grande Canarie. Il y a de ça bon nombre d'années, maintenant. Des problèmes de santé m'avaient contraint à abandonner ma clientèle en Angleterre pour partir à l'étranger. J'exerçais à Las Palmas, la plus grande ville de Grande Canarie. La vie là-bas me plaisait de bien des façons ! Le climat était doux et ensoleillé, on pouvait faire du surf et se baigner (je suis un nageur impénitent), et l'animation du port était très attrayante. Des bateaux du monde entier font escale à Las Palmas. J'avais pris l'habitude d'arpenter le môle tous les matins, avec beaucoup plus d'intérêt qu'un membre du beau sexe se promenant dans une rue bordée de boutiques de chapeaux.

» Comme je l'ai dit, les navires relâchent à Las Palmas. Quelquefois pour quelques heures, quelquefois pour un jour ou deux. Au *Métropole*, le principal hôtel, on peut voir des gens de toutes les races et de toutes les nationalités – des oiseaux de passage. Même les gens qui vont à Ténérife s'arrêtent généralement là quelques jours avant de passer sur l'autre île.

» C'est là que mon histoire commence, à l'hôtel *Métropole*, un jeudi soir de janvier. J'étais attablé avec un ami à regarder les gens danser. Il y avait bien quelques Anglais et des ressortissants d'autres nationalités, mais les danseurs étaient en majorité espagnols. Quand l'orchestre attaqua un tango, seule une demi-douzaine de couples de cette nationalité se lança sur la piste. Ils dansaient tous bien et nous les admirions. Une femme, en particulier, souleva notre enthousiasme. Grande, belle, souple, elle se mouvait avec la grâce d'une panthère à demi sauvage. Elle donnait une impression de danger. J'en fis part à mon ami qui tomba d'accord avec moi.

» — Les femmes de ce genre ont forcément une histoire, me dit-il. La vie ne peut pas les ignorer.

» — La beauté peut être dangereuse, dis-je.

» — Ce n'est pas seulement la beauté, insista-t-il. Il y a autre chose. Regardez-la bien. Cette femme doit forcément se trouver entraînée dans des aventures, ou les provoquer. Comme je l'ai déjà dit, la vie ne peut pas l'ignorer. Des événements étranges et excitants l'attendent. Il suffit de la regarder pour le comprendre. (Il s'arrêta, puis ajouta avec un sourire :) Comme il suffit de regarder ces deux femmes, là-bas, pour comprendre que rien ne peut leur arriver qui sorte de l'ordinaire. Elles sont faites pour une vie paisible et sans histoires !

» Je suivis son regard. Les deux femmes étaient des passagères d'un paquebot de ligne qui venait d'arriver l'après-midi.

» Je saisis tout de suite ce que mon ami avait voulu dire. C'était deux Anglaises – de ces charmantes et typiques Anglaises qu'on rencontre à l'étranger. Elles devaient avoir autour de 40 ans. L'une était petite, blonde, et juste un peu trop enveloppée. L'autre était brune et un peu – de nouveau juste un peu – trop maigrelette. Elles étaient ce qu'on appelle bien conservées, habillées simplement et sans ostentation de tweed bien coupé, et vierges de toute espèce de maquillage. Elles avaient la tranquille assurance que toute Anglaise de bonne famille acquiert à la naissance. Elles n'avaient rien de remarquable. Elles ressemblaient à des milliers de leurs sœurs. Assistées du *Baedeker*, elles verraient sans aucun doute tout ce qu'elles voulaient voir, et resteraient aveugles à tout le reste. Elles fréquenteraient la bibliothèque anglaise et l'église anglicane partout où il s'en trouverait une et il était probable que l'une, ou l'autre, ou toutes les deux, dessinait un peu. Comme l'avait dit mon ami, rien d'intéressant ni d'extraordinaire ne leur arriverait jamais même si, vraisemblablement, elles faisaient le tour du monde. Je regardai de nouveau l'Espagnole à la grâce sinueuse, aux yeux mi-clos provocants, et je souris.

— Pauvres créatures ! soupira miss Helier. A mon avis, c'est stupide de ne pas tirer le meilleur parti de ce qu'on a. Cette femme dans Bond Street, Valentine, est extraordinaire. Audrey Denman va chez elle. Vous l'avez vue dans « La Pente fatale » ? Elle est merveilleuse en écolière, au premier acte. Et pourtant, Audrey a bien la cinquantaine. En fait, je viens d'apprendre qu'elle serait plus près de 60…

— Poursuivez, docteur, dit Mrs Bantry. J'adore les histoires de danseuses espagnoles ondulantes : j'en oublie mon âge et mes rondeurs !

— Désolé, s'excusa le Dr Lloyd, mais l'Espagnole ne fait pas partie de mon histoire.

— Ah bon ?

— Non. Il se trouve que nous avions tort, mon ami et moi. Rien d'excitant le moins du monde n'est arrivé à la beauté espagnole. Elle a épousé un commis de compagnie maritime, et quand j'ai quitté l'île, elle avait cinq enfants et beaucoup grossi.

— Tout comme la fille d'Israël Peters ! remarqua miss Marple. Celle qui est montée sur les planches et qui avait de si belles jambes qu'on lui donnait le rôle masculin principal dans le spectacle de Noël. Tout le monde croyait qu'elle allait mal tourner, mais elle a épousé un voyageur de commerce et mène une vie parfaitement normale.

— Le parallèle villageois… murmura sir Henry.

— Non, reprit le praticien, mon histoire concerne les deux Anglaises.

— Il leur arriva quelque chose ? demanda miss Helier.

— Il leur arriva quelque chose… dès le lendemain.

— Et quoi donc ? demanda Mrs Bantry.

— Par curiosité, en partant ce soir-là, je jetai un coup d'œil au registre de l'hôtel. Je trouvai leurs noms sans difficulté : miss Mary Barton et miss Amy Durrant, de Little Paddocks, Caughton Weir, comté de Buckingham. J'étais loin d'imaginer alors que je rencontrerais de nouveau ces personnes – et dans d'aussi tragiques circonstances.

» Le lendemain, j'avais projeté de faire un pique-nique avec des amis. Nous devions aller en voiture déjeuner à l'autre bout de l'île, dans un endroit qui s'appelle (pour autant que je m'en souvienne, il y a si longtemps) Las Nieves, une crique bien abritée où nous pouvions nous baigner si l'envie nous en prenait. C'est ce que nous fîmes excepté que, partis plus tard que prévu, nous nous arrêtâmes en route pour pique-niquer, et poussâmes ensuite jusqu'à Las Nieves pour nous baigner avant l'heure du thé.

» En approchant de la plage, nous entendîmes un épouvantable vacarme. Toute la population de ce petit village semblait s'être rassemblée sur le rivage. Sitôt qu'ils nous virent, les gens se ruèrent sur notre voiture pour nous donner des explications. Comme nous ne parlions pas très bien l'espagnol, il me fallut un bon moment pour comprendre de quoi il s'agissait.

» Deux de ces Anglaises toquées s'étaient baignées, et l'une des deux, ayant nagé trop loin, s'était trouvée en difficulté. L'autre avait tenté de lui porter secours, mais elle avait été trahie par ses forces et elle se serait noyée si un homme n'était arrivé en barque et n'avait ramené à terre la sauvée et son sauveteur – la première ayant dépassé le stade où l'on a besoin d'aide

» Ainsi renseigné, j'écartai la foule et me précipitai sur la plage. Tout d'abord, je ne reconnus pas les deux femmes. La silhouette rondelette en costume de bain de jersey et bonnet de caoutchouc vert n'éveilla en moi aucun souvenir. Agenouillée à côté de son amie, elle tentait, en amateur, de pratiquer la respiration artificielle. Quand je lui appris que j'étais médecin, elle poussa un soupir de soulagement, et je lui conseillai d'aller se sécher dans l'une des maisons de pêcheurs et de changer de vêtements. L'une de mes amies l'accompagna. De mon côté, je m'acharnai en vain sur le corps de la noyée. Elle ne donnait visiblement plus signe de vie et, à contrecœur, je fus obligé d'abandonner.

» Je rejoignis les autres dans la maison, et je dus leur annoncer la triste nouvelle. Comme elle avait remis ses vêtements, je reconnus dans la rescapée l'une des deux arrivantes de la veille. Elle accueillit la nouvelle assez calmement, visiblement plus frappée par l'horreur de tout ça que personnellement très émue.

» — Pauvre Amy, disait-elle. Pauvre, pauvre Amy ! Elle était si contente de pouvoir se baigner. C'était une si bonne nageuse ! Je n'y comprends rien. Que pensez-vous qu'il se soit passé, docteur ?

» — Une crampe, peut-être. Voulez-vous me raconter exactement ce qui est arrivé ?

» — Nous nagions toutes les deux depuis un certain temps, une vingtaine de minutes je dirais. J'ai eu envie de rentrer mais elle a voulu continuer à nager. Ce qu'elle a fait. Soudain, je l'ai entendue crier et j'ai compris qu'elle appelait à l'aide. J'ai nagé aussi vite que possible. Elle surnageait encore quand je l'ai rejointe, mais elle s'est accrochée si furieusement à moi que nous avons coulé toutes les deux. Sans l'homme qui est arrivé avec son bateau, je me serais noyée, moi aussi.

» — C'est souvent le cas, dis-je. Il n'est pas facile de sauver quelqu'un qui se noie.

» — Quelle horreur ! reprit miss Barton. Nous avons débarqué hier, et nous étions si heureuses de ces petites vacances, du soleil… Et maintenant… cette effroyable tragédie !

» Je lui demandai des renseignements sur la défunte, en lui expliquant que je ferais tout ce que je pourrais mais que les autorités espagnoles me réclameraient des précisions. Elle me les donna assez volontiers.

» Miss Amy Durrant était sa demoiselle de compagnie depuis cinq mois. Elles s'entendaient très bien, mais miss Durrant lui avait peu parlé de sa famille. Orpheline très jeune, elle avait été élevée par un oncle et gagnait sa vie depuis l'âge de 21 ans.

» Et voilà l'histoire, conclut le praticien. Et voilà l'histoire, répéta-t-il après un silence, mais cette fois avec une certaine fermeté.

— Je ne comprends pas, dit Jane Helier, c'est tout ? Je veux dire, c'est tragique, certainement, mais ce n'est pas ce que j'appelle terrifiant.

— Je pense qu'il faut attendre la suite, intervint sir Henry.

— Oui, confirma le Dr Lloyd, il faut attendre la suite. A ce moment-là déjà, il y avait quelque chose d'étrange. Evidemment, j'avais posé des questions aux pêcheurs, à tous ceux qui avaient été témoins de l'accident. Une femme m'avait raconté une histoire bizarre à laquelle je n'avais pas prêté attention sur le coup, mais qui me revint plus tard. Elle prétendait qu'au moment où elle avait hélé son amie, miss Durrant n'était pas en difficulté. D'après elle, elle l'aurait rejointe et lui aurait délibérément maintenu la tête sous l'eau. Comme je vous l'ai dit, je n'avais pas fait très attention à cette histoire. C'était si extravagant et, vues de la plage, les choses pouvaient paraître si différentes ! Miss Barton avait peut-être tenté de faire perdre conscience à son amie en voyant que celle-ci allait les faire couler toutes les deux dans son affolement. A en croire cette Espagnole, on aurait dit que… ma foi, c'était comme si miss Barton avait délibérément cherché à noyer sa compagne.

» Comme je vous l'ai dit, je ne prêtai pas attention à ce témoignage. Il me revint ultérieurement. Il fut très difficile de trouver des renseignements sur miss Durrant. Elle paraissait n'avoir aucun parent.

Nous fouillâmes ses bagages, miss Barton et moi. Nous trouvâmes une adresse à laquelle nous écrivîmes, mais il apparut que c'était seulement celle d'une chambre où elle avait entreposé des affaires. La propriétaire ne savait rien, ne l'avait vue qu'une fois, le jour où elle avait loué la chambre. Miss Durrant avait déclaré alors qu'elle aimait avoir un endroit bien à elle, où elle pouvait venir à tout moment. La pièce contenait deux ou trois jolis meubles anciens, une malle bourrée de bric-à-brac et quelques numéros reliés d'une revue d'art, mais aucun objet personnel. Elle avait expliqué à la propriétaire que son père et sa mère étaient morts aux Indes, quand elle était encore enfant et qu'elle avait été élevée par un oncle pasteur mais elle n'avait pas précisé s'il s'agissait du frère de sa mère ou de son père. Si bien que le nom ne pouvait pas nous servir de guide.

» Tout cela n'avait rien de très mystérieux, c'était simplement peu satisfaisant. Beaucoup de femmes seules, fières et réservées, devaient se trouver dans le même cas. Dans ses affaires, à Las Palmas, on avait trouvé deux vieilles photos jaunies qui avaient été rognées pour s'adapter à leurs cadres, si bien que le nom du photographe avait disparu, ainsi qu'un vieux daguerréotype – représentant sa mère, ou plutôt sa grand-mère.

» Elle avait fourni deux références à miss Barton. Celle-ci ne se rappelait plus d'où venait la première et elle finit, après un effort, par retrouver le nom de l'autre. Il s'agissait d'une dame qui, depuis, était partie pour l'Australie. On lui écrivit. Sa réponse, qui fut longue à arriver, ne nous fut pas d'un grand secours. Elle avait eu miss Durrant comme dame de compagnie, l'avait trouvée charmante et très efficace, mais ne savait rien de sa vie ni de sa famille.

» Comme je l'ai dit, cette affaire n'avait rien d'extraordinaire, en fait. Mon malaise tenait à l'addition de deux choses : cette Amy Durrant dont nous ne savions rien, et l'étrange histoire de la dame espagnole. Et j'en ajouterai une troisième : quand je m'étais penché la première fois sur le corps, miss Barton, qui se dirigeait vers les maisons, s'était retournée. Elle s'était retournée avec une expression d'angoisse poignante – je ne vois pas comment la qualifier autrement –, une espèce d'incertitude douloureuse que je ne suis pas près d'oublier.

» Sur le moment, cela m'avait semblé normal. Je l'avais attribuée au désespoir d'une amie. Mais j'ai compris plus tard qu'il n'existait pas de tels liens entre les deux femmes. Qu'il n'y avait ni attachement particulier ni profond chagrin. Miss Barton aimait bien miss Durrant, et sa mort lui avait causé un choc, rien de plus.

» Mais alors, pourquoi ce regard angoissé ? Cette question me revenait sans cesse à l'esprit. Je ne m'étais pas trompé sur ce regard. Presque malgré moi, une réponse prit forme. Supposons que l'Espagnole a dit vrai. Supposons que Mary Barton a volontairement et de sang-froid noyé Amy Durrant. Elle a réussi à lui maintenir la tête sous l'eau sous prétexte de la secourir. Elle est sauvée par un bateau… Elles sont sur une plage isolée, loin de tout… Et soudain j'apparais. Elle s'attendait à tout sauf à ça. Un docteur ! Et un docteur anglais ! Elle sait très bien que grâce à la respiration artificielle, on a ranimé des gens qui étaient restés longtemps sous l'eau, beaucoup plus longtemps qu'Amy Durrant. Mais elle doit jouer son rôle – s'en aller et me laisser seul avec sa victime. Et quand elle se retourne pour me jeter un dernier regard, son visage exprime une angoisse poignante : Amy Durrant va-t-elle reprendre vie et *dire ce qu'elle sait* ?

— Oh ! s'écria Jane Helier. Cette fois j'ai la chair de poule.

— Vue sous cet angle, l'affaire paraît encore plus sinistre, et la personnalité d'Amy Durrant, plus mystérieuse encore. Qui était Amy Durrant ? Pourquoi cette insignifiante demoiselle de compagnie devait-elle être assassinée par son employeuse ? Quelle histoire se cachait derrière cette baignade fatale ? Elle n'était au service de Mary Barton que depuis quelques mois. Celle-ci l'emmène à l'étranger, et le jour même où elles mettent pied à terre, la tragédie se produit. Des Anglaises, toutes les deux sympathiques, simples et banales. L'histoire était par trop extravagante. C'est ce que je me dis. J'avais laissé mon imagination s'emballer.

— Vous n'avez rien fait, alors ? demanda miss Helier.

— Ma chère demoiselle, qu'aurais-je pu faire ? Je n'avais aucune preuve ! La majorité des témoins confirmait la version de miss Barton. Mes soupçons se fondaient sur une expression fugace que j'avais peut-être imaginée. Je ne pouvais faire et ne fis qu'une chose : veiller à ce qu'une vaste enquête soit menée pour retrouver la famille d'Amy Durrant. De retour en Angleterre, je passai moi-même voir la propriétaire de sa chambre, avec le résultat que l'on sait.

— Mais vous sentiez que quelque chose clochait, remarqua miss Marple.

Le Dr Lloyd hocha la tête.

— La plupart du temps, mes pensées me faisaient honte. De quel droit soupçonnais-je cette charmante dame anglaise d'avoir commis de sang-froid un crime odieux ? Je fis de mon mieux pour être aussi cordial que possible avec elle pendant le court moment qu'elle passa sur l'île. Je lui vins en aide auprès des autorités espagnoles. Je fis tout ce que peut faire un Anglais pour aider une compatriote à l'étranger. Et pourtant, je suis sûr qu'elle savait que je la soupçonnais et que je ne l'aimais pas.

— Combien de temps resta-t-elle ? demanda miss Marple.

— Une quinzaine de jours, je crois. Miss Durrant a été enterrée là-bas, et elle a pris le bateau pour l'Angleterre environ dix jours plus tard. Elle était trop bouleversée pour passer l'hiver aux Canaries comme prévu. C'est ce qu'elle a dit.

— Vous paraissait-elle vraiment bouleversée ? demanda miss Marple.

Le docteur hésita.

— Ma foi, elle n'avait pas l'air changée le moins du monde, répondit-il prudemment.

— Elle n'aurait pas grossi, par hasard ? insista miss Marple.

— Vous savez... c'est bizarre que vous me posiez cette question. Maintenant que j'y pense, je crois que vous avez raison. Elle... oui, on aurait bien dit qu'elle prenait du poids.

— Quelle horreur ! s'exclama Jane Helier en frissonnant. C'est comme... c'est comme si elle s'engraissait du sang de sa victime !

— D'un autre côté, je suis peut-être injuste avec elle, poursuivit le Dr Lloyd. Avant de partir, elle a dit quelque chose qui m'a orienté dans une autre direction. Il peut y avoir, il y a certainement des consciences qui travaillent très lentement, à qui il faut un certain temps pour s'éveiller à l'énormité de leurs actes.

» Cela s'est passé la veille de son départ. Miss Barton m'avait prié de passer la voir et elle me remercia chaudement de l'aide que je lui avais apportée. Je lui répondis, bien sûr, avec légèreté qu'il n'y avait là rien que de très naturel, et ainsi de suite. Après quoi il y eut un silence et puis, tout à coup, elle me posa une question.

» — Croyez-vous, me demanda-t-elle, que l'on soit parfois en droit de faire justice soi-même ?

» Je reconnus que la question était épineuse, mais que, tout compte fait, j'y étais opposé. La loi est la loi, il faut la respecter.

» — Même quand elle est impuissante ?

» — Je ne comprends pas très bien.

» — C'est difficile à expliquer. On peut commettre un acte unanimement considéré comme un forfait, considéré même comme un crime, pour une très bonne et incontestable raison.

» Je répliquai ironiquement que c'était certainement l'avis de nombreux criminels et elle fit marche arrière.

» — Mais c'est affreux, murmura-t-elle. Affreux.

» Changeant de ton, elle me pria de lui prescrire un somnifère. Elle ne pouvait plus dormir depuis… (elle hésita), depuis cet effroyable choc.

» — Vous êtes sûre que c'est à cause de cela ? Vous n'êtes pas tourmentée ? Vous avez l'esprit en paix ?

» — En paix ? Mais pourquoi n'aurais-je pas l'esprit en paix, ? répliqua-t-elle d'un ton farouche et soupçonneux.

» — L'inquiétude peut être une cause d'insomnie, repartis-je avec légèreté.

» Elle parut réfléchir un moment.

» — Vous pensez à une inquiétude touchant l'avenir, ou à une inquiétude à propos d'un passé qu'on ne peut plus modifier ?

» — Aux deux.

» — Cela ne servirait à rien de s'inquiéter du passé. On ne peut pas faire revenir… oh ! à quoi bon ? Il ne faut pas y penser. Non, il ne faut pas y penser.

» Je lui prescrivis un léger somnifère et lui fis mes adieux. Sur le chemin du retour, je ne fis que m'interroger sur ses paroles : « On ne peut pas faire revenir »… Quoi ? Ou qui ?

» Je crois que cette dernière entrevue me prépara à ce qui allait suivre. Je ne m'y attendais pas, mais je n'en fus pas vraiment surpris. Parce que, voyez-vous, Mary Barton m'avait frappé comme étant une femme scrupuleuse. Loin d'être une faible pécheresse, elle avait des convictions auxquelles elle accordait ses actes, sans fléchir tant que duraient ces convictions. Je me figurais qu'après notre dernière conversation, elle avait commencé à douter. Ses paroles m'avaient laissé à penser qu'elle commençait à ressentir les premières manifestations de l'examen de conscience, les premières atteintes du remords.

» L'événement survint dans une petite station balnéaire de Cornouailles, plutôt déserte en cette saison. Cela se passait… laissez-moi réfléchir… fin mars. J'appris la nouvelle par les journaux. Une dame, une certaine miss Barton, séjournait là, dans un petit hôtel. Elle s'était conduite de façon très bizarre. C'était l'avis de tous. La nuit, elle arpentait sa chambre en marmonnant, empêchant ses voisins de dormir. Elle était passée voir le pasteur, un matin, pour lui annoncer qu'elle avait une communication de la plus haute importance à lui faire. Elle avait, disait-elle, commis un crime. Mais sans aller plus loin, elle s'était levée brusquement en disant qu'elle repasserait un autre jour. Convaincu qu'elle devait être légèrement dérangée, le pasteur ne prit pas ses aveux au sérieux.

» Le lendemain matin, elle avait disparu. Elle avait laissé un mot dans sa chambre pour le coroner.

» *J'ai essayé de parler au pasteur, hier, de tout avouer, mais on ne me l'a pas permis. Elle ne m'a pas laissé faire. Je ne peux réparer que d'une façon : une vie pour une vie. La mienne doit prendre le même chemin que la sienne. Moi aussi, je dois me noyer en haute mer. Je croyais avoir le droit pour moi. Je vois maintenant que ce n'était pas le cas. Pour obtenir le pardon d'Amy, je dois aller à elle. Que l'on n'accuse personne de ma mort.*

Mary Barton

» Ses vêtements furent retrouvés sur le sable d'une crique écartée, et il paraissait clair qu'elle s'était déshabillée là, puis avait nagé vers le large où tout le monde savait que le courant était dangereux.

» Son corps ne fut pas retrouvé, mais après un temps, elle fut présumée morte. C'était une femme riche, dont on évalua les biens à cent mille livres. Comme elle était morte intestat, sa fortune revint à ses plus proches parents, des cousins, établis en Australie. La presse évoqua discrètement la tragédie des Canaries, adoptant la théorie selon laquelle le décès de miss Durrant aurait troublé la raison de son amie. L'instruction rendit le verdict habituel de *suicide commis en état d'aliénation temporaire*.

» Et le rideau tomba ainsi sur la tragédie d'Amy Durrant et de Mary Barton.

Un long silence s'ensuivit, puis Jane Helier reprit sa respiration

— Oh ! Mais vous ne pouvez pas vous arrêter là, juste au moment le plus intéressant ! Continuez !

— Voyez-vous, miss Helier, il ne s'agit pas d'un roman-feuilleton. C'est une histoire vraie. Et les histoires vraies prennent fin quand elles veulent.

— Mais je ne veux pas ! s'exclama Jane. J'ai envie de savoir !

— C'est là que nous devons faire usage de nos cervelles, expliqua sir Henry. Pourquoi Mary Barton a-t-elle tué sa demoiselle de compagnie ? C'est l'énigme que nous propose le Dr Lloyd.

— Oh ! Eh bien, elle peut l'avoir tuée pour toutes sortes de raisons, déclara miss Helier. Je veux dire… oh ! je ne sais pas. Elle lui tapait peut-être sur les nerfs, ou elle était jalouse, encore que le Dr Lloyd n'ait pas fait allusion à un homme mais peut-être que sur le bateau… Vous savez ce qu'on raconte sur les bateaux et les voyages en mer…

Un peu haletante, miss Helier se tut, et il parut de plus en plus évident à son entourage que cette charmante tête avait été nettement mieux servie par la nature à l'extérieur qu'à l'intérieur.

— J'aimerais pouvoir vous offrir différentes suggestions, déclara Mrs Bantry, mais je vais devoir me contenter d'une seule. Eh bien, à mon avis, le père de Mary Barton avait édifié sa fortune en ruinant le père d'Amy Durrant, et Amy avait décidé de se venger. Oh, non ! c'est exactement l'inverse ! Quel ennui ! Pourquoi la riche patronne a-t-elle tué sa malheureuse demoiselle de compagnie ? Ça y est, je sais ! Miss Barton avait un jeune frère qui s'était tué par amour pour Mary Durrant. Miss Barton a attendu son heure. Amy est déchue de son rang social. Miss B. l'embauche comme demoiselle de compagnie, l'emmène aux Canaries et met sa vengeance à exécution. Qu'en dites-vous ?

— Parfait, déclara sir Henry. Malheureusement, nous ne savons pas si Miss Barton a jamais eu un jeune frère.

— C'est une déduction, dit Mrs Bantry. Si elle n'a pas de jeune frère, elle n'a pas de mobile. Par conséquent, elle doit avoir un jeune frère. Comprenez-vous, Watson ?

— Tout cela est très joli, Dolly, dit son mari. Mais, ce n'est qu'une supposition.

— Mais bien sûr, déclara Mrs Bantry, c'est tout ce que nous pouvons faire : supposer. Nous ne possédons aucun indice. Allez-y, mon cher, supposez, vous aussi.

— Vraiment, je ne sais que dire. Toutefois, à mon avis, il y a peut-être quelque chose à tirer de l'hypothèse de miss Helier à propos d'un homme. Il s'agit probablement d'un prêtre catholique. Elles lui avaient brodé chacune un surplis ou autre chose mais il a porté d'abord celui de miss Durrant. Vous pouvez être sûrs qu'il s'agit de quelque chose de ce genre. N'oubliez pas qu'elle est allée voir un pasteur à la fin. Ces femmes-là perdent la tête devant les hommes d'Eglise séduisants. On n'entend parler que de ça.

— Je vais tâcher de vous proposer une solution un peu plus subtile, bien que ce soit encore pure supposition, dit sir Henry. Pour moi, cette miss Barton devait toujours avoir été un peu dérangée. C'est plus fréquent qu'on ne l'imagine. Son délire s'est aggravé et elle a commencé à croire qu'elle avait le devoir de débarrasser la terre de certaines personnes, sans doute de ce qu'on appelle les femelles infortunées. On ne connaît pas grand-chose du passé de miss Durrant. Il est fort possible qu'elle ait eu un passé… un passé « infortuné ». Miss Barton l'apprend et décide de la supprimer ; mais par la suite, doutant de la légitimité de son acte, elle en est bourrelée de remords. Sa fin atteste qu'elle était complètement dérangée. Partagez-vous mon avis, miss Marple ?

— Je crains que non, sir Henry, avoua miss Marple avec un sourire d'excuse. Sa fin montre au contraire une femme intelligente et pleine de ressources.

Un petit cri de Jane Helier lui coupa la parole.

— Oh, mais j'ai été stupide ! Puis-je avancer une autre suggestion ? C'est forcément ça ! Du chantage ! Sa demoiselle de compagnie la faisait chanter. Seulement, je ne vois pas pourquoi miss Marple considère qu'elle a fait preuve d'intelligence en se tuant. Je ne vois pas du tout.

— Ah ! dit sir Henry. C'est que miss Marple a connu justement un cas analogue à St Mary Mead.

— Vous vous moquez toujours de moi, lui reprocha miss Marple. Je dois avouer que cette affaire me rappelle un petit peu celle de la vieille Mrs Trout. Elle touchait dans différentes paroisses l'allocation vieillesse de trois femmes déjà décédées.

— C'est certainement un délit ingénieux et bien monté, dit sir Henry, mais il ne me semble pas jeter la lumière sur notre problème.

— Evidemment pas, répondit miss Marple. Pas pour vous. Mais certaines de ces familles étaient pauvres et cette allocation était une bénédiction pour les enfants. Je sais que c'est difficile à comprendre, vu de l'extérieur. Ce que je voulais dire, c'est que tout reposait sur le fait qu'une personne âgée est très semblable à une autre personne âgée.

— Hein ? fit sir Henry, perplexe.

— Je m'exprime toujours si mal ! Je veux dire que lorsque le Dr Lloyd nous a décrit la première fois ces deux dames, il ignorait qui était qui, comme sans doute tout le monde dans l'hôtel. Un ou deux jours plus tard il l'aurait su, mais le lendemain l'une des deux était noyée, et si la survivante déclara s'appeler miss Barton, il ne vint probablement à l'idée de personne qu'il pouvait en être autrement.

— Vous pensez… oh ! je vois… dit lentement sir Henry.

— C'est la seule explication. Cette chère Mrs Bantry nous a mis sur la voie. Pourquoi la riche patronne aurait-elle tué sa malheureuse demoiselle de compagnie ? Le contraire est tellement plus vraisemblable ! Je veux dire, c'est ainsi que les choses se passent, en général.

— Ah oui ? fit sir Henry. Vous me choquez beaucoup.

— Mais bien sûr, poursuivit miss Marple, elle a dû endosser les vêtements de miss Barton et ils devaient être trop serrés sur elle, ce qui a dû lui donner l'air d'avoir un peu grossi. C'est pourquoi j'ai posé la question. Un homme pensera forcément que la dame a grossi et non pas que ses vêtements sont devenus trop petits… encore que ce ne soit pas la bonne façon de le formuler.

— Mais si Amy Durrant a tué miss Barton, quel bénéfice en a-t-elle tiré ? demanda Mrs Bantry. Elle ne pouvait pas entretenir indéfiniment cette supercherie.

— Elle ne l'a fait qu'un mois, fit remarquer miss Marple. Pendant ce temps, j'imagine qu'elle a voyagé, loin de toute personne qui pouvait la reconnaître. C'est ce que je voulais dire, en prétendant qu'une personne d'un certain âge ressemble à une autre. Je ne crois pas que l'on ait prêté la moindre attention à la photographie de son passeport… vous savez ce que sont les passeports. Puis, en mars, elle s'est rendue dans cette petite station de Cornouailles où elle a commencé à se conduire de façon bizarre, à attirer l'attention sur elle, si bien qu'en découvrant ses vêtements sur la plage et sa lettre, personne ne songe à la solution de bon sens.

— A savoir ? demanda sir Henry.

— *Pas de corps*, déclara fermement miss Marple. C'est ce qui aurait dû sauter aux yeux s'il n'y avait pas eu autant de fausses pistes destinées à vous égarer — y compris le forfait et les remords. *Pas de corps*. Voilà le fait significatif.

— Voulez-vous dire… commença Mrs Bantry. Voulez-vous dire qu'elle n'a éprouvé aucuns remords ? Qu'il n'y a pas eu… qu'elle ne s'est pas noyée ?

— Certainement pas elle ! s'exclama miss Marple. Exactement comme Mrs Trout. Mrs Trout avait le génie des fausses pistes, mais avec moi elle a trouvé aussi fort qu'elle. Et je vois aussi à travers miss Barton et ses remords. Elle ? Noyée ? Partie pour l'Australie, si mes suppositions sont justes.

— Elles sont justes, dit le Dr Lloyd. Elles sont incontestablement justes. Encore une fois, j'ai été pris par surprise. Ma foi, ce jour-là, à Melbourne, vous auriez pu me renverser en me soufflant dessus.

— Le jour de la fameuse coïncidence ?

Le Dr Lloyd hocha la tête.

— Oui, ce fut un jour de malchance pour miss Barton – ou miss Amy Durrant, comme vous voudrez l'appeler. J'étais devenu médecin-navigant et en débarquant à Melbourne, la première personne que j'aperçus dans la rue fut cette dame que je croyais noyée. Comprenant que je l'avais percée à jour, elle prit le parti audacieux de se confier à moi. Une personne étrange, complètement dépourvue de sens moral, j'imagine. Elle était l'aînée de neuf enfants… une famille très pauvre. Ils avaient jadis demandé du secours à une riche cousine anglaise, mais miss Barton le leur avait refusé sous prétexte qu'elle s'était querellée avec leur père. Ils avaient un besoin désespéré d'argent car la santé délicate des trois plus jeunes enfants exigeait des soins coûteux. C'est alors qu'Amy Barton mit froidement au point son crime. Elle s'embarqua pour l'Angleterre en qualité de bonne d'enfant, payant ainsi sa traversée sous le nom d'Amy Durrant, elle obtint le poste de demoiselle de compagnie de miss Barton. Histoire de se créer un personnage, elle loua une chambre où elle entreposa quelques meubles. La noyade fut le fruit d'une soudaine inspiration. Elle attendait qu'une occasion se présente. Ensuite, elle mit en scène le dernier acte du drame, et regagna l'Australie et, le moment venu, elle hérita, avec ses frères et sœurs, de la fortune de miss Barton, puisqu'ils étaient ses plus proches parents.

— Un crime très audacieux et très réussi, remarqua sir Henry Presque le crime parfait. Si c'était miss Barton qui était morte aux Canaries, les soupçons se seraient portés sur Amy Durrant et on aurait pu découvrir sa parenté avec la défunte. Mais la substitution d'identité et le double crime, si l'on peut dire, éliminaient tout ce risque. Oui, presque le crime parfait.

— Qu'est-ce qu'elle est devenue ? demanda Mrs Bantry. Qu'avez-vous fait, Dr Llyod ?

— Je me trouvais dans une situation étrange, Mrs Bantry. J'avais peu de preuves à apporter, de celles qu'exigent les tribunaux. Et puis, à certains signes, il était clair pour moi, médecin, qu'en dépit de son apparence robuste, miss Barton n'avait plus que peu de temps à vivre. Je la raccompagnai chez elle et fis connaissance du reste de la famille... Une famille charmante et toute dévouée à leur aînée, à qui l'idée ne serait jamais venue qu'elle ait pu commettre un meurtre. Pourquoi les accabler de chagrin quand je ne pouvais rien prouver ? Personne d'autre que moi n'avait entendu la confession de la dame. Je laissai la nature suivre son cours. Miss Barton mourut six mois après notre rencontre. Je me suis souvent demandé si elle était restée jusqu'à la fin aussi gaie et dépourvue de remords.

— Sûrement pas, dit Mrs Bantry.

— Je pense que si, dit miss Marple. Ce fut le cas de Mrs Trout.

Jane Helier se secoua un peu.

— Ma foi, déclara-t-elle, c'est très, très excitant. Je n'ai pas bien compris qui a noyé qui. Et que vient faire dans l'histoire cette Mrs Trout ?

— Rien, ma chère petite, répondit miss Marple. C'est seulement quelqu'un du village – quelqu'un de pas très gentil.

— Ah ! Quelqu'un du village. Mais il ne se passe jamais rien dans un village, n'est-ce pas ? (Elle soupira.) Je suis sûre que si j'habitais un village, je serais totalement dépourvue d'esprit.

9

LES QUATRE SUSPECTS
(The four Suspects)

La conversation tournait autour des crimes insoupçonnés et impunis. A tour de rôle, tout le monde avait donné son opinion : le colonel Bantry, sa ronde et sympathique épouse, Jane Helier, le Dr Lloyd et même la vieille miss Marple. La seule personne à n'avoir rien dit était pourtant, de l'avis de la plupart des gens, la mieux habilitée à le faire : sir Henry Clithering, ex-superintendant à Scotland Yard. Il était assis, silencieux et tortillant sa moustache – la caressant plutôt – et souriait vaguement, comme s'il s'amusait d'une pensée secrète.

— Sir Henry, finit par dire Mrs Bantry, si vous ne parlez pas, je vais hurler ! Y a-t-il des crimes qui restent impunis, oui ou non ?

— Vous songez à des titres de journaux, Mrs Bantry : SCOTLAND YARD ENCORE EN DEFAUT ! suivis de toute une liste d'énigmes non résolues.

— Qui, en réalité, ne représentent qu'un tout petit pourcentage de l'ensemble, non ? demanda le Dr Llyod ?

— Oui. On n'annonce généralement pas à son de trompe les centaines d'affaires criminelles résolues et dont les coupables ont été châtiés. Mais ce n'est pas la question, il me semble. Parler de crimes insoupçonnés et de crimes qui n'ont pas été résolus, c'est parler de deux choses différentes. Dans la première catégorie entrent tous les crimes qui n'arriveront jamais jusqu'à Scotland Yard, les crimes dont personne ne sait qu'ils ont été commis.

— J'imagine qu'il n'y en a pas beaucoup, hasarda Mrs Bantry.

— Vous croyez ?

— Sir Henry ! Vous ne voulez pas dire qu'il y en aurait vraiment beaucoup ?

— A mon avis, déclara pensivement miss Marple, il doit y en avoir un très grand nombre.

La charmante vieille demoiselle, à l'air suranné immuable, fit cette déclaration avec la plus grande sérénité.

— Ma chère miss Marple ! dit le colonel Bantry.

— Bien sûr, continua miss Marple, la plupart des gens sont idiots. Et quoi qu'ils fassent, les idiots se font prendre. Mais il y a une quantité de gens qui ne sont pas idiots, et on frémit à l'idée de ce qu'ils peuvent accomplir en l'absence de principes solidement enracinés.

— Oui, dit sir Henry, les gens ne sont pas tous idiots. Il arrive bien souvent qu'un crime soit découvert à la suite d'une pure maladresse et à chaque fois on se pose la question : s'il s'y était mieux pris, quelqu'un l'aurait-il jamais su ?

— Mais c'est très grave, Clithering, remarqua le colonel. Très grave, oui.

— Vraiment ?

— Que voulez-vous dire ? Bien sûr que c'est grave.

— Vous disiez que le crime reste impuni. Est-ce vrai ? Non puni par la loi, peut-être. Mais les causes et les effets jouent aussi en dehors de la loi. Dire que tout crime porte en soi son châtiment, c'est devenu une platitude, mais à mon avis, rien n'est plus vrai.

— Peut-être, peut-être… convint le colonel. Mais cela ne change en rien la gravité… euh… la gravité…

Il s'arrêta, embarrassé.

— Quatre-vingt-dix pour cent des gens partageraient votre façon de penser, admit sir Henry avec un sourire. Mais, voyez-vous, ce qui est important, ce n'est pas la culpabilité, c'est l'innocence. C'est ce que personne n'a l'air de comprendre.

— Je ne comprends pas, avoua Jane Helier.

— Moi si, intervint miss Marple. Quand Mrs Trent s'aperçut qu'il manquait une demi-couronne dans son sac, la personne qui en fut le plus affectée fut sa femme de charge, Mrs Arthur. Bien sûr, les Trent la soupçonnèrent, mais comme c'étaient de braves gens et qu'ils savaient qu'elle avait une nombreuse famille et un mari alcoolique, ils ne voulurent pas prendre de mesures extrêmes. Mais ils se conduisirent différemment avec elle, et ils ne lui confièrent plus la maison quand ils partaient en voyage, ce qui changea tout pour elle.

D'autres la soupçonnèrent également. Et tout à coup, on apprit que la coupable était la gouvernante. Mrs Trent la surprit par l'embrasure d'une porte qui se reflétait dans un miroir. Pur hasard… bien que je préfère l'appeler Providence. Je pense que c'est ce que sir Henry a voulu dire. La plupart des gens ne s'intéresseront qu'à savoir qui a pris l'argent — et il se trouve que c'était la personne la moins vraisemblable, comme dans les romans policiers ! Mais la personne pour laquelle cela représentait une question de vie ou de mort, c'était la pauvre Mrs Arthur, qui n'avait rien fait. C'est bien ce que vous vouliez dire, sir Henry ?

— Oui, miss Marple, vous m'avez parfaitement compris. Votre femme de charge a eu de la chance dans cette histoire. On a prouvé son innocence. Mais il y a des gens qui vivent toute leur vie écrasés sous le poids d'un soupçon injustifié.

— Avez-vous un exemple précis en tête, sir Henry ? demanda habilement Mrs Bantry.

— En fait, oui, Mrs Bantry. Une bien curieuse affaire. Une affaire où il y a tout lieu de soupçonner un crime, sans aucun moyen de le prouver.

— Du poison, j'imagine. Quelque chose qui ne laisse pas de traces, souffla Jane.

Le Dr Lloyd s'agita et sir Henry secoua la tête :

— Non, chère demoiselle. Pas la flèche empoisonnée des Indiens d'Amérique du Sud ! J'aurais bien voulu que ce soit le cas. Non, nous avons affaire à quelque chose de beaucoup plus prosaïque, si prosaïque, en fait, qu'il semble impossible de remonter jusqu'à son auteur. Un vieux monsieur tombe dans l'escalier et se brise la nuque : un regrettable accident, comme il en arrive tous les jours.

— Et que s'est-il passé en réalité ?

— Qui pourrait le dire ? fit sir Henry en haussant les épaules. L'a-t-on poussé par-derrière ? A-t-on tendu en travers des marches une ficelle que l'on a soigneusement ôtée par la suite ? Nous ne le saurons jamais.

— Mais vous pensez que c'était… eh bien, que ce n'était pas un accident ? Pourquoi ça ? demanda le Dr Lloyd.

— C'est une longue histoire, mais… ma foi, oui, nous en sommes quasiment certains. Comme je vous le disais, il semble impossible d'imputer ce crime à quelqu'un — les preuves sont trop minces. Mais cette affaire a aussi un autre aspect, celui dont je parlais tout à l'heure. Voyez-vous, quatre personnes ont pu réussir le tour. L'une d'elles est coupable, *mais les trois autres sont innocentes*. Et à moins que la vérité ne finisse par éclater, ces trois innocents vivront, poursuivis par le doute.

— A mon avis, déclara Mrs Bantry, vous devriez nous raconter cette longue histoire.

— Elle n'a pas besoin d'être si longue, après tout, dit sir Henry. Je peux au moins condenser le prologue. Elle concerne une société secrète allemande, la Main Noire, qui s'apparente à la Camorra, ou du moins à l'idée que la plupart des gens se font de la Camorra. Chantage et terrorisme. Cette société naquit brusquement après la guerre, et prit une stupéfiante extension. Elle fit d'innombrables victimes. Les autorités étaient impuissantes parce que ses secrets étaient jalousement gardés et qu'il était impossible de trouver quelqu'un disposé à trahir.

» Si l'Angleterre n'en entendit guère parler, l'Allemagne en pâtit sévèrement. La Main Noire fut enfin démantelée grâce aux efforts d'un homme, le Dr Rosen, qui avait occupé un temps un poste important dans les services secrets. Il en devint membre, la pénétra jusqu'au cœur et fut, comme je l'ai dit, l'instrument de sa perte.

» Mais en retour, il devint un homme traqué et jugea prudent de quitter l'Allemagne, du moins pour un temps. Il s'installa en Angleterre, avec des lettres d'introduction de la police berlinoise. J'eus un entretien particulier avec lui. Il était à la fois objectif et résigné. Il ne se berçait pas d'illusions sur son avenir.

» — Ils m'auront, sir Henry, me disait-il. Cela ne fait aucun doute.

» C'était un homme grand, aux traits fins, à la voix profonde, dont seul le timbre légèrement guttural trahissait la nationalité.

» — C'était à prévoir, disait-il encore. Peu importe, j'y suis préparé. J'en ai pris le risque, en me lançant dans cette entreprise. J'ai fait ce que je m'étais juré de faire. L'organisation ne s'en remettra jamais. Mais beaucoup de ses membres sont encore en liberté, et ils n'ont qu'une façon de se venger : sur ma vie. C'est une simple question de temps. Mais ce temps, je le voudrais aussi long que possible. Je suis en train de rassembler et de mettre au point des matériaux très intéressants : le travail de toute une vie. Et j'aimerais, si possible, pouvoir mener cette tâche à bien.

» Il s'exprimait avec simplicité et avec une certaine noblesse qui força mon admiration. Je l'assurai que nous prendrions les précautions nécessaires, mais d'un geste il me fit taire.

» — Un jour ou l'autre ils finiront par m'avoir, répéta-t-il. Le jour venu, ne vous reprochez rien. Je suis certain que vous aurez fait tout ce qu'il était possible de faire.

» Puis il m'exposa ses projets, fort simples, en vérité. Il se proposait d'acheter une petite maison dans la campagne, où il pourrait vivre en paix et poursuivre son travail. Il opta en fin de compte pour un village du Somerset, King's Gnaton, à dix kilomètres d'une gare, à l'abri de la civilisation. Il acquit effectivement un ravissant cottage – auquel il apporta divers changements et améliorations, et s'y installa, parfaitement satisfait. La maisonnée se composait de sa nièce Greta, de son secrétaire, et d'une vieille domestique allemande qui le servait fidèlement depuis près de quarante ans, auquel vint s'ajouter un homme à tout faire, un jardinier natif du village.

— Les quatre suspects, dit doucement le Dr Lloyd.

— Tout juste ! Les quatre suspects. Il n'y a pas grand-chose de plus à dire. La vie coula paisible à King's Gnaton pendant cinq mois, puis le coup s'abattit. Un beau matin, le Dr Rosen tomba dans l'escalier et fut retrouvé mort une demi-heure plus tard. Au moment où avait dû se produire l'accident, Gertrud était dans la cuisine, porte fermée et elle n'entendit rien – c'est du moins ce qu'*elle* dit. Fraülein Greta plantait des bulbes dans le jardin – encore une fois c'est ce qu'*elle* dit. Dobbs, le jardinier, était dans l'appentis : c'était l'heure du café – c'est ce qu'*il* dit. Quant au secrétaire, il était sorti se promener – et encore une fois nous n'avons à l'appui que sa parole. Personne n'a d'alibi, personne ne peut corroborer celui d'un autre. Mais une chose est sûre. Le coupable est forcément l'un deux, car un étranger ne serait pas passé inaperçu à King's Gnaton. Les deux portes, celles de devant et de derrière, étaient fermées, chaque membre de la maisonnée ayant sa propre clef. Comme vous voyez, les soupçons se portent sur ces quatre personnes, lesquelles semblent pourtant toutes irréprochables : Greta, la propre fille de son frère, Gertrud, avec ses quarante ans de loyaux services, Dobbs, qui n'est jamais sorti de King's Gnaton, et Charles Templeton, son secrétaire…

— Précisément, intervint le colonel, qui est ce Templeton ? C'est celui qui paraît le plus suspect. Que savez-vous de lui ?

— C'est ce que je savais de lui qui m'a amené à le mettre hors de cause, du moins à l'époque, déclara gravement sir Henry. Voyez-vous, Charles Templeton était l'un de mes hommes.

— Oh ! dit le colonel, décontenancé.

— Oui, je voulais avoir quelqu'un dans la place et en même temps je craignais les bavardages.

Comme Rosen avait vraiment besoin d'un secrétaire, Templeton a occupé le poste. C'est un garçon bien élevé, très capable et qui parle couramment l'allemand.

— Mais alors, qui soupçonnez-vous ? demanda Mrs Bantry, perplexe. Ils paraissent tous… impossibles ?

— Oui, c'est ce qu'il semble. Mais on peut voir les choses sous un autre angle. Fraülein Greta était sa nièce, une fille charmante, mais la guerre a amplement prouvé que le frère peut se retourner contre la sœur, le père contre le fils, etc. Et on a vu les jeunes filles les plus jolies et les plus douces faire les choses les plus ahurissantes. Le même raisonnement peut s'appliquer à Gertrud. Qui sait quels mobiles pouvaient être à l'œuvre dans son cas ? Une dispute avec son maître, peut-être, un ressentiment grandissant d'autant plus violent qu'il a été étouffé pendant tant d'années. Dans cette couche de la société, les femmes âgées sont parfois extraordinairement aigries. Et Dobbs ? Doit-il être exclu sous prétexte qu'il n'avait pas de lien direct avec le professeur ? L'argent peut faire faire bien des choses ! Dobbs a pu être approché et acheté.

» Toutefois, une chose semble indubitable : un message ou un ordre a dû venir de l'extérieur Sinon, pourquoi cinq mois d'immunité ? Non, les agents de la société devaient être au travail. N'étant pas certains de la trahison de Rosen, ils devaient d'abord la prouver sans qu'il soit permis d'en douter. Une fois sûrs de leur fait, ils ont dû envoyer leur message à l'espion en place, le message disant : « Tuez. »

— Quelle horreur ! s'exclama Jane en frissonnant.

— Mais par quel moyen lui était parvenu ce message ? Ce fut le point que je tentai d'élucider, le seul espoir de résoudre l'énigme. On avait dû approcher ou communiquer avec l'une de ces quatre personnes. Et elle avait dû agir sans délai. Je savais qu'une fois l'ordre arrivé, l'exécution devait suivre aussitôt. C'était un trait distinctif de la Main Noire.

» J'abordai donc le problème d'une façon que vous jugerez peut-être ridiculement méthodique. Qui était passé au cottage ce matin-là ? Je n'éliminai personne. En voici la liste.

Sir Henry sortit une enveloppe et en tira de sa poche un papier.

— *Le boucher* a livré de la selle d'agneau. Exact, vérification faite.

» *Le commis de l'épicerie* a livré un paquet de farine, un kilo de sucre, une livre de beurre et une livre de café. Egalement exact, vérification faite.

» *Le facteur* a délivré deux prospectus adressés à Fraülein Rosen, une lettre envoyée du village à Gertrud, trois lettres destinées au Dr Rosen (dont une portant un timbre étranger) et deux autres destinées à Templeton (dont une portant aussi un timbre étranger).

Sir Henry s'interrompit et retira une liasse de documents de l'enveloppe.

— Vous voudrez peut-être en juger par vous-mêmes. Ces papiers m'ont été remis par les divers intéressés ou retrouvés dans leurs corbeilles à papier. Inutile de vous dire que des experts y ont déjà cherché des traces d'encre sympathique ou autres. Rien d'extraordinaire à attendre de ce côté-là.

Ils l'entourèrent tous. Les prospectus émanaient l'un d'un pépiniériste, l'autre d'un grand fourreur londonien. Deux des enveloppes adressées au Dr Rosen contenaient l'une la facture du pépiniériste local, l'autre celle d'une papeterie londonienne. La troisième, la lettre suivante :

Mon cher Rosen,

Je reviens à l'instant de chez le Dr Helmuth Spath. J'ai vu Edgar Jackson l'autre jour. Lui et Amos Perry viennent de rentrer de Tsingtan. En toute Honnêteté, je ne peux pas dire que je leur envie ce voyage. Donnez-moi de vos nouvelles sans tarder. Et comme je vous l'ai déjà dit, méfiez-vous d'une certaine personne. Vous voyez de qui je veux parler, même si vous n'êtes pas de mon avis. Bien à vous.

Georgina

— Quant au courrier reçu par Templeton, il consistait en une facture de son tailleur et une lettre d'une amie allemande, poursuivit sir Henry. Malheureusement, il l'avait déchirée pendant sa promenade. Reste la lettre reçue par Gertrud.

Chère Mrs Schwartz,

Nous espérons que vous viendrez à notre petite fête vendredi soir, le pasteur dit qu'il espère que vous pourrez, tous sans exception étant bienvenus. La recette pour le jambon était très bonne et je vous en remercie. En espérant que la présente vous trouvera en bonne santé et que nous vous verrons vendredi, je reste votre dévouée.

Emma Greene

Cette missive arracha un sourire au Dr Lloyd et à Mrs Bantry.

— A mon avis, cette dernière lettre peut être écartée, déclara le médecin.

— C'était aussi mon avis, répondit sir Henry. Toutefois, j'ai pris la précaution de m'assurer qu'il existait bien une Mrs Greene, et qu'il y avait eu une fête à l'église. Excès de prudence ne saurait nuire.

— C'est ce que dit toujours notre amie miss Marple, remarqua le Dr Lloyd en souriant. Mais vous rêvassez, miss Marple ! A quoi pensez-vous donc ?

Miss Marple sursauta.

— C'est stupide, dit-elle. Je me demandais pourquoi, dans la lettre adressée au Dr Rosen, le mot Honnêteté est écrit avec un H majuscule.

Mrs Bantry s'empara de la lettre.

— C'est vrai, dit-elle. Oh !

— Oui, ma chère, dit miss Marple. Je pensais que vous l'aviez remarqué.

— Cette lettre renferme un net avertissement, remarqua le colonel Bantry. C'est la première chose qui m'a frappé. J'en vois plus que vous ne pensez. Oui, un net avertissement... mais contre qui ?

— Il y a quelque chose de curieux à signaler à propos de cette lettre, déclara sir Henry. A en croire Templeton, le Dr Rosen l'ouvrit pendant le petit déjeuner et la poussa vers lui en disant qu'il ne connaissait ce type ni d'Eve ni d'Adam.

— Il ne s'agissait pas d'un type, dit Jane Helier. C'était signé Georgina.

— C'est difficile à dire, fit observer le Dr Lloyd. Cela pourrait bien être Georgey, quoique cela ressemble plus à Georgina. Seulement, ça a plutôt l'air d'une écriture masculine.

— Voilà qui est intéressant ! dit le colonel. Jeter la lettre sur la table en prétendant ne rien savoir de tout ça... Il guettait la réaction de quelqu'un. Mais de qui ? De l'homme ? Ou de la jeune fille ?

— Et pourquoi pas celle de la cuisinière ? suggéra Mrs Bantry. Elle était peut-être dans la pièce à ce moment-là, pour servir le petit déjeuner. Mais ce que je ne vois pas c'est... C'est très étrange.

Les sourcils froncés, elle examina de nouveau la lettre. Miss Marple s'approcha d'elle et posa le doigt sur la feuille de papier. Elles chuchotèrent entre elles.

— Mais pourquoi le secrétaire a-t-il déchiré l'autre lettre ? lança soudain Jane Helier. Ça me semble... oh ! je ne sais pas... ça me paraît bizarre. Et pourquoi recevait-il des lettres d'Allemagne ? Evidemment, s'il est au-dessus de tout soupçon, comme vous dites...

— Mais sir Henry n'a rien dit de tel, riposta vivement miss Marple en s'arrachant à son entretien à voix basse avec Mrs Bantry. Il a dit *quatre* suspects. Il inclut donc Mr Templeton. N'est-ce pas, sir Henry ?

— Mais oui, miss Marple. D'amères expériences m'ont au moins appris une chose : *personne* n'est au-dessus de tout soupçon. Et je viens de vous donner les raisons qui permettent de penser, contre toute vraisemblance, que trois de ces personnes peuvent être coupables. A l'époque, je n'avais pas appliqué le même raisonnement à Templeton. Mais j'ai fini par le faire, pour me conformer à la règle que je viens de vous énoncer. Et j'ai été obligé de reconnaître, même si cette idée nous répugne, que toute armée, toute marine, toute force de police comporte un certain nombre de traîtres dans ses rangs. J'ai donc examiné avec objectivité le cas de Templeton.

» Je me suis posé à peu près les mêmes questions que miss Helier. Pourquoi était-il le seul dans la maison à ne pouvoir produire la lettre qu'il avait reçue, une lettre, qui plus est, portant un timbre allemand ? Pourquoi recevait-il des lettres d'Allemagne ?

» Cette dernière question étant plutôt innocente, j'allai carrément la lui poser. Il y répondit sans difficulté. La sœur de sa mère avait épousé un Allemand. La lettre émanait d'une cousine. J'appris ainsi quelque chose que j'ignorais ! Charles Templeton entretenait des rapports avec des gens résidant en Allemagne. Ce qui le mit définitivement sur la liste des suspects, et en bonne place. C'est un de mes hommes, un garçon qui a toujours joui de mon affection et de ma confiance, mais en toute justice et en toute honnêteté, je dois reconnaître qu'il est en tête de liste…

» Mais voilà… je ne sais pas ! Je ne *sais pas*… et selon toute probabilité, je ne saurai jamais. Il ne s'agit pas de punir un meurtrier. Il s'agit de quelque chose de cent fois plus important à mes yeux. De la destruction de toute la carrière d'un homme honorable à cause d'un soupçon, d'un soupçon dont je suis obligé de tenir compte.

Miss Marple toussota et dit gentiment :

— Si je vous comprends bien, sir Henry, c'est seulement le jeune Templeton qui vous tient ainsi à cœur ?

— Oui, en un sens. En principe, il devrait en aller de même pour les autres, mais ce n'est pas le cas. Je peux suspecter Dobbs, par exemple, mais cela n'affectera pas sa carrière. Il n'est venu à l'idée de personne, au village, que la mort du vieux Dr Rosen pouvait avoir été autre chose qu'un accident. Gertrud risque d'en souffrir un peu plus. Cela peut changer l'attitude de Fraülein Greta envers elle. Mais cela n'a peut-être pas beaucoup d'importance pour elle.

» Quant à Greta Rosen… Ma foi, nous touchons là le point crucial. Greta est très jolie, Charles est beau garçon, et ils ont vécu cinq mois sous le même toit, sans autre distraction. L'inévitable est arrivé. Ils sont tombés amoureux l'un de l'autre, sans oser se l'avouer.

» Et puis est survenue la catastrophe. Il y a trois mois de cela, maintenant, et un ou deux jours après mon retour, Greta Rosen est venue me voir. Elle avait vendu la maison et partait pour l'Allemagne, après avoir réglé les affaires de son oncle. Elle savait que j'étais à la retraite, mais elle voulait me consulter sur un problème personnel. Elle tourna d'abord autour du pot mais elle finit par vider son sac. Quel était mon sentiment ? Elle n'arrêtait pas de se faire du souci à propos de cette lettre au timbre allemand, celle que Charles avait déchirée. Etait-ce normal ? Bien sûr, cela *devait* être normal. Elle ajoutait foi à son histoire, bien entendu, mais… oh ! si seulement elle *savait* ! Si elle savait… sans risque d'erreur.

» Vous voyez ? Le même sentiment : le désir de faire confiance, et l'horrible soupçon qu'on s'efforce de chasser résolument de son esprit mais qui y reste néanmoins tapi. Je lui parlai avec la plus absolue franchise et la priai de faire de même. Je lui demandai si elle tenait à Charles, et lui à elle.

» — Je crois que oui, me répondit-elle. Oh oui ! je le sais ! Nous étions si heureux. Chaque jour s'écoulait si agréablement. Nous savions… nous savions tous les deux. Mais nous n'étions pas pressés, nous avions tout le temps devant nous. Un jour, il me dirait qu'il m'aimait et je lui répondrais que moi aussi… Ah ! Comment deviner ? Tout est changé désormais. Un nuage noir s'est interposé entre nous. Quand nous nous rencontrons nous sommes gênés, nous ne savons pas quoi nous dire. C'est peut-être la même chose pour lui. Chacun pense :

« Si seulement j'en étais sûr ! » C'est pourquoi, sir Henry, je vous implore de me dire : « Quelle que soit la personne qui a tué votre oncle, ce n'est pas Charles Templeton ! » Dites-le-moi ! Oh ! Dites-le-moi ! Je vous en supplie !

» Et nom de Dieu ! s'écria sir Henry en tapant du poing sur la table, je n'ai pas pu le lui dire. Ils vont s'éloigner de plus en plus l'un de l'autre, ces deux-là, à cause d'un soupçon qui flotte entre eux comme un fantôme, un fantôme qui ne peut pas trouver le repos.

Il se renversa sur son siège, gris de fatigue. Il secoua la tête d'un air découragé.

— On ne peut rien faire de plus, à moins que... (Il se redressa avec un étrange petit sourire), à moins que miss Marple ne puisse nous aider. Le pouvez-vous, miss Marple ? J'ai l'impression que cette lettre doit être sans mystère pour vous. Celle de la fête paroissiale. Cela ne vous rappelle pas quelque chose, ou quelqu'un, qui pourrait nous éclairer ? Ne pouvez-vous rien faire pour aider deux jeunes gens sans défense qui ne demandent qu'à être heureux ?

Derrière le ton léger, il y avait quelque chose de sérieux dans cet appel. Sir Henry commençait à éprouver la plus grande estime pour les capacités intellectuelles de cette frêle et surannée demoiselle. Dans le regard qu'il lui lança, on lisait quelque chose qui ressemblait beaucoup à de l'espoir.

Miss Marple toussota, et remit en place son fichu de dentelle.

— Cela me rappelle un peu Annie Poultny, admit-elle. Bien sûr, la lettre est parfaitement claire, aussi bien pour Mrs Bantry que pour moi. Je ne parle pas de celle qui fait allusion à la fête, mais de l'autre. Vivant à Londres et n'étant pas jardinier, vous ne pouviez rien remarquer, sir Henry

— Hein ? Remarquer quoi ? demanda-t-il.

Mrs Bantry s'empara d'un catalogue, l'ouvrit et se mit à lire avec délices :

— Dr Helmut Spath. Pur lilas, fleur merveilleuse et délicate, à la tige particulièrement rigide et longue. Excellente pour la coupe et la décoration du jardin. Une nouveauté d'une beauté frappante.

» Edgar Jackson. Magnifique fleur ressemblant au chrysanthème, d'un rouge brique très particulier.

» Amos Perry. Rouge vif, très décoratif.

» Tsingtan. Rouge-orange vif, plante de jardin éclatante, dont la fleur, une fois coupée dure longtemps.

» Honnêteté…

— Avec un H majuscule, vous vous souvenez ? murmura miss Marple.

— Honnêteté. Nuances de rose et de blanc, énorme fleur à la forme parfaite.

Mrs Bantry jeta le catalogue sur la table et s'écria avec force :

— *Dahlia !*

— Et leurs initiales forment le mot « DEATH », (MORT), expliqua miss Marple.

— Mais la lettre était adressée au Dr Rosen lui-même, objecta sir Henry.

— C'est là qu'était toute l'astuce, fit observer miss Marple. Ça, et la mise en garde. Que ferait le destinataire, recevant une lettre de quelqu'un qu'il ne connaît pas, pleine de noms qu'il ne connaît pas non plus ? Bien entendu, il la donnerait à son secrétaire.

— Alors, en fin de compte…

— Oh non ! dit miss Marple. Pas le secrétaire. C'est même ce qui prouve clairement que ce n'était pas lui. Sinon, il aurait fait disparaître cette lettre. Et il n'aurait pas déchiré celle qui lui était adressée avec un timbre allemand. Son innocence me paraît éclatante.

— Alors, qui ?

— Eh bien, cela me semble clair, aussi clair qu'une chose peut l'être en ce monde. Il y avait une autre personne à table, et elle aura tout naturellement, étant donné les circonstances, pris la lettre pour la lire. Souvenez-vous qu'elle avait reçu par le même courrier un prospectus de pépiniériste.

— Greta Rosen ! dit lentement sir Henry. Alors, la visite qu'elle me fit…

— Les hommes ne voient jamais ces choses, remarqua miss Marple. Et, à cause de leur façon de voir les choses, justement, je crains qu'ils ne tiennent les vieilles femmes comme nous pour des… euh, pour des têtes de linotte. Mais le fait est là. Nous en savons très long sur notre propre sexe malheureusement. Une barrière s'est sans doute dressée entre eux. Le jeune homme a dû éprouver pour elle une soudaine et inexplicable répulsion. D'instinct, il la soupçonnait et il n'a pas pu lui cacher cette suspicion. En réalité, je pense qu'elle vous a fait cette visite par pure rancune. Elle ne risquait pas grand-chose de son côté. Mais elle s'est écartée de son chemin juste pour fixer définitivement vos soupçons sur le pauvre Mr Templeton. Vous n'avez jamais tant douté de lui qu'après sa visite.

— Je suis sûr que rien de ce qu'elle m'a dit... commença sir Henry.

— Les hommes ne voient jamais ces choses-là, répéta tranquillement miss Marple.

— Et cette fille... (Il s'arrêta.) Elle commet un meurtre de sang-froid et s'en sort indemne !

— Oh, non ! sir Henry, pas indemne, dit miss Marple. Nous ne le croyons ni vous ni moi. Rappelez-vous ce que vous disiez, tout à l'heure. Non. Greta Rosen n'échappera pas au châtiment. Tout d'abord, elle se trouve associée à de drôles de gens – maîtres chanteurs et terroristes – qui ne lui feront aucun bien et lui vaudront sans doute une triste fin. De toute façon, comme vous le disiez, on ne doit pas perdre son temps avec le coupable. C'est l'innocent qui compte. D'abord Mr Templeton. Qui épousera certainement cette cousine allemande. Qu'il ait déchiré sa lettre me paraît très *suspect* – j'utilise le mot cette fois dans un sens tout différent. Un peu comme s'il avait eu peur que l'autre ne voie, ou n'exige de voir cette lettre. Oui, je pense qu'il y avait quelque amourette là-dessous. Ensuite, il y a Dobbs, bien que, comme vous dites, ça n'ait pas beaucoup d'importance pour lui. Son café du matin est sans doute tout ce qui l'intéresse. Ensuite, il y a la malheureuse vieille Gertrud, celle qui me rappelle Annie Poultny. Pauvre Annie Poultny. Cinquante ans de loyaux services et soupçonnée d'avoir détruit le testament de miss Lamb, bien qu'on n'ait jamais rien prouvé. La malheureuse créature en a eu le cœur brisé. Et puis, après sa mort, on a retrouvé le testament dans le double fond d'une boîte à thé où miss Lamb l'avait mis elle-même en sécurité. Trop tard pour la pauvre Annie…

» Voilà pourquoi je suis inquiète pour cette pauvre vieille Allemande. Avec l'âge, on devient facilement amer. Je la plains beaucoup plus que Mr Templeton, jeune et beau et qui jouit apparemment de la faveur des dames. Vous allez lui écrire, n'est-ce pas, sir Henry, pour lui annoncer que son innocence a été établie sans aucun doute possible ? Elle souffre déjà de la mort de son cher vieux maître, mais en plus, se sentir soupçonnée… Oh, je préfère ne pas y penser !

— Je vais lui écrire, miss Marple, lui assura sir Henry. Vous savez, ajouta-t-il en lui jetant un regard plein de curiosité, je crois que je ne vous comprendrai jamais tout à fait. Votre point de vue n'est jamais celui qu'on attend.

— Mon point de vue est assez borné, je le crains, répondit humblement miss Marple. Je suis rarement sortie de St Mary Mead.

— Et pourtant, vous venez de résoudre ce que l'on pourrait appeler un mystère international. Car vous l'avez résolu. J'en suis persuadé.

Miss Marple rougit un brin.

— Je crois que j'ai reçu une très bonne éducation, pour l'époque. Ma sœur et moi, nous avons eu une gouvernante allemande. Une Fräulein. Une créature très sentimentale. Elle nous apprenait le langage des fleurs, une étude bien oubliée de nos jours mais tout à fait charmante. Ainsi, la tulipe jaune, par exemple, veut dire « Amour sans espoir », tandis que la reine-marguerite signifie « Je meurs de jalousie à vos pieds ». Et la lettre était signée « Georgina », qui, si je me rappelle bien, signifie « dahlia » en allemand.

» J'aimerais pouvoir me rappeler le sens de « dahlia » mais hélas, il m'échappe. Ma mémoire n'est plus ce quelle était.

— En tout cas, cela ne veut pas dire MORT.

— Non, effectivement. C'est affreux, non. On voit de si tristes choses en ce monde.

— Certes, soupira Mrs Bantry. Heureux ceux qui ont des fleurs et ceux qui ont des amis.

— Elle nous place en dernier, vous avez remarqué ? fit le Dr Lloyd.

— J'ai connu un homme qui me faisait livrer des orchidées pourpres tous les soirs au théâtre, dit rêveusement Jane Helier.

— « Je brigue vos faveurs », voilà ce que ça signifie, déclara gaiement miss Marple.

Miss Marple poussa une soudaine exclamation.

Sir Henry toussota et détourna la tête.

— J'y suis ! Dahlia signifie « traîtrise et présentation déformée » !

— Merveilleux ! Absolument merveilleux ! s'écria sir Henry.

Et il soupira.

10

Tragédie de Noël

(A Christmas Tragedy)

— Je voudrais déposer une plainte, déclara sir Henry Clithering.

Il regarda autour de lui, les yeux brillants.

Jambes étendues devant le feu, le colonel Bantry fixait la cheminée, les sourcils froncés, comme il l'aurait fait en remarquant un soldat fautif à la parade, sa femme jetait à la dérobée un coup d'œil sur un catalogue de semences qui venait d'arriver par la poste, le Dr Llyod regardait Jane Helier avec une grande admiration, et cette jeune et belle actrice était absorbée dans la contemplation de ses ongles roses manucurés. Seule miss Marple, cette vieille dame célibataire, était assise bien droite sur son siège, et comme elle croisait le regard de sir Henry, ses yeux d'un bleu délavé brillèrent à leur tour.

— Une plainte ? murmura-t-elle.

— Une plainte très grave. Nous sommes six ici, trois représentants de chaque sexe, et je proteste au nom des mâles opprimés. Nous avons entendu trois histoires ce soir, toutes les trois racontées par des hommes ! Les dames n'y ont pas pris leur juste part.

— Oh ! s'écria Mrs Bantry avec indignation. Je suis sûre que si ! Nous vous avons écoutés avec l'esprit en éveil. Et nous avons fait preuve de la plus féminine des attitudes en refusant de vous prendre la vedette.

— Excellente excuse, malheureusement irrecevable ! répliqua sir Henry. Les Mille et Une Nuits ont déjà offert un précédent, alors à vous, Schéhérazade !

— Moi ? s'écria Mrs Bantry. Mais je n'ai rien à raconter ! Je ne me suis jamais trouvée entourée de mystère et de sang !

— Je ne tiens pas absolument au sang, dit sir Henry. Mais je suis persuadé que l'une de vous, mesdames, a un petit mystère en réserve. Allons, miss Marple ! Quelque chose comme : « L'étrange aventure de la femme de charge », ou « Le mystère de la réunion des mères de familles ». St Mary Mead ne peut pas me décevoir !

Miss Marple secoua la tête.

— Rien de ce qui se passe ici ne vous intéresserait, sir Henry. Nous avons nos petits mystères, bien sûr, comme l'incompréhensible disparition des calamars. Mais ils sont trop banals pour retenir votre attention, même s'ils jettent une vive lumière sur la nature humaine.

— Vous m'avez appris à raffoler de la nature humaine, déclara gravement sir Henry.

— Et vous, miss Helier ? demanda le colonel Bantry. Vous devez avoir eu d'intéressantes expériences.

— Sûrement ! approuva le Dr Llyod.

— Moi ? fit Jane. Vous voulez... vous voulez que je vous raconte quelque chose qui m'est arrivé à moi ?

— Ou à l'un de vos amis, corrigea sir Henry.

— Oh ! répondit-elle sur un ton vague. Je ne crois pas qu'il me soit jamais arrivé quoi que ce soit – j'entends, de ce genre. J'ai reçu des fleurs, bien sûr, des lettres bizarres – mais ça c'est les hommes, n'est-ce pas ? Je ne crois pas...

Elle s'arrêta et parut se perdre dans ses pensées.

— En ce cas, nous devrons nous satisfaire de l'épopée des calamars, décréta sir Henry. A vous, miss Marple !

— Vous êtes enchanté de votre plaisanterie, n'est-ce pas, sir Henry ? Les calamars, c'est absurde. Mais maintenant que j'y pense, je me rappelle un incident – pas exactement un incident d'ailleurs, quelque chose de beaucoup plus sérieux, une tragédie. En un sens, je m'y suis trouvée mêlée ; et je n'ai jamais eu le moindre regret, pas le plus petit regret de ce que j'ai fait. Mais cela ne s'est pas passé à St Mary Mead.

— Quelle déception ! dit sir Henry, mais je tâcherai de me faire une raison. Je savais bien que nous pouvions compter sur vous.

Il se carra dans son fauteuil dans l'attitude du spectateur. Miss Marple rosit légèrement.

— J'espère pouvoir vous la raconter convenablement, dit-elle, inquiète. Je crains d'avoir tendance à m'égarer. On s'écarte de son sujet sans s'en rendre compte. Et il est si difficile de se rappeler les faits dans l'ordre ! Il faudra que vous fassiez preuve de patience. C'est arrivé il y a bien longtemps, maintenant…

» Comme je vous le disais, cette histoire n'a pas de rapports avec St Mary Mead, mais avec l'hydro…

— Vous voulez dire avec l'avion qui va sur l'eau ? s'écria Jane en ouvrant de grands yeux.

— Vous ne connaissez pas l'hydrothérapie, ma chère ? remarqua Mrs Bantry.

Elle lui expliqua ce que c'était et son mari ajouta sa quote-part :

— Quels endroits épouvantables, ces stations thermales ! Epouvantables ! Il faut se lever aux aurores pour boire une eau répugnante. Un tas de vieilles bonnes femmes sont assises autour de vous. Ça potine horriblement. Seigneur, quand j'y pense !

— Allons, Arthur, dit tranquillement Mrs Bantry. Vous savez que cela vous a fait le plus grand bien.

— Un tas de vieilles bonnes femmes échangeant des médisances, grommela le colonel.

— C'est pourtant vrai, dit miss Marple. Moi-même…

— Ma chère miss Marple ! s'écria le colonel, horrifié. Je n'ai pas pensé une seconde…

D'un geste, et le rose aux joues, miss Marple l'arrêta.

— Mais c'est *vrai*, colonel ! J'aimerais seulement vous faire remarquer… Laissez-moi le temps de rassembler mes idées. Oui. Echanger des médisances, comme vous dites, cela se pratique beaucoup. Les gens adorent ça, surtout les jeunes. Mon neveu, qui écrit des livres – très intelligents, je crois –, a critiqué de la façon la plus vive cette façon de démolir sans preuve la réputation des gens, il a montré à quel point c'était méchant et tout ça. Mais ce que je dis, moi, c'est que ces jeunes prennent rarement le temps de réfléchir. Ils n'examinent pas les faits. La question est la suivante : Quel pourcentage de vérité comportent ces médisances ? Je pense que si, comme je vous le disais, on examinait sérieusement les faits, on trouverait que, neuf fois sur dix, elles sont vraies. C'est d'ailleurs ce qui contrarie tellement les gens !

— L'inspiration, dit sir Henry.

— Non pas ça, pas ça du tout ! C'est affaire de pratique et d'expérience. Il paraît que si vous soumettez à un égyptologue un de ces curieux petits scarabées, rien qu'en le regardant et en le touchant, il pourra vous dire à quelle date avant Jésus-Christ il remonte ou si c'est une imitation. Et il ne peut pas toujours expliquer sur quoi il se base. Il *sait*. Il a passé sa vie à manipuler ce genre d'objets. C'est ce que j'essaye justement de vous dire (très mal, je l'avoue). Celles que mon neveu appelle « les femmes superflues » disposent de beaucoup de temps et leur principal intérêt dans la vie c'est *les gens*.

» Ainsi elles finissent par devenir des expertes, en quelque sorte. Les jeunes aujourd'hui parlent très librement de sujets tabous de mon temps ; mais, d'un autre côté, ils sont terriblement naïfs. Ils croient n'importe qui et n'importe quoi. Si on essaye de les mettre en garde, même gentiment, on s'entend traiter d'esprit victorien, qui, pour eux, s'apparente à un évier.

— Après tout, qu'est-ce qu'un évier a de si terrible ? demanda sir Henry.

— Très juste ! dit vivement miss Marple. C'est la chose la plus nécessaire qui soit dans une maison. Mais, évidemment, ce n'est pas très romantique. Quoi qu'il en soit, je dois avouer que je suis sensible, comme tout le monde, et que j'ai été parfois cruellement blessée par des réflexions faites à la légère. Je sais que les messieurs ne s'intéressent pas aux problèmes domestiques, mais je voudrais vous parler d'Ethel, ma bonne – une très jolie fille et infiniment serviable. Cela dit, dès que je l'ai vue j'ai compris qu'elle était du même genre qu'Annie Webb et que la fille de la pauvre Mrs Bruitt. Si l'occasion s'en présentait, elle ne ferait aucune différence entre le *mien* et le *sien*. Aussi je l'ai laissée partir au bout du mois, avec un certificat attestant qu'elle était sérieuse et honnête, mais en privé, j'ai déconseillé à la vieille Mrs Edwards de l'engager. Mon neveu Raymond en a été très fâché et m'a dit qu'il n'avait jamais entendu quelque chose d'aussi méchant. Oui, *méchant*. Là-dessus, Ethel est entrée au service de lady Ashton, que je ne me sentais pas dans l'obligation de prévenir, et qu'est-ce qui est arrivé ? Toute la dentelle de ses sous-vêtements et deux broches en diamant partis en pleine nuit avec la fille – dont elle n'a plus jamais entendu parler depuis !

Miss Marple s'arrêta, reprit son souffle et poursuivit :

— Vous allez me dire que c'est sans rapport avec ce qui s'est passé à Keston Spa Hydro. Et pourtant si. Cela explique pourquoi, dès l'instant où je les ai vus ensemble, je n'ai pas douté un instant que Sanders avait l'intention de se débarrasser de sa femme.

— Hein ? fit sir Henry, en se penchant en avant.

Miss Marple tourna vers lui son visage serein.

— Comme je vous l'ai dit, sir Henry, je n'en ai pas douté un instant. Mr Sanders était un grand et bel homme, au teint fleuri, très chaleureux et que tout le monde trouvait sympathique. On n'aurait pu imaginer mari plus agréable. Mais je savais ! Il voulait se débarrasser d'elle.

— Ma chère miss Marple…

— Oui, je sais… C'est ce que dirait mon neveu : Raymond West. Il m'expliquerait que je n'avais pas l'ombre d'une preuve. Mais je me rappelais Walter Hones, le patron de *L'Homme Vert*. Un soir qu'il rentrait chez lui à pied avec sa femme, celle-ci était tombée dans le fleuve, et lui, il avait touché l'assurance ! Je me rappelais aussi deux autres personnes, qui se promènent toujours en liberté, dont l'une appartenait d'ailleurs à notre monde. Pendant les vacances d'été, il était parti grimper sur les montagnes suisses avec sa femme. J'avais conseillé à sa femme de refuser de le suivre, et la pauvre petite ne s'était pas fâchée, comme elle aurait pu, elle n'avait fait qu'en rire. Il lui avait paru très drôle qu'une bizarre vieille chose comme moi puisse tenir des propos pareils sur son Harry. Eh bon, il y a eu un accident, et Harry est marié avec une autre, maintenant. Mais que pouvais-je faire ? Je savais, mais je n'avais pas de preuve.

— Oh ! miss Marple, s'écria Mrs Bantry, vous ne voulez pas dire que…

— Ma chère, ces histoires-là sont très banales, vraiment très banales. Et comme ils sont de loin les plus forts, ce sont les hommes qui sont les plus tentés. Il est si facile de simuler un accident. Comme je vous le disais, j'ai su tout de suite à quoi m'en tenir avec les Sanders. Cela s'est passé dans un tram. Il était bondé et j'ai dû monter sur l'impériale. Nous nous sommes levés tous les trois pour descendre, Mr Sanders a perdu l'équilibre et est tombé en plein sur sa femme qu'il a expédiée la tête la première dans l'escalier. Par bonheur, le contrôleur était un jeune homme solide qui l'a rattrapée au vol.

— Mais cela pouvait être un accident, non ?

— Bien sûr que c'était un accident – rien ne pouvait avoir l'air plus accidentel. Mais Mr Sanders m'avait dit qu'il avait servi dans la Marine marchande et un homme capable de garder l'équilibre sur un méchant bateau incliné ne le perd pas en haut d'un tram où une vieille femme comme moi tient sur ses pieds. Ne me racontez pas ça !

— De toute façon, nous pouvons considérer que votre opinion était faite, qu'elle a été faite sur-le-champ, déclara sir Henry.

La vieille demoiselle acquiesça.

— J'en étais déjà sûre mais un second incident, survenu peu après en traversant la rue, me le confirma. Maintenant, je vous le demande, sir Henry : que pouvais-je faire ? J'avais là une charmante et heureuse petite épouse, qui allait être assassinée sous peu.

— Chère mademoiselle, vous me coupez le souffle…

— Sans doute parce que, comme la plupart des gens, de nos jours, vous refusez de regarder les faits en face. Vous préférez penser qu'une chose pareille est impossible. Mais c'était comme ça et je le savais. Malheureusement, j'étais tellement handicapée ! Par exemple, je ne pouvais pas aller à la police. Et je voyais bien qu'il était inutile de prévenir cette jeune femme. Elle était trop attachée à son mari. Je me mis en devoir de découvrir tout ce que je pouvais sur leur compte. Les occasions ne manquent pas quand on brode au coin du feu. Mrs Sanders (Gladys de son prénom) ne demandait qu'à parler. Ils étaient, semblait-il, mariés depuis peu. Son mari attendait un héritage, mais pour l'instant, leur situation était plutôt mauvaise. En fait, ils vivaient sur son petit revenu à elle. L'histoire n'est pas neuve ! Elle déplorait de ne pouvoir toucher à son capital. Il faut croire que quelqu'un, à un moment donné, avait fait preuve de bon sens ! Toutefois, elle pouvait disposer de ce capital par testament. Et, sitôt après leur mariage ils avaient fait des testaments en faveur l'un de l'autre. Très touchant. Evidemment, si les espérances de Jack se réalisaient… C'était le refrain qu'ils répétaient à longueur de journée mais en attendant la vie était dure – en fait ils occupaient une chambre sous les combles, à l'étage des domestiques, terriblement dangereuse en cas d'incendie malgré l'échelle de secours qui se trouvait à l'extérieur derrière leur fenêtre. Je lui demandai s'ils avaient un balcon… Une chose très dangereuse aussi, les balcons. Une seule poussée et… vous voyez.

» Je lui fis promettre de ne pas sortir sur ce balcon. Je prétendis avoir fait un rêve. Elle en fut très impressionnée… on obtient beaucoup, parfois, grâce à la superstition ! Gladys était blonde, avait le teint pâle et un rouleau de cheveux mal peignés sur la nuque. Elle était très crédule. Elle répéta à son mari ce que je lui avais dit et je m'aperçus une ou deux fois qu'il me regardait d'une drôle de façon. Il n'était pas crédule, *lui*. Et il savait que je m'étais trouvée dans le tram.

» J'étais inquiète – très inquiète – parce que je ne voyais pas comment faire échouer ses projets. Je pouvais évidemment l'empêcher d'agir à la station thermale en lui laissant entendre que je le soupçonnais. Mais cela voulait simplement dire qu'il remettrait ses plans à plus tard. J'en vins à penser que la seule tactique consisterait à me payer d'audace, à lui tendre un piège d'une façon ou d'une autre. Si je pouvais l'amener à attenter à la vie de son épouse de la manière que j'aurais choisie, il serait démasqué, et elle serait forcée d'affronter la vérité, aussi choquante soit-elle.

— Vous me coupez le souffle ! s'écria le Dr Llyod. Quel plan avez-vous pu concevoir ?

— J'en aurais trouvé un, n'ayez crainte, répondit miss Marple. Mais le bonhomme était trop malin pour moi. Il n'attendit pas. Se doutant que je le suspectais, il frappa sans me laisser le temps de m'en assurer. Il savait que j'aurais des doutes devant un accident. Il en fit donc un meurtre.

Un petit cri s'échappa de son auditoire. Miss Marple hocha la tête et serra les lèvres.

— Je crains d'avoir formulé les choses un peu brutalement. Je vais m'efforcer de vous raconter exactement ce qui s'est passé. J'en ai gardé une certaine amertume, car il me semblait que, d'une façon ou d'une autre, j'aurais pu l'empêcher. Sans aucun doute, la Providence en a jugé autrement.

» Il y avait quelque chose de bizarre dans l'air. Quelque chose qui pesait sur tous. Une sensation de malheur. Pour commencer, il y eut George, le portier. Il travaillait là depuis des années et connaissait tout le monde. Une bronchite vira à la pneumonie et l'emporta en quatre jours. Terriblement triste. Un vrai choc, pour chacun. Et quatre jours avant Noël en plus. Là-dessus une femme de chambre, une fille charmante, meurt d'une septicémie – au doigt – en vingt-quatre heures.

» Je me trouvais dans le salon avec miss Trollope et la vieille Mrs Carpenter, et Mrs Carpenter, positivement morbide, se délectait de tout ça.

» — Faites attention à ce que je vous dis. *Ce n'est pas la fin.* Vous connaissez le dicton : Jamais deux sans trois ! Je l'ai vérifié plus d'une fois ! Il y aura une autre mort. Cela ne fait aucun doute. Et nous n'aurons pas longtemps à attendre. Jamais deux sans trois

» Comme elle parlait en hochant la tête et en faisant cliqueter ses aiguilles à tricoter, je levai par hasard les yeux et aperçus Mr Sanders, sur le seuil de la porte. Il n'était pas sur ses gardes et l'espace d'un instant, je vis sur son visage une expression aussi claire que le jour. Jusqu'à ma mort je serai persuadée que ce furent les déclarations macabres de Mrs Carpenter qui lui inspirèrent toute l'affaire. Je voyais son esprit à l'œuvre.

» Il entra, avec son sourire chaleureux habituel.

» — Avez-vous des courses à faire pour Noël, mesdames ? Je descends à Keston.

» Il resta quelques instants à bavarder et à rire en notre compagnie, puis il partit. Comme je vous l'ai dit, j'étais inquiète et je demandai carrément :

» — Où est Mrs Sanders ? Est-ce que quelqu'un l'a vue ?

» Miss Trollope m'apprit qu'elle était partie faire un bridge chez des amis, les Mortimer, ce qui me soulagea provisoirement. Mais j'étais toujours inquiète et ne savais pas quoi faire. Environ une demi-heure plus tard, je montai dans ma chambre. Dans l'escalier, je croisai mon médecin, le Dr Coles, qui descendait. Comme je désirais le consulter à propos de mes rhumatismes, je l'emmenai sur-le-champ dans ma chambre. C'est alors (en confidence, me dit-il) qu'il m'apprit le décès de la pauvre Mary. Le directeur ne voulait pas que la nouvelle s'ébruite et il me priait de la garder pour moi. Bien sûr, je ne lui dis pas que nous n'avions fait que parler de cela depuis une heure, depuis que la pauvre fille avait poussé son dernier soupir. Ces choses-là se répandent à la vitesse de l'éclair, comme un homme de son expérience aurait dû le savoir. Mais le Dr Coles avait toujours été un homme sans méfiance, ne croyant que ce qu'il voulait croire, et c'est bien ce qui m'inquiéta, une minute plus tard. En partant, il me dit que Sanders lui avait demandé de passer voir sa femme qui était patraque depuis quelque temps – indigestion, etc.

» *Or, le jour même, Gladys Sanders m'avait dit qu'elle avait une excellente digestion et qu'elle en remerciait le ciel.*

» Vous saisissez ? Tous mes soupçons me revinrent au centuple. Il préparait la voie… mais pour quoi ? Le Dr Coles s'en alla avant que j'aie décidé si je devais ou non lui parler – quoique, si j'avais parlé, je n'aurais pas su quoi lui dire. Comme je sortais de ma chambre, l'homme lui-même – Sanders – descendait de l'étage supérieur. Il était habillé pour sortir, et me demanda encore une fois s'il pouvait faire quelque chose pour moi en ville. J'eus beaucoup de mal à me montrer polie. J'allai ensuite directement prendre le thé dans le salon. Il était exactement 5 heures et demie, je m'en souviens.

» Je désire à présent vous expliquer aussi clairement que possible les événements qui suivirent.

Je me trouvais encore au salon, à 7 heures moins le quart, quand Mr Sanders arriva. Il était en compagnie de deux messieurs et ils étaient tous trois passablement gais. Mr Sanders les quitta pour venir là où j'étais assise avec miss Trollope. Il désirait notre avis à propos d'un cadeau qu'il comptait faire à sa femme pour Noël. Un sac du soir.

» — Vous savez, mesdames, je ne suis qu'un marin mal dégrossi. Qu'est-ce que je connais à ces choses ? Je m'en suis fait livrer trois, et j'ai besoin d'un avis autorisé.

» Nous lui répliquâmes, bien sûr que nous serions ravies de l'aider, et il nous pria alors de venir dans sa chambre, de crainte que son épouse n'arrive entre temps. Nous montâmes avec lui. Je n'oublierai jamais ce qui se passa ensuite… J'en ai encore des picotements dans les doigts.

» Mr Sanders ouvrit la porte de sa chambre à coucher et tourna le commutateur. Je ne sais qui d'entre nous l'aperçut en premier…

» *Mrs Sanders gisait sur le plancher, face contre terre… morte.*

» Je me précipitai. Je m'agenouillai, lui pris la main et cherchai son pouls, mais c'était inutile, le bras lui-même était déjà raide et glacé. Juste à côté de sa tête, se trouvait un bas rempli de sable — l'arme du crime avec laquelle on l'avait assommée. Miss Trollope, cette stupide créature, n'arrêtait pas de gémir près de la porte en se tenant la tête. Sanders cria très fort : « Ma femme, ma femme ! » et se rua sur elle.

» Je l'empêchai de la toucher. Voyez-vous, j'étais sûre alors de sa culpabilité et je craignais qu'il ne veuille dissimuler ou effacer un indice.

» — Il ne faut toucher à rien, déclarai-je. Reprenez-vous, Mr Sanders. Miss Trollope, je vous en prie, allez chercher le directeur.

» Je restai là, à genoux, près du corps. Je n'allais pas laisser Sanders seul avec lui. Toutefois, j'étais obligée de reconnaître que si cet homme jouait la comédie, il la jouait à la perfection : il avait l'air hébété, ahuri, complètement affolé.

» Le directeur de l'hôtel arriva aussitôt. Après un bref examen de la pièce, il nous fit tous sortir, ferma la porte à clé et mit la clé dans sa poche. Puis il alla appeler la police. Il nous sembla qu'ils mirent une éternité à venir. (Nous apprîmes plus tard que la ligne était en dérangement. Le directeur avait été obligé d'envoyer un messager au poste de police et comme la station thermale est située hors de la ville, à la lisière de la lande…) Pendant ce temps, Mrs Carpenter mit nos nerfs à rude épreuve. Elle était tellement contente que sa prophétie : « Jamais deux sans trois » se soit réalisée si rapidement. Quant à Sanders, je l'entendais aller et venir dans le parc, se tenant la tête, gémissant et affichant tous les signes du plus violent désespoir.

» Quoi qu'il en soit la police finit par arriver. Ils montèrent avec le directeur et Mr Sanders. Quelque temps après, ils m'envoyèrent chercher. Je montai. L'inspecteur était assis en train d'écrire. Il avait l'air intelligent et il me plut.

» — Miss Jane Marple ?

» — Oui.

» — J'ai cru comprendre que vous étiez présente lorsqu'on a découvert le corps ?

» Je répondis par l'affirmative et lui décrivis en détail tout ce qui s'était passé. Je pense que le pauvre homme fut soulagé de trouver enfin quelqu'un qui était capable de répondre de façon cohérente à ses questions, après avoir eu affaire à Sanders et à Emily Trollope, complètement démoralisée, cette idiote ! Je n'oublie pas ce que ma chère mère m'a appris : une dame doit toujours rester maîtresse d'elle-même en public, même si elle doit se laisser aller en privé.

— Admirable maxime ! déclara gravement sir Henry.

— Quand j'eus fini, l'inspecteur me dit :

» — Merci, madame. A présent, je dois vous prier d'examiner le corps encore une fois. Se trouve-t-il exactement dans la position où vous l'avez vu en pénétrant dans la pièce ? Il n'a pas été déplacé ?

» J'expliquai que j'avais empêché Mr Sanders de le faire, et l'inspecteur m'approuva.

» — Ce monsieur semble très bouleversé, remarqua-t-il.

» — Il semble, oui, répliquai-je.

» Je ne croyais pas avoir prononcé le mot "semble" d'une façon particulière, pourtant l'inspecteur me lança un regard pénétrant.

» — Nous pouvons donc considérer que le corps est exactement tel que vous l'avez trouvé ?

» — Oui, à l'exception du chapeau, répondis-je.

» L'inspecteur me jeta un regard perçant.

» — Qu'entendez-vous par… le chapeau ?

» Je lui expliquai que le chapeau que Gladys avait sur la tête se trouvait à présent à côté d'elle. Je pensais, bien sûr, que c'était les policiers qui le lui avaient enlevé. Cependant, l'inspecteur le nia catégoriquement. Rien n'avait encore été ni touché ni déplacé. Il se leva et considéra en fronçant les sourcils la pauvre silhouette étalée sur le ventre. Gladys était habillée pour sortir, d'un grand manteau de tweed rouge grenat, au col de fourrure grise. Le chapeau, un feutre rouge bon marché, était par terre, juste à côté de sa tête.

» L'inspecteur resta quelques minutes silencieux, à réfléchir. Puis une idée sembla le frapper.

» — Madame, vous souvenez-vous par hasard si la défunte portait des boucles d'oreilles tout à l'heure ? Ou si elle avait l'habitude d'en porter ?

» Par bonheur, je suis assez observatrice. Je me souvins avoir vu briller une perle sous le bord du chapeau, sans y prêter particulièrement attention à ce moment-là. Je répondis donc par l'affirmative à sa première question.

» — En ce cas, l'affaire est claire. Le coffret à bijoux de la dame a été enlevé – non qu'il ait contenu quoi que ce soit de grande valeur, si j'ai bien compris –, et on lui a retiré ses bagues des doigts. Le meurtrier a dû oublier les boucles d'oreilles et revenir les chercher après que le meurtre a été découvert. Un type plein de sang-froid ! A moins que… (Il regarda autour de lui et dit lentement :) à moins qu'il ne soit resté caché tout le temps dans cette chambre…

» Je l'en détrompai aussitôt. J'avais moi-même regardé sous le lit. Et le directeur avait ouvert les portes de la penderie. Un homme n'aurait pu se cacher nulle part ailleurs. Il est vrai que le placard à chapeaux, au milieu de la penderie, était resté fermé, mais comme il était peu profond et garni d'étagères, personne n'aurait pu s'y dissimuler.

» Tout en m'écoutant, l'inspecteur hochait la tête.

» — Je me fie à votre parole, madame. En ce cas, comme je vous le disais, il a dû revenir. Plein de sang-froid, ce monsieur !

» — Mais le directeur de l'hôtel avait verrouillé la porte et emporté la clé !

» — Cela n'a pas d'importance. Le voleur est entré par le balcon et l'échelle de secours. De toute évidence, vous avez dû le déranger dans son travail. Il s'éclipse par la fenêtre et, dès que vous êtes partis, revient terminer ce qu'il a à faire.

» — Vous êtes sûr qu'il y a eu un voleur ? lui demandai-je.

» Il me répondit d'un ton ironique :

» — Ma foi, ça m'en a tout l'air, non ?

» Cependant, quelque chose, dans son ton, me fit plaisir. Je sentis qu'il ne prendrait pas Mr Sanders trop au sérieux dans son rôle de veuf éploré.

» Voyez-vous, je le reconnais franchement, je me trouvais la proie de ce que nos voisins français appellent une « idée fixe ». Je savais que cet homme, Sanders, voulait la mort de sa femme. Et je n'admettais pas l'éventualité étrange, fantastique, d'une coïncidence. Mon point de vue sur Mr Sanders était – j'en étais certaine – absolument juste et *vrai*.

» Cet homme était une crapule. Mais si je ne fus pas trompée une minute par les manifestations hypocrites de son chagrin, je me rappelai avoir pensé sur le moment que sa surprise et son ahurissement étaient merveilleusement bien joués. Ils paraissaient absolument naturels, si vous voyez ce que je veux dire. Je dois avouer qu'à la suite de ma conversation avec l'inspecteur, je fus saisie d'un étrange sentiment de doute. Je ne voyais pas pourquoi, si Sanders avait commis cet acte abominable, je ne voyais pas pourquoi il serait revenu par l'échelle de secours prendre les boucles d'oreilles de sa femme. Cela n'était pas *raisonnable*, et Sanders était éminemment raisonnable. C'est d'ailleurs pourquoi je le trouvais si dangereux.

Miss Marple regarda son auditoire.

— Vous voyez où je veux en venir ? C'est l'inattendu qui se produit le plus souvent en ce monde. Ma certitude était telle qu'elle m'aveuglait. La conclusion me causa un choc. *Il fut prouvé, sans le moindre doute possible que Mr Sanders n'avait pas pu commettre ce crime…*

Mrs Bantry poussa un petit cri de surprise. Miss Marple se tourna vers elle.

— Je me doute, ma chère, que ce n'est pas ce que vous attendiez quand j'ai commencé cette histoire. Ce n'est pas ce que j'attendais non plus ! Mais les faits sont les faits, et quand on vous prouve que vous vous êtes trompé, il faut se montrer très humble et repartir de zéro. Que Mr Sanders était un assassin dans l'âme, je le savais, et rien n'arriva jamais qui aurait pu m'ôter cette conviction.

» Maintenant, je pense que vous aimeriez connaître les faits eux-mêmes. Comme vous le savez, Mrs Sanders avait passé l'après-midi à jouer au bridge avec ses amis, les Mortimer. Elle les avait quittés vers 6 heures et quart. De chez eux à l'hôtel, il y avait environ un quart d'heure de marche, moins si l'on pressait le pas. Elle avait dû rentrer vers 6 heures et demie, mais sans doute par la petite porte, et monter aussitôt dans sa chambre, car personne ne l'avait vue. Puis elle s'était changée (l'ensemble beige qu'elle portait dans l'après-midi fut retrouvé dans la penderie), et elle s'apprêtait visiblement à ressortir quand le coup l'avait frappée. Selon toute vraisemblance, elle n'avait même pas vu son agresseur. J'ai cru comprendre qu'un sac de sable était une arme très efficace. Tout donnait à penser que l'agresseur était caché dans la chambre, peut-être dans la partie de la penderie qu'elle n'avait pas ouverte.

» Maintenant, retraçons les mouvements de Mr Sanders. Il était sorti, comme je vous l'ai dit, aux alentours de 5 heures et demie. Il avait fait quelques achats dans deux boutiques et vers 6 heures, il était entré au *Grand Hôtel* où il avait rencontré deux amis, ceux-là mêmes avec lesquels il était revenu plus tard à la station thermale. Ils avaient joué au billard et bu, j'imagine, un certain nombre de whiskies-soda. Ces deux hommes (Hitchcock et Spender) ne l'avaient pas quitté depuis 6 heures. Ils étaient rentrés ensemble et il ne les avait abandonnés que pour nous aborder, miss Trollope et moi. Ceci s'était passé, comme je vous l'ai dit, vers 7 heures moins le quart – heure à laquelle sa femme devait déjà être morte.

» Je dois dire que j'ai moi-même parlé à ses deux amis. Ils ne me plurent guère. Ils n'étaient ni sympathiques ni distingués, mais je fus certaine d'une chose : ils disaient l'absolue vérité quand ils affirmaient que Sanders était resté tout le temps en leur compagnie.

» Un autre petit incident vint à notre connaissance. Pendant la partie de bridge, on avait appelé Mrs Sanders au téléphone. Un certain Mr Littleworth désirait lui parler. Elle était revenue animée et ravie de quelque chose, et avait même commis une ou deux fautes graves. Puis elle était partie plus tôt que prévu.

» On demanda à Sanders s'il connaissait un ami de sa femme du nom de Littleworth, mais il déclara qu'il n'en avait jamais entendu parler. Ce qui me parut confirmé par l'attitude de sa femme qui elle non plus n'avait pas eu l'air de connaître ce nom. Toutefois, comme elle était revenue à la table de jeu souriante et rougissante, on pouvait en déduire que la personne n'avait pas donné son vrai nom, ce qui était assez louche en soi, non ?

» Quoi qu'il en soit, restait deux hypothèses : celle, peu probable, d'un cambriolage ou la possibilité que Mrs Sanders s'apprêtait à ressortir pour rencontrer quelqu'un. Ce quelqu'un se serait-il introduit dans sa chambre par l'échelle de secours ? S'étaient-ils disputés ? Ou l'avait-il agressée en traître ?

Miss Marple s'arrêta.

— Alors ? demanda sir Henry. Quelle est la solution ?

— Je me demandais si l'un de vous la devinerait.

— Je ne devine jamais rien, dit Mrs Bantry. Dommage que ce Sanders ait un si parfait alibi. Mais s'il vous satisfait, il doit être inattaquable.

Jane Helier bougea sa jolie tête et posa une question.

— Pourquoi le placard à chapeaux était-il fermé ?

— Mes félicitations, ma chère ! lui lança miss Marple, rayonnante. C'est exactement ce que je me suis demandé. L'explication est très simple : il renfermait une paire de pantoufles et quelques mouchoirs que la malheureuse avait brodés dans l'intention de les offrir à son mari pour Noël. Voilà pourquoi elle avait fermé le placard à clé. La clé fut retrouvée dans son sac.

— Oh ! Dans ce cas, ce n'est pas très intéressant, dit Jane.

— Oh ! mais si ! repartit miss Marple. C'est même la seule chose vraiment intéressante, celle qui a fait déraper les plans du meurtrier.

Tous les yeux étaient fixés sur la vieille demoiselle.

— Il me fallut deux jours pour en prendre conscience, poursuivit miss Marple. Je réfléchissais, réfléchissais… et soudain tout devint clair. J'allai voir l'inspecteur et lui demandai d'essayer quelque chose, ce qu'il fit.

— Que lui avez-vous demandé d'essayer ?

— *Je lui ai demandé de mettre le chapeau sur la tête de la pauvre fille…* et, bien sûr, il n'a pas pu le faire. C'était impossible. *Car voyez-vous, ce n'était pas son chapeau.*

Mrs Bantry ouvrit de grands yeux.

— Mais il était bien sur sa tête, au début ?

— Pas sur sa tête à *elle*…

Miss Marple s'arrêta un instant pour laisser à ses paroles le temps de pénétrer les esprits, et poursuivit.

— Nous étions persuadés qu'il s'agissait du corps de cette pauvre Gladys. Mais nous n'avions jamais regardé son visage. Elle gisait face contre terre, ne l'oubliez pas, et le chapeau cachait tout.

— Mais elle avait été tuée ?

— Oui, plus tard. Mais au moment où nous téléphonions à la police, Gladys Sanders était bien en vie.

— Vous voulez dire que quelqu'un se serait fait passer pour elle ? Mais quand vous l'avez touchée…

— C'était un cadavre, aucun doute là-dessus, répondit gravement miss Marple.

— Mais, nom de Dieu ! s'écria le colonel, on ne s'empare pas comme ça d'un cadavre pour l'abandonner quelque part. Qu'est-il devenu ensuite, ce premier cadavre ?

— Il l'a remis à sa place. C'était une idée atroce, mais très ingénieuse ! Inspirée, sans nul doute, par notre conversation, au salon. Pourquoi ne pas s'en servir ? Le cadavre de la malheureuse Mary, la femme de chambre ? Rappelez-vous : la chambre des Sanders était tout en haut, à l'étage des domestiques. Celle de Mary était deux portes plus loin. Sanders comptait sur le fait que les entrepreneurs de pompes funèbres ne viendraient pas chercher le corps avant la nuit. Il transporta le corps par le balcon (il faisait déjà noir à 5 heures) et lui passa une robe et le grand manteau grenat de son épouse. Là-dessus, il trouve le placard à chapeaux fermé. Il n'y avait qu'une seule chose à faire : aller chercher un des propres chapeaux de la fille. Personne ne le remarquerait. Puis il déposa le sac de sable à côté du corps. Enfin il sortit pour s'assurer un alibi.

» Il téléphona à sa femme, en se faisant appeler Mr Littleworth. J'ignore ce qu'il lui dit. Comme vous le savez, elle était très crédule. Toujours est-il qu'il la persuada de quitter rapidement son bridge, de ne pas reparaître à la station thermale, mais de le retrouver dans le parc, près de l'échelle de secours, à 7 heures. Sans doute lui promit-il une surprise.

» Il revint à la station thermale en compagnie de ses deux amis, et se débrouilla pour que miss Trollope et moi-même découvrions le crime avec lui. Il fit même semblant de vouloir retourner le corps, et c'est moi qui l'en empêchai ! Puis on envoie chercher la police et une fois celle-ci arrivée, il sort dans le parc.

» Personne ne songe à lui réclamer un alibi pour *après* le crime. Il retrouve sa femme, la fait monter par l'échelle de secours, et pénètre avec elle dans la chambre. Il lui a déjà sans doute raconté une histoire pour justifier la présence du corps. Elle se penche sur le cadavre, il attrape le sac de sable et frappe.

Oh, mon Dieu ! J'en suis malade, encore maintenant. Puis il se dépêche de lui enlever son manteau et son ensemble, les raccroche dans la penderie, et l'habille des vêtements de l'autre cadavre.

» *Mais le chapeau ne va pas*. Mary avait les cheveux courts, Gladys un gros chignon. Il est obligé de le laisser près du corps, en espérant que personne ne le remarquera. Après quoi, il ramène la malheureuse Mary dans sa chambre, où il l'installe de nouveau dignement.

— Cela paraît incroyable ! s'exclama le Dr Llyod. Prendre de tels risques La police aurait pu arriver plus tôt !

— Rappelez-vous, la ligne était en dérangement, dit miss Marple. C'était son œuvre. Il ne pouvait se permettre de laisser la police arriver trop vite sur les lieux. En arrivant, ils ont passé encore un bon moment dans le bureau du directeur, avant de monter dans la chambre. C'était là le point le plus faible : quelqu'un pouvait remarquer la différence entre un corps dont la mort remonte à deux heures, et un corps dont la mort remonte à une demi-heure. Mais il comptait sur le fait que ceux qui découvriraient le crime en premier ne seraient pas des experts.

Le Dr Llyod hocha de tête.

— Le crime était supposé avoir été commis vers 7 heures moins le quart, j'imagine, dit-il. En réalité, il fut commis vers 7 heures, ou quelques minutes plus tard. Le médecin légiste n'aurait pas l'occasion de l'examiner avant 7 heures et demie au plus tôt. Il ne pourrait plus voir la différence.

— Mais moi j'aurais dû la voir! s'exclama miss Marple. Lorsque j'ai pris le pouls de la malheureuse, sa main était glacée! Et quand l'inspecteur a dit que le meurtre avait dû être commis quelques instants avant notre arrivée... Je n'ai rien remarqué !

— Vous avez remarqué bien d'autres choses, miss Marple, déclara sir Henry. Cette affaire date d'avant mon entrée au Yard. Je ne me rappelle même pas en avoir entendu parler. Qu'est-il arrivé ?

— Sanders fut pendu, déclara miss Marple d'un ton cassant. A la bonne heure ! Je n'ai jamais regretté d'avoir contribué à le faire condamner. Les scrupules humanitaristes modernes à propos de la peine capitale m'exaspèrent. (Son expression sévère se radoucit :) En revanche, je me suis plus d'une fois amèrement reproché de n'avoir pu sauver la vie de cette pauvre fille. Mais qui aurait prêté l'oreille à une vieille femme qui tire des conclusions hâtives ? Et puis, qui sait ? Après tout, peut-être était-il préférable pour Gladys Sanders de mourir tant qu'elle était encore heureuse, plutôt que de survivre, malheureuse et désillusionnée, dans un monde qui lui eût soudain paru atroce. Elle aimait cette crapule, elle avait confiance en lui. Elle n'aura jamais su ce qu'il était vraiment :

— Eh bien, tant mieux, dit Jane Helier. C'était une fille bien. Tout à fait bien. J'espère...

Elle s'arrêta. Miss Marple contempla la belle et célèbre Jane Helier et hocha la tête :

— Je vous comprends, ma chère petite, dit-elle doucement. Je vous comprends.

11

L'HERBE DE MORT
(The Herb of Death)

— A présent, à votre tour, Mrs B., lança sir Henry sur un ton encourageant.

Son hôtesse, Mrs Bantry, lui jeta un regard de reproche.

— Je ne veux pas qu'on m'appelle Mrs B., je vous l'ai déjà dit. Cela manque de dignité.

— Schéhérazade, alors ?

— Et encore moins Sché… je ne sais quoi ! Je n'ai jamais su raconter une histoire convenablement. Si vous ne me croyez pas, demandez à Arthur !

— Vous exposez très bien les faits, Dolly, dit le colonel Bantry. Mais vous ne savez pas broder.

— Tout juste ! fit Mrs Bantry en faisant claquer sur la table le catalogue qu'elle tenait en main. Je vous ai tous écoutés et je ne comprends pas comment vous faites. « Il a dit », « Elle a dit », « Vous imaginez », « Ils pensaient »… Je ne peux pas, un point c'est tout ! D'ailleurs, je n'ai rien à raconter.

— Nous ne pouvons pas croire ça, Mrs Bantry, dit le Dr Llyod, en secouant sa crinière grisonnante d'un air de feinte incrédulité.

— Allons, ma chère… dit miss Marple, de sa douce voix.

Mrs Bantry secouait toujours obstinément la tête.

— Vous ne soupçonnez pas la banalité de l'existence que je mène… entre les domestiques, le mal qu'on a à se procurer des filles de cuisine ! Les sauts en ville juste pour acheter des vêtements ou aller chez le dentiste, et Ascott – qu'Arthur a en horreur –, le jardin…

— Ah ! le jardin ! s'exclama le Dr Lloyd. Nous savons tous où réside votre cœur, Mrs Bantry.

— Ça doit être agréable d'avoir un jardin, remarqua Jane Helier, la belle et jeune actrice. Du moins, si l'on n'a ni à biner, ni à se salir les mains. J'adore les fleurs.

— Le jardin… Est-ce que nous ne pourrions pas prendre ça comme point de départ ? demanda sir Henry. Allons, Mrs B. ! L'oignon vénéneux, les jonquilles mortelles, l'herbe de mort !

— Curieux que vous disiez cela ! remarqua Mrs Bantry. Vous venez de me rappeler une histoire… Arthur, vous vous souvenez de l'affaire de Cloddenham Court ? Vous savez bien, le vieux sir Ambroise Bercy ! Vous vous rappelez comme nous le trouvions courtois et charmant ?

— Mais bien sûr ! Ce fut effectivement une étrange histoire. Allez-y, Dolly !

— Vous feriez mieux de la raconter vous-même, mon ami.

— Absurde ! Allez-y ! Vous devez vous débrouiller toute seule. Je viens de fournir ma part d'effort.

Mrs Bantry poussa un profond soupir. Elle joignit les mains, tandis qu'une véritable angoisse se peignait sur ses traits. Puis elle se mit à parler avec aisance et rapidité :

— Eh bien, en vérité il n'y a pas grand-chose à raconter. L'Herbe de Mort, voilà ce qui m'a remis l'histoire en tête, bien que, dans mon esprit, je l'appelle *sauge et oignons*.

— Sauge et oignons ? répéta le Dr Llyod.

Mrs Bantry hocha la tête.

— C'est ainsi que c'est arrivé, expliqua-t-elle. Arthur et moi, nous séjournions chez sir Ambroise Bercy à Cloddenham Court, quand un jour, par erreur (c'était stupide, à mon avis), on a arraché des feuilles de digitale en même temps que la sauge. On en a farci les canards pour le dîner, tout le monde a été très malade et une pauvre fille, la pupille de sir Ambroise, en est morte.

Elle s'arrêta.

— Mon Dieu, mon Dieu, quelle tragédie, murmura miss Marple.

— N'est-ce pas ?

— Bon, et ensuite ? demanda sir Henry.

— Il n'y a pas de suite, répondit Mrs Bantry. C'est tout.

Tout le monde resta bouche bée. Ils avaient beau avoir été prévenus, ils ne s'attendaient pas à quelque chose d'aussi bref.

— Mais, ma chère amie, protesta sir Henry, cela ne peut pas s'arrêter là. Ce que vous nous avez exposé est tragique, mais ne constitue en aucune façon un problème.

— Bien sûr qu'il y a autre chose, convint Mrs Bantry. Mais si je vous le disais, vous comprendriez tout.

Elle jeta un regard de défi à son auditoire et ajouta d'une voix plaintive.

— Je vous avais bien dit que je ne savais pas habiller les choses de manière à ce qu'elles ressemblent à une vraie histoire.

— Ah ! ah ! s'exclama sir Henry en se redressant dans son siège et en ajustant son monocle. Vous savez, Schéhérazade, c'est très agréable. C'est un défi à notre ingéniosité. Je ne suis pas sûr que vous ne l'ayez pas fait exprès – pour stimuler notre curiosité. Une rapide tournée de questions me paraît tout indiquée. Miss Marple, à vous l'honneur !

— J'aimerais avoir des renseignements sur la cuisinière. Elle devait être ou très stupide, ou très inexpérimentée ?

— Elle était très stupide, répondit Mrs Bantry. Par la suite, elle a versé des torrents de larmes en déclarant qu'on lui avait apporté ces feuilles pour de la sauge. D'où aurait-elle pu savoir… ?

— Ce n'était pas quelqu'un qui pensait par elle-même, remarqua miss Marple.

— Une femme âgée probablement, et une très bonne cuisinière ?

— Oh, excellente !

— A votre tour, miss Helier, dit sir Henry.

— Oh ! Vous voulez dire… de poser une question ?

Jane réfléchit un instant en silence et déclara finalement, désolée :

— Vraiment, je ne sais pas quoi demander…

Ses beaux yeux se firent implorants.

— Pourquoi ne pas vous enquérir des *dramatis personae*, miss Helier ? lui suggéra sir Henry avec un sourire.

Jane ouvrit de grands yeux.

— Les divers personnages, par ordre d'apparition, lui souffla doucement sir Henry.

— Oh, oui ! fit Jane. Excellente idée !

Mrs Bantry se mit à les énumérer rapidement, en comptant sur ses doigts.

— Sir Ambroise, Sylvia Keene (la jeune fille qui est morte), une amie à elle, Maud Wye, une de ces affreuses filles noiraudes qui s'arrangent pour faire de l'effet on se demande comment. Puis Mr Curle, qui était descendu voir sir Ambroise pour discuter livres – vous savez, de livres rares, drôles de vieilles choses en latin, des parchemins moisis… Et puis il y avait Jerry Lorimer, une espèce de voisin. Fairlies, sa propriété, jouxtait celle de sir Ambroise. Et enfin Mrs Carpenter, une de ces vieilles chattes qui s'arrangent toujours pour s'installer confortablement quelque part. C'était en quelque sorte la dame de compagnie de Sylvia.

— Si c'est mon tour, déclara sir Henry, et je suppose que ça l'est puisque je suis assis à côté de miss Helier, je vais me montrer très exigeant. S'il vous plaît, Mrs Bantry, faites-nous un rapide portrait de tous ces gens-là.

— Oh ! dit Mrs Bantry en hésitant.

— Sir Ambroise d'abord, poursuivit sir Henry. Commencez par lui. Quel genre d'homme était-ce ?

— Oh ! c'était un vieux monsieur distingué – pas si vieux que ça, d'ailleurs. Il n'avait pas plus de 60 ans, j'imagine. Mais il avait une santé délicate, un cœur faible – il ne pouvait pas monter les étages, on avait dû installer un ascenseur –, ce qui le faisait paraître plus vieux qu'il n'était. Il avait des manières charmantes – élégantes serait le mot juste. On ne le voyait jamais inquiet ni contrarié. Il avait de superbes cheveux blancs et une voix particulièrement séduisante.

— Parfait, c'est comme si je le voyais. Sylvia maintenant. Quel était son nom de famille, déjà ?

— Sylvia Keene. Elle était jolie, vraiment très jolie, cheveux blonds, vous voyez, avec une peau ravissante. Peut-être pas très intelligente. En fait, plutôt stupide.

— Voyons, Dolly ! protesta le colonel.

— Bien sûr, Arthur n'est sans doute pas de cet avis, dit Mrs Bantry, ironique. Mais elle était effectivement stupide, elle ne disait jamais rien qui vaille la peine d'être écouté.

— C'était l'une des plus délicieuses créatures que j'aie jamais rencontrées ! s'exclama avec chaleur le colonel Bantry. Je l'ai vue jouer au tennis… Charmante, absolument charmante. Et si drôle, si amusante, si agréable à fréquenter ! Je suis prêt à parier que tous les jeunes gens seraient de mon avis.

— C'est là où vous vous trompez, répliqua Mrs Bantry. De nos jours, les jeunes gens ne s'intéressent plus aux jeunes filles en tant que telles. Il n'y a que les vieux birbes comme vous, Arthur, qui délirent à leur propos.

— Il ne suffit pas d'être jeune, dit Jane. Encore faut-il avoir du SA.

— Qu'est-ce donc que le SA ? demanda miss Marple.

— Le sex-appeal, répondit Jane.

— Ah oui ! dit miss Marple. C'est ce que de mon temps on appelait avoir la prunelle aguichante.

— La description est bonne, remarqua sir Henry. Maintenant la *dame de compagnie* que vous avez qualifiée de chatte, Mrs Bantry ?

— Oh ! Je ne pensais pas vraiment à un chat. Mais c'était quelqu'un de grand, de doux et de blanc, qui donnait l'impression de ronronner. Toujours très gentille. Voilà comment était Adelaïde Carpenter.

— Dans quelle tranche d'âge ?

— Oh ! Je dirais la quarantaine. Elle faisait partie de la maison depuis assez longtemps, depuis que Sylvia avait 11 ans, je crois. C'était une personne pleine de tact. Une de ces veuves abandonnées en situation difficile, avec de nombreuses relations aristocratiques mais sans un sou. Personnellement, je ne l'aimais guère, mais il faut dire que je n'aime pas les gens qui ont de longues mains blanches. Et je n'aime pas les chattes.

— Et Mr Curle ?

— Oh ! un de ces vieux bonshommes voûtés. Il y en a tant comme lui qu'on a du mal à les distinguer les uns des autres. Il ne montrait d'enthousiasme que lorsqu'il parlait de ses livres moisis. Je ne crois pas que sir Ambroise le connaissait très bien.

— Et son voisin Jerry ?

— Un garçon charmant. Il était fiancé à Sylvia. C'est ce qui rendit la chose encore plus triste.

— Je me demande… commença miss Marple, mais elle s'arrêta net.

— Quoi donc ?

— Rien, ma chère.

Sir Henry regarda la vieille demoiselle d'un œil intrigué.

— Ainsi donc, reprit-il d'un air pensif, ces deux jeunes gens étaient fiancés. Depuis longtemps ?

— Un an environ. Sir Ambroise s'y était tout d'abord opposé, sous prétexte que Sylvia était trop jeune. Mais au bout d'un an, il avait cédé et le mariage devait avoir lieu bientôt.

— Ah ! La jeune fille possédait-elle des biens ?

— A peu près rien… cent ou deux cents livres de rente par an.

— Rien à tirer de ça, Clithering, lança le colonel Bantry en riant.

— A votre tour de poser une question, docteur. Je quitte la barre.

— Ma curiosité est surtout d'ordre professionnel. J'aimerais savoir si notre hôtesse s'en souvient ou si elle l'a jamais su – quelles ont été les conclusions du médecin légiste.

— Je le sais en gros, dit Mrs Bantry. Empoisonnement par la digitaline. C'est juste ?

Le Dr Llyod hocha la tête.

— Le principe actif de la digitale pourpre – digitaline – agit sur le cœur. C'est d'ailleurs un remède efficace dans certaines formes de troubles cardiaques. L'affaire est néanmoins curieuse. Je n'aurais jamais imaginé que de manger une préparation de feuilles de digitale pouvait être fatal. Ces histoires de feuilles et de baies vénéneuses sont très exagérées. La plupart des gens ignorent que le principe actif, l'alcaloïde, doit être extrait avec beaucoup de soin en laboratoire.

— Il y a quelques jours, Mrs McArthur a envoyé certains bulbes à Mrs Toomie, dit miss Marple. Mrs Toomie les a pris pour des oignons, les a fait cuire, et tous les Toomie ont été très malades.

— Mais personne n'en est mort, remarqua le Dr Llyod.

— Non, ils n'en sont pas morts, confirma miss Marple.

— J'ai connu une fille qui est morte empoisonnée par la ptomaïne, dit Jane Helier.

— Revenons à notre crime, répliqua sir Henry.

— Un crime ? fit Jane, stupéfaite. Je croyais que c'était un accident !

— Si c'était un accident, lui fit remarquer sir Henry, je ne pense pas que Mrs Bantry nous aurait raconté cette histoire. Tel que je le vois, ce ne fut un accident qu'en apparence. Il y a derrière quelque chose de plus sinistre. Je me souviens d'une affaire… Un soir, quelques amis bavardaient tranquillement après le dîner. Les murs étaient décorés de toutes sortes d'armes anciennes. Pour plaisanter, l'un des invités empoigna un pistolet d'arçon et le braqua sur un autre, en le menaçant de tirer. Le pistolet était chargé, le coup partit, et l'homme fut tué. Il fallut chercher, premièrement, qui avait nettoyé et chargé l'arme en secret, et, deuxièmement, qui avait dirigé la conversation de façon à obtenir ce joli jeu de main… Car l'homme qui avait tiré était entièrement innocent.

» Il me semble que nous avons ici un problème du même ordre. Les feuilles de digitale furent délibérément mêlées à des feuilles de sauge, sachant quel en serait le résultat. Si nous innocentons la cuisinière – et nous l'innocentons, n'est-ce pas ? – la question qui se pose est la suivante : qui a ramassé les feuilles et les a apportées à la cuisine ?

— Il m'est facile de répondre, repartit Mrs Bantry, du moins à la deuxième partie de votre question. C'est Sylvia elle-même qui a apporté les feuilles à la cuisine. Cela faisait partie de son travail quotidien d'aller ramasser les salades, les herbes, les bottes de jeunes carottes que les jardiniers ne cueillent jamais au bon moment. Ils ont horreur de vous donner ce qui est jeune et tendre, ils attendent que ce soit devenu de beaux spécimens. Sylvia et Mrs Carpenter s'occupaient en général de ce genre de choses. Et comme il poussait effectivement de la digitale dans un coin du plant de sauge, l'erreur était tout à fait naturelle.

— Mais Sylvia les avait-elle ramassées elle-même ?

— Ça, personne ne l'a jamais su. On l'a supposé.

— Les suppositions, observa sir Henry, ce sont des choses dangereuses.

— En tout cas, je sais que ce n'est pas Mrs Carpenter qui les avait cueillies, reprit Mrs Bantry. Parce qu'il se trouve que ce matin-là, nous nous sommes promenées ensemble sur la terrasse. Nous sommes sorties après le petit déjeuner. Il faisait exceptionnellement beau et chaud pour un début de printemps. De son côté, Sylvia était descendue seule au jardin, mais plus tard, je l'avais vue marchant bras dessus bras dessous avec Maud Wye.

— Elles étaient très amies ? demanda miss Marple.

— Oui, répondit Mrs Bantry, qui parut vouloir ajouter quelque chose, mais se retint.

— Miss Wye était là depuis longtemps ? demanda miss Marple.

— Une quinzaine de jours, répondit Mrs Bantry avec une note d'embarras dans la voix.

— Vous n'aimez pas miss Wye ? insinua sir Henry.

— Mais si. Justement si, répliqua-t-elle.

L'embarras avait fait place à la détresse.

— Vous ne nous dites pas tout, Mrs Bantry, déclara sir Henry d'un ton accusateur.

— Je m'étais demandé justement… dit miss Marple, mais je ne voulais pas parler tout le temps.

— A quel moment ?

— Quand vous avez expliqué que les jeunes gens étaient fiancés. Vous avez dit que cela avait rendu les choses encore plus tristes. Mais, si vous voyez ce que je veux dire, votre intonation ne m'a pas paru juste. Pas convaincante, si vous voulez.

— Quelle redoutable personne vous faites ! s'exclama Mrs Bantry. Vous avez toujours l'air de *savoir*. Oui, je pensais à quelque chose, mais je ne sais vraiment pas si je dois vous le dire ou non.

— Vous devez nous le dire ! affirma sir Henry. Quels que soient vos scrupules, vous ne devez pas le garder par-devers vous…

— Eh bien, voilà, reprit Mrs Bantry. Un soir… en fait la veille même de la tragédie, il se trouve que je suis sortie sur la terrasse avant le dîner. Les fenêtres du salon étaient ouvertes. Et par hasard, j'ai aperçu Jerry Lorimer et Maud Wye. Il… euh… il l'embrassait. Bien entendu, je ne savais pas si c'était arrivé fortuitement ou si… enfin… vous voyez… c'est impossible à dire… Je savais que sir Ambroise n'appréciait pas Jerry Lorimer. Peut-être parce qu'il savait que c'était ce genre d'homme ? Mais je suis sûre d'une chose : Maud Wye, elle, l'aimait vraiment. Il suffisait de voir comment elle le regardait quand elle n'était pas sur ses gardes. Et je crois d'ailleurs qu'ils étaient mieux assortis que lui et Sylvia.

— Je me dépêche de vous poser une question avant que miss Marple ne le fasse, dit sir Henry. Je voudrais savoir si, après la tragédie, Jerry Lorimer a épousé Maud Wye.,

— Oui, dit Mrs Bantry. Il la épousée. Six mois après.

— Oh ! Schéhérazade ! Schéhérazade ! s'écria sir Henry. Quand je pense à la façon dont vous avez commencé à nous raconter cette histoire ! Des os dénudés, vraiment ! Quand on voit la quantité de chair dont ils se recouvrent maintenant !

— Ne soyez pas si morbide ! protesta Mrs Bantry. Et n'employez pas le mot « chair ». C'est ce que font toujours les végétariens. Ils vous disent « je ne mange jamais de chair » d'une telle façon que cela vous dégoûte aussitôt de votre beau petit bifteck. Mr Curle était végétarien. Il avait l'habitude de prendre quelque chose de bizarre, qui ressemblait à du son, pour son petit déjeuner. Ces vieux bonshommes à barbe ont bien souvent des lubies. Et des sous-vêtements brevetés aussi.

— Que diable savez-vous donc, Dolly, des sous-vêtements de Mr Curle ? s'écria son mari.

— Rien du tout, répliqua dignement Mrs Bantry Ce n'était qu'une supposition.

— Je vais corriger ma première constatation, déclara sir Henry. A la place, je dirai que, dans votre problème, les *dramatis personae* sont très intéressants. Je commence à les voir tous. N'est-ce pas, miss Marple ?

— La nature humaine est toujours intéressante sir Henry. Et il est curieux de voir comment certains types d'individus ont tendance à agir toujours de la même façon.

— Deux femmes et un homme, reprit sir Henry. L'éternel triangle. Serait-il à la base, ici, de notre problème ? Je serais prêt à parier que oui.

Le Dr Llyod s'éclaircit la gorge.

— Je réfléchissais… fit-il d'un ton plutôt embarrassé. Vous avez bien dit, Mrs Bantry, que vous avez été malade, vous aussi ?

— Et comment ! Et Arthur aussi ! Tout le monde !

— C'est bien ça, tout le monde, dit le docteur. Vous voyez où je veux en venir ? Dans l'histoire que vient de nous raconter sir Henry, un homme a tiré sur un autre – il n'a pas eu besoin de tirer sur toute l'assistance.

— Je ne saisis pas, dit Jane. Qui a tiré sur qui ?

— Je veux dire que celui, quel qu'il soit, qui a imaginé ce plan, s'y est pris très curieusement, faisant une confiance aveugle au hasard, ou alors manifestant le plus parfait mépris pour la vie humaine. J'ai peine à croire qu'un homme soit capable d'empoisonner sciemment huit personnes pour se débarrasser d'une d'entre elles.

— Je vois… déclara sir Henry, pensif. J'avoue que j'aurais dû y penser.

— Et se serait-il aussi empoisonné lui-même ? remarqua Jane.

— Quelqu'un était-il absent, ce soir-là ? demanda miss Marple.

Mrs Bantry secoua la tête.

— Tout le monde était là.

— A l'exception sans doute de Mr Lorimer ? Il n'habitait pas la maison, n'est-ce pas ?

— Non, mais il avait justement dîné avec eux ce soir-là.

— Oh ! murmura miss Marple, d'une voix changée. Cela fait toute la différence !

Elle fronça les sourcils, mécontente d'elle-même.

— J'ai été stupide, vraiment stupide, murmura-t-elle.

— Je dois avouer que votre objection me tracasse, Llyod, déclara sir Henry. Comment être sûr que la jeune fille, et la jeune fille seule, ingurgiterait la dose fatale ?

— C'est impossible, lui répliqua le médecin. Ce qui m'amène à faire cette autre remarque : *et si la jeune fille n'était pas la victime visée* ?

— Comment ?

— Dans tous les cas d'empoisonnement alimentaire, le résultat est très incertain. Plusieurs personnes partagent un même plat. Que se passe-t-il ? Une ou deux d'entre elles sont légèrement indisposées, deux autres, disons, gravement indisposées, et une meurt. C'est ainsi que les choses se passent, sans certitude d'aucune sorte. Mais il y a des cas où un autre facteur peut entrer en jeu. La digitaline est un médicament qui agit directement sur le cœur, et qu'on prescrit dans certains cas, comme je vous l'ai déjà dit. *Or, il y avait quelqu'un, dans cette maison, qui souffrait de troubles cardiaques.* Et si cette personne avait été la victime désignée ? Ce qui n'était pas dangereux pour d'autres pouvait lui être fatal – du moins, le meurtrier pouvait raisonnablement le supposer. Que les choses aient tourné autrement prouve seulement ce que je disais, à savoir qu'on ne peut pas faire confiance aux effets d'une drogue sur un être humain.

— Sir Ambroise… dit sir Henry. D'après vous, c'était lui qu'on visait ? Oui, oui… Et la mort de la fille a été une erreur…

— Qui a hérité de sa fortune après sa mort ? demanda Jane.

— Question pleine de bon sens, miss Helier. La première que nous posions, dans mon ancienne profession, remarqua sir Henry

— Sir Ambroise avait un fils, précisa avec lenteur Mrs Bantry. Ils s'étaient disputés et étaient brouillés depuis plusieurs années. Le garçon était violent, je crois. Mais sir Ambroise n'avait pas le pouvoir de le déshériter ; la propriété de Cloddenham Court et le titre revenaient de droit à Martin Bercy. Cependant, sir Ambroise possédait aussi d'autres propriétés, dont il pouvait disposer à sa guise et qu'il légua à sa pupille Sylvia. Il se trouve que je le sais parce qu'il mourut moins d'un an après ces événements, sans avoir pris la peine de rédiger un nouveau testament. Comme Sylvia était morte, je pense que l'argent est allé à la Couronne, ou peut-être à son fils, en tant que plus proche parent… Je ne m'en souviens pas exactement.

— En somme, la disparition de sir Ambroise n'avait d'intérêt que pour son fils – qui n'était pas là – ou pour la jeune fille qui serait morte elle-même pour s'en débarrasser, remarqua sir Henry, pensif. Cela n'est pas très prometteur.

— L'autre femme n'a hérité de rien ? demanda Jane. Celle que Mrs Bantry appelle une chatte ?

— Elle ne figurait même pas dans le testament, dit Mrs Bantry.

— Miss Marple, vous n'écoutez pas, dit sir Henry. Vous êtes à mille lieues d'ici.

— Je songeais au vieux Mr Badger, notre pharmacien, répondit miss Marple. Il avait une très jeune gouvernante, assez jeune, pour être non seulement sa fille, mais sa petite-fille. Il ne souffla mot à personne, laissant sa famille, un tas de neveux et nièces, nourrir des espérances. Et quand il mourut, le croiriez-vous, il était marié en secret avec elle depuis deux ans. Bien sûr, Mr Badger était un pharmacien, un vieil homme assez commun et grossier par ailleurs, tandis que sir Ambroise Bercy était un monsieur aux très bonnes manières, à en croire Mrs Bantry. Mais ceci mis à part, la nature humaine est partout la même.

Il y eut un silence. Sir Henry jeta un regard appuyé à miss Marple qui lui retourna un regard bleu, gentil et moqueur. Jane Helier rompit le silence.

— Cette Mrs Carpenter, elle était jolie ?

— Oui, sans plus. Rien de frappant.

— Elle avait une voix très plaisante, remarqua le colonel.

— J'appellerais ça ronronnante, déclara Mrs Bantry, ronronnante.

— On vous traitera aussi de chat, un de ces jours, Dolly.

— Cela ne me déplairait pas d'être un chat chez moi, répliqua Mrs Bantry. Cela dit, je n'aime pas beaucoup les femmes, vous le savez. J'aime les hommes et les fleurs.

— Preuve de goût, remarqua sir Henry. Surtout si vous placez les hommes en premier.

— Parce que j'ai du tact, répondit Mrs Bantry. Et maintenant ? Que pensez-vous de mon petit problème ? Je crois avoir été honnête. Je n'ai pas été honnête, Arthur ?

— Si, ma chère. Je ne pense pas que le Jockey Club exigera une enquête sur le déroulement des opérations.

— Au premier, dit Mrs Bantry en désignant du doigt sir Henry.

— Je crains d'être très long. Parce que, voyez-vous, je n'ai encore aucune certitude. Tout d'abord, sir Ambroise. Ma foi, il n'aurait jamais tenté de se suicider de façon aussi originale et, d'autre part, il n'avait rien à gagner à la mort de sa pupille. Sortie de scène de sir Ambroise. Mr Curle. Aucune raison de tuer la jeune fille. En revanche, s'il visait sir Ambroise, il aurait pu s'approprier un ou deux manuscrits rares dont la disparition serait passée inaperçue. Mobile très mince et très improbable. Donc, en dépit des soupçons que nourrit Mrs Bantry à l'égard de ses sous-vêtements, je pense que Mr Curle est blanchi. Miss Wye. Mobile pour désirer la mort de sir Ambroise : aucun. Mobile pour désirer la mort de Sylvia : relativement puissant. Elle voulait le fiancé de Sylvia et elle le voulait même très fort, à en croire Mrs Bantry. Elle était dans le jardin avec Sylvia ce matin-là, elle avait pu ramasser des feuilles. Non, nous ne pouvons pas écarter aussi facilement miss Wye. Le jeune Lorimer. Il avait un mobile des deux côtés. En se débarrassant de sa fiancée, il pouvait épouser l'autre. Mais la tuer, cela paraît quand même un peu radical. Des fiançailles rompues, quoi de plus banal de nos jours ? D'autre part, si sir Ambroise mourait, Lorimer épousait une riche héritière, au lieu d'une jeune fille pauvre. Cela peut être important ou non, tout dépend de sa situation financière. Si je découvre que la propriété était lourdement hypothéquée et que Mrs Bantry nous a délibérément dissimulé ce fait, je me plaindrai de l'irrégularité du procédé. Mrs Carpenter maintenant. Comme vous savez, je me méfie de Mrs Carpenter. Ses longues mains d'abord et cet excellent alibi pour l'heure de la cueillette des herbes. J'ai toujours suspecté les excellents alibis. J'ai encore une autre raison de la soupçonner que je préfère garder pour moi. Quoi qu'il en soit, dans l'ensemble, si je devais désigner quelqu'un, je désignerais Maud Wye parce qu'on trouve plus de faits significatifs contre elle que contre les autres.

— A vous, dit Mrs Bantry en pointant le doigt sur le Dr Lloyd.

— Je crois que vous faites erreur, Clithering, en vous entêtant à croire qu'on voulait la mort de la jeune fille. Je suis convaincu que le meurtrier cherchait à se débarrasser de sir Ambroise. Je ne crois pas que le jeune Lorimer disposait des connaissances nécessaires. J'inclinerais plutôt à penser que Mrs Carpenter est la coupable. Elle était depuis longtemps dans la famille, elle connaissait l'état de santé de sir Ambroise et elle pouvait très bien s'arranger pour que cette Sylvia (dont vous dites vous-même qu'elle était plutôt idiote) cueille les feuilles qu'elle voulait. Quant au mobile, j'avoue que je ne le vois pas. Je me hasarderai à penser que sir Ambroise aurait pu, quelques années auparavant, rédiger un testament où elle aurait figuré. C'est là tout ce que j'ai à proposer.

Le doigt de Mrs Bantry pointa sur Jane Helier.

— Je ne sais que dire, déclara Jane. Excepté ceci : pourquoi ne serait-ce pas la fille elle-même ? Après tout, c'est elle qui a apporté les feuilles à la cuisine. Et vous dites que sir Ambroise s'opposait à son mariage. S'il mourait, elle héritait de sa fortune et pouvait se marier aussitôt. Elle en savait tout autant que Mrs Carpenter sur la santé de sir Ambroise.

Mrs Bantry pointa enfin le doigt sur miss Marple.

— A vous, madame l'institutrice, dit-elle.

— Sir Henry a fait un exposé très clair, vraiment très clair, dit miss Marple. Et ce qu'a dit le Dr Llyod est parfaitement juste. A eux deux, ils ont bien débrouillé les choses. Toutefois, je ne pense pas que le Dr Lloyd ait tout à fait compris un des aspects de ce qu'il a dit. N'étant pas son médecin traitant, il ne pouvait pas savoir de quels troubles cardiaques souffrait sir Ambroise.

— Je ne vois pas très bien ce que vous voulez dire, miss Marple, répliqua le Dr Lloyd.

— Vous avez admis, n'est-ce pas, que sir Ambroise souffrait de troubles cardiaques sur lesquels la digitaline avait un effet néfaste. Mais rien ne le prouve. Cela aurait pu être le contraire.

— Le contraire ?

— Vous avez bien dit que la digitaline était souvent prescrite en cas de troubles cardiaques ?

— Même comme cela, miss Marple, je ne vois pas où cela nous mène.

— Ma foi, au fait qu'il ait pu avoir tout naturellement de la digitaline en sa possession sans qu'il soit besoin de l'expliquer. Ce que j'essaie de vous dire (je m'exprime toujours si mal), c'est ceci ; supposez que vous vouliez empoisonner quelqu'un avec une dose mortelle de digitaline. Le plus simple, le plus facile, ne serait-il pas de vous arranger pour que tout le monde soit empoisonné précisément par des feuilles de digitale ? Ce ne serait fatal pour personne, bien sûr, mais nul ne s'étonnerait qu'il y ait une victime parce que, comme l'a dit le Dr Lloyd, ces choses sont imprévisibles. Personne n'aurait l'idée de se demander si cette jeune fille n'avait pas pris une dose fatale de digitaline dans une infusion ou autre chose du même genre. Il avait pu la mettre dans un cocktail, dans son café ou même la lui administrer comme cordial.

— Entendez-vous par là que sir Ambroise aurait empoisonné sa pupille, la charmante jeune fille pour laquelle il avait tant d'affection ?

— Exactement, répondit miss Marple. Tout comme Mr Badger, et sa jeune gouvernante. Ne me dites pas qu'il est grotesque qu'un homme de 60 ans tombe amoureux d'une fille de 20 ans. Cela arrive tous les jours. Et chez un vieil aristocrate comme sir Ambroise, cela peut prendre d'étranges proportions. Cela tourne parfois à la folie. Il n'avait pas pu supporter l'idée de la voir mariée, il avait fait de son mieux pour s'y opposer, et n'y avait pas réussi. Sa jalousie était devenue telle qu'il a préféré la tuer plutôt que de la laisser au jeune Lorimer. Il devait y penser depuis longtemps, parce qu'il avait fallu semer cette digitale parmi la sauge. Il est allé la ramasser lui-même l'heure venue et a envoyé la jeune fille la porter à la cuisine. C'est horrible, mais nous devons regarder ça d'un œil aussi miséricordieux que possible. Face aux très jeunes filles, les messieurs d'un certain âge ont quelquefois des comportements bien singuliers… Ainsi, notre dernier organiste… Mais je ne voudrais pas propager des médisances.

— Mrs Bantry ? C'est bien ça ? demanda sir Henry.

Mrs Bantry hocha la tête.

— Oui. Je n'avais rien soupçonné, je n'avais jamais songé à autre chose qu'à un accident. Et puis, après le décès de sir Ambroise, j'ai reçu une lettre. Il avait laissé des instructions pour qu'on me la fasse parvenir. Il m'y disait la vérité. Je ne sais pas pourquoi – mais nous nous étions toujours bien entendus, lui et moi.

Comme si, dans le silence qui suivit, elle avait entendu des reproches informulés, elle reprit vivement la parole.

— Vous pensez que j'ai trahi une confidence, mais ce n'est pas le cas. J'ai changé tous les noms. En fait, il ne s'appelait pas sir Ambroise Bercy. Vous n'avez pas remarqué le regard ahuri d'Arthur quand j'ai prononcé ce nom ? Il n'a rien compris d'abord. J'avais tout modifié. Comme on dit dans les revues et au début de certains livres – « les personnages de cette histoire sont purement imaginaires ». Vous ne saurez jamais qui ils étaient en réalité.

12

L'AFFAIRE DU BUNGALOW

(The Affair at the Bungalow)

— J'ai pensé à quelque chose, annonça Jane Helier.

Son beau visage s'éclaira du sourire confiant de l'enfant qui attend des compliments. C'était ce sourire qui remuait les foules dans les théâtres de Londres et faisait la fortune des photographes.

— C'est arrivé à une amie à moi, poursuivit-elle prudemment.

Tout le monde lui murmura des encouragements légèrement hypocrites. Le colonel Bantry, Mrs Bantry, sir Henry Clithering, le Dr Llyod et la vieille miss Marple étaient tous convaincus que la prétendue « amie » était Jane elle-même. Elle aurait été incapable de se rappeler quoi que ce soit concernant quelqu'un d'autre, ou même de s'y intéresser…

— Mon amie, reprit Jane (je ne vous dirai pas son nom), était une actrice, une actrice très connue.

Nul ne manifesta de surprise. « Je me demande, songea sir Henry, combien de temps il lui faudra pour abandonner cette fiction et dire *je* au lieu de *elle*. »

— Mon amie faisait une tournée en province – il y a un an ou deux. Je préfère ne pas vous donner le nom de l'endroit. C'était une ville côtière, non loin de Londres…

Elle s'arrêta, sourcils froncés, perplexe. Même l'invention d'un simple nom était trop pour elle. Sir Henry vint à son secours.

— Si nous l'appelions Riverbury ? suggéra-t-il gravement.

— Oh ! oui, ça ira très bien. Riverbury, je m'en souviendrai. Bon, comme je vous le disais, cette… mon amie, se trouvait à Riverbury avec sa troupe, quand il lui arriva une chose fort curieuse.

Elle fronça de nouveau les sourcils.

— Il est bien difficile, déplora-t-elle, de dire exactement ce qu'on veut. On s'embrouille et on commence par dire ce qu'il ne faut pas.

— Vous vous en tirez à merveille, lui déclara sur un ton encourageant le Dr Llyod. Poursuivez !

— Eh bien, il arriva cette chose curieuse. Mon amie fut convoquée au poste de police. Elle y alla. Il y avait eu un cambriolage dans un bungalow près de la rivière. Ils avaient arrêté un jeune homme, qui avait raconté une histoire très bizarre. Et alors ils l'avaient envoyé chercher. Elle n'avait jamais mis les pieds dans un poste de police jusque-là, mais ils se montrèrent très gentils avec elle, très très gentils.

— Je n'en doute pas, dit sir Henry.

— Le sergent – je crois que c'était un sergent, ou alors, un inspecteur – lui offrit un siège et lui expliqua les choses, et bien sûr, il comprit tout de suite qu'il y avait une erreur…

« Ah, ah ! pensa sir Henry « Je » ! Nous y sommes. Je m'y attendais. »

— C'est ce que dit mon amie, poursuivit Jane, sereine, n'ayant pas conscience de s'être trahie. Elle expliqua qu'elle avait répété à l'hôtel avec sa doublure, et qu'elle n'avait jamais entendu parler d'un Mr Faulkener. Et le sergent dit : « Ecoutez, miss Hel… »

Elle s'arrêta et rougit.

— Miss Helman, suggéra sir Henry avec un clin d'œil.

— Oui, oui ! Ça ira. Merci. Il lui dit : « Ecoutez, miss Helman, je sentais qu'il devait y avoir une erreur, sachant que vous étiez descendue au *Bridge Hotel* », et il me demanda si je ne voyais pas d'objection à confronter… ou à être confrontée ? Je ne m'en souviens plus.

— Cela n'a pas une très grande importance, lui assura sir Henry.

— … Bref, avec le jeune homme. Je dis : « bien sûr que non. ». Et ils l'ont fait entrer et lui ont dit : « Voici miss Helier ! » et… Oh !

Jane s'interrompit, la bouche ouverte.

— Peu importe, ma chère enfant, dit miss Marple pour la consoler. Nous aurions fini par deviner. Vous ne nous avez pas donné le nom du lieu ou quoi que ce soit qui compte.

— Ma foi, fit Jane, je voulais vous raconter l'histoire comme si elle était arrivée à quelqu'un d'autre. Mais c'est difficile, non ? On oublie constamment…

Tous lui assurèrent que c'était effectivement très difficile, la calmèrent, la réconfortèrent, et elle reprit sa narration, s'impliquant un peu, cette fois.

— C'était un beau garçon – un très beau garçon. Jeune, avec les cheveux roux. Il a ouvert la bouche quand il m'a vue. Et le serveur a dit : « C'est bien la dame ? » Et il a dit : « Non, pas du tout. Quel idiot j'ai été ! » Et je lui ai fait un sourire et je lui ai dit que ça ne faisait rien.

— Je me représente très bien la scène, remarqua sir Henry.

Jane Helier fronça les sourcils.

— Laissez-moi réfléchir… comment continuer ?

— Et si vous nous racontiez de quoi il s'agissait, ma chère petite ? proposa miss Marple d'un ton si anodin que personne n'aurait pu la soupçonner d'ironie. Je veux dire, quelle erreur avait faite ce jeune homme et qu'est-ce que c'était que ce cambriolage…

— Oh, oui, dit Jane. Eh bien, vous voyez, ce jeune homme – il s'appelait Leslie Faulkener – avait écrit une pièce. En fait, il avait écrit plusieurs pièces mais aucune n'avait encore été jouée. Et il m'avait envoyé sa dernière pour la lire. Je n'en savais rien parce que, évidemment, je reçois des centaines de pièces et j'en lis très peu moi-même, uniquement celles dont je sais quelque chose. Quoi qu'il en soit, il me l'avait envoyée et il semble que Mr Faulkener ait reçu une lettre de moi – mais on s'aperçut qu'elle n'était pas vraiment de moi, vous comprenez…

Elle s'arrêta, inquiète, mais ils lui assurèrent tous qu'ils comprenaient.

— … disant que j'avais lu la pièce, que je l'avais beaucoup aimée et voulait-il venir en parler avec moi. Et elle indiquait l'adresse : « Le Bungalow », Riverbury. Terriblement content, Mr Faulkener partit et arriva là-bas, au bungalow. Une femme de chambre lui ouvrit la porte, il demanda miss Helier et elle lui répondit que miss Helier était là et l'attendait et elle l'introduisit dans le salon. Une femme vint à sa rencontre. Et il la prit pour moi, naturellement, ce qui est quand même bizarre parce que, après tout, il m'avait vue sur scène et mes photographies sont très répandues, non ?

— Dans toute la largeur et la longueur de l'Angleterre, l'assura vivement Mrs Bantry. Mais il y a souvent une grande différence entre une photographie et l'original, ma chère Jane. Et il y a une grande différence entre une actrice sur scène et hors des feux de la rampe. Elles ne réussissent pas toutes cette épreuve aussi bien que vous, n'oubliez pas.

— Ma foi, c'est bien possible, convint Jane, un peu apaisée. Toujours est-il qu'il a décrit cette femme grande, blonde, avec de grands yeux bleus et très belle, alors je suppose que cela devait être assez proche. En tout cas, il n'eut aucun soupçon. Elle s'assit, lui parla de sa pièce et dit qu'elle désirait ardemment l'interpréter. Tandis qu'ils bavardaient, on apporta des cocktails, et Mr Faulkener en prit un, bien entendu. Et alors… il ne se souvient de rien d'autre que d'avoir pris ce cocktail. Quand il se réveilla, ou reprit conscience, ou tout ce que vous voudrez, il était couché sur la route, au bord, bien sûr, pour ne pas risquer d'être écrasé par une voiture. Il se sentait tout bizarre et tremblant, au point qu'il se leva et se mit à tituber le long de la route sans trop savoir où il allait. Il dit que s'il avait eu la conscience plus claire, il serait retourné au bungalow pour essayer de comprendre ce qui s'était passé. Mais il se sentait hébété, complètement désorienté, et ne savait pas très bien ce qu'il faisait. Il avait plus ou moins repris ses sens quand la police l'arrêta.

— Pour quelle raison la police l'a-t-elle arrêté ? demanda le Dr Llyod.

— Oh ! Je ne vous l'ai pas dit ? fit Jane en ouvrant de grands yeux. Quelle idiote je suis ! Le cambriolage !

— Vous avez bien parlé d'un cambriolage, mais vous ne nous avez indiqué ni où, ni quoi, ni pourquoi, fit remarquer Mrs Bantry.

– Eh bien, le bungalow… celui où il est allé, naturellement, ce n'était pas du tout le mien. Il appartenait à quelqu'un qui s'appelait…

Jane fronça de nouveau les sourcils.

— Voulez-vous me confier à nouveau le rôle du parrain ? lui proposa sir Henry. Je vous fournirai gratuitement des pseudonymes. Décrivez-moi le propriétaire, et je le baptiserai.

— C'était un homme riche de la City, élevé au titre de chevalier.

— Sir Herman Cohen, proposa sir Henry.

— Cela ira parfaitement. Il l'avait acheté pour une dame – elle était la femme d'un acteur et elle était aussi actrice elle-même.

— Nous appellerons l'acteur Claude Leason, dit sir Henry. Et nous appellerons la dame, qui est connue sous son nom de scène, je suppose, miss Mary Kerr.

— Vous êtes terriblement intelligent, dit Jane. Je ne comprends pas comment vous trouvez tout ça si facilement. Enfin, vous voyez, c'était une sorte de maison de week-end pour sir Herman – vous avez bien dit Herman ? – et la dame. Et, bien sûr, sa femme n'était au courant de rien.

— C'est bien souvent le cas, remarqua sir Henry.

— Et il avait offert à cette dame actrice un grand nombre de bijoux, y compris quelques très belles émeraudes.

— Ah ! s'exclama le Dr Llyod. Nous y arrivons.

— Tout cela se trouvait au bungalow, simplement enfermé dans un coffret à bijoux. Les policiers ont dit que c'était très imprudent – n'importe qui aurait pu s'en emparer.

— Vous entendez, Dolly ? intervint le colonel Bantry. Qu'est-ce que je passe mon temps à vous dire ?

— Eh bien, d'après mon expérience, répliqua Mrs Bantry, ce sont toujours les gens horriblement prudents qui perdent les choses. Je n'enferme pas les miens dans un coffret à bijoux, je les mets comme ça dans un tiroir, sous mes bas. Je prétends que si… quel est son nom, déjà… Mary Kerr avait fait la même chose, on ne les lui aurait jamais volés.

— Si, répliqua Jane, parce que tous les tiroirs avaient été ouverts et tout leur contenu éparpillé par terre.

— Dans ce cas, c'est qu'ils ne cherchaient pas vraiment des bijoux, dit Mrs Bantry. Ils cherchaient des documents secrets. C'est toujours ce qui se passe dans les livres.

— Je ne sais rien à propos de documents secrets, répondit Jane, incrédule. Je n'en ai pas entendu parler.

— Ne vous laissez pas distraire, miss Helier ! lui conseilla le colonel. Il ne faut pas prendre au sérieux les fausses pistes ridicules de Dolly !

— A propos du cambriolage, lui rappela sir Henry.

— Oui. Eh bien, la police avait reçu un coup de téléphone d'une personne disant s'appeler Mary Kerr. Elle disait que le bungalow avait été cambriolé et elle décrivit un jeune homme aux cheveux roux qui était passé le matin. Sa femme de chambre lui avait trouvé l'air louche et avait refusé de le laisser entrer, mais plus tard elles l'avaient aperçu qui sortait par une fenêtre. La femme de chambre avait si bien décrit le personnage qu'une heure après, il était arrêté, et c'est alors qu'il raconta son histoire et leur montra la lettre signée de moi. Comme je vous l'ai dit, ils m'ont convoquée et quand il m'a vue, il a dit ce que je vous ai raconté, que ce n'était pas moi du tout !

— Une histoire très bizarre, remarqua le Dr Llyod. Ce Mr Faulkener connaissait-il cette miss Kerr ?

— Non, il ne la connaissait pas, du moins c'est ce qu'il a dit. Mais je ne vous ai pas encore raconté le plus curieux. La police s'est rendue au bungalow, bien sûr, et ils ont tout trouvé comme annoncé

– tiroirs vidés et bijoux envolés – mais il n'y avait strictement personne. Quand Mary Kerr est revenue, quelques heures plus tard, elle a prétendu qu'elle n'avait jamais appelé la police et que c'était la première fois qu'elle entendait parler de tout ça. Dans la matinée, elle avait reçu un télégramme d'un directeur de théâtre qui lui offrait un rôle très important et qui lui fixait rendez-vous, si bien qu'elle avait couru en ville pour s'y rendre. En arrivant, elle avait découvert qu'on lui avait monté un bateau. On n'avait jamais envoyé de télégramme.

— Stratagème assez banal pour l'écarter du chemin, remarqua sir Henry. Et les domestiques ?

— Il s'est passé la même chose. Il n'y en avait qu'une, et elle a été appelée au téléphone, apparemment par Mary Kerr, qui lui a dit qu'elle avait oublié quelque chose de très important. Elle lui a demandé de lui apporter un sac qui se trouvait dans un tiroir de sa chambre à coucher. Elle devait prendre le premier train. Ce que fit la femme de chambre, après avoir fermé la maison. Mais au club de miss Kerr, où elle était censée la retrouver, elle l'avait attendue en vain.

— Hum ! fit sir Henry. Je commence à comprendre. La maison étant vide, il ne devait pas être difficile d'entrer par une fenêtre. Mais je ne vois pas ce que vient faire Mr Faulkener dans l'histoire. Et qui a appelé la police, si ce n'est pas miss Kerr ?

— C'est ce que personne ne savait et n'a jamais su.

— Etrange ! commenta sir Henry. Et le jeune homme était-il bien ce qu'il prétendait être ?

— Oh, oui. De ce côté-là, tout va bien. Il avait même la lettre que j'étais supposée lui avoir écrite. Cela ne ressemblait pas le moins du monde à mon écriture, mais, après tout, comment l'aurait-il su ?

— Bon, définissons clairement la situation, proposa sir Henry. Reprenez-moi si je me trompe. La dame et sa femme de chambre sont attirées hors de la maison. Le jeune homme, lui, est attiré dans la maison par une fausse lettre, mais d'autant plus crédible que vous vous trouviez justement en tournée à Riverbury. Le jeune homme est drogué, quelqu'un appelle la police et on oriente les soupçons sur lui. Un cambriolage a effectivement eu lieu… Les bijoux avaient disparu, bien sûr ?

— Oh, oui !

— Les a-t-on retrouvés ensuite ?

— Non, jamais. En fait, je pense que Herman s'est efforcé tant qu'il a pu d'étouffer l'affaire. Mais il n'y a pas réussi et je crois qu'à la suite de ça sa femme a entamé une procédure de divorce. Je ne peux rien vous dire de plus précis.

— Et Mr Faulkener, qu'est-il devenu ?

— Il a été relâché à la fin. La police a expliqué qu'elle ne détenait pas grand-chose contre lui. Vous ne trouvez pas que toute cette affaire est plutôt bizarre ?

— Incontestablement bizarre. Qui croire ? Voilà la première question. A la façon dont vous avez présenté votre récit, j'ai remarqué, miss Helier, que vous avez tendance à faire confiance à Mr Faulkener. Auriez-vous une raison pour ça ou vous fiez-vous à votre instinct ?

— N… non, répondit Jane à contrecœur. Je ne pense pas avoir une raison particulière. Mais il était si charmant, si désolé d'avoir pu me confondre avec une autre, qu'il devait dire la vérité.

— Je vois, fit sir Henry avec un sourire. Reconnaissez toutefois qu'il aurait pu inventer cette histoire sans difficulté. Il aurait pu écrire la lettre prétendument rédigée par vous. Il aurait pu aussi se droguer après avoir réussi son cambriolage. Mais à quelle fin ? J'avoue que je ne la vois pas. Il aurait été plus facile de s'introduire dans la maison, de se servir et de disparaître tranquillement – à moins que quelqu'un du voisinage l'ait vu et qu'il s'en soit aperçu. Dans ce cas, il aurait pu concocter ce plan en hâte afin d'écarter les soupçons et de justifier sa présence sur les lieux.

— Avait-il l'air de quelqu'un qui vit à l'aise ? demanda miss Marple.

— Je ne pense pas, répondit Jane. Non, je crois plutôt qu'il devait manquer de moyens.

— Tout cela me paraît bien curieux, remarqua le Dr Lloyd. Je dois avouer que si l'on admet la version du jeune homme, cela complique beaucoup les choses. Pourquoi la femme qui se faisait passer pour miss Helier avait-elle besoin d'impliquer ce jeune homme inconnu dans l'affaire ? Pourquoi une mise en scène aussi compliquée ?

— Dites-moi, Jane, intervint Mrs Bantry. A un moment ou l'autre de l'enquête, le jeune Faulkener s'est-il jamais trouvé face à face avec Mary Kerr ?

— Je n'en sais rien, déclara Jane, faisant visiblement un grand effort de mémoire.

— Parce que s'il ne l'a pas vue, l'affaire est résolue, déclara Mrs Bantry. Je suis sûre d'avoir raison ! Quoi de plus facile que de prétendre qu'on vous a appelée en ville ? De Paddington, ou de n'importe quelle gare où vous arrivez, vous téléphonez à votre femme de chambre, et tandis qu'elle se rend à Londres, vous rentrez. Le jeune homme vient au rendez-vous qu'on lui a fixé, on le drogue, et vous installez votre décor – aussi outré que possible – de cambriolage. Puis vous téléphonez à la police, vous lui donnez le signalement de votre bouc émissaire et vous repartez aussitôt pour Londres. Enfin, vous revenez par le dernier train, et vous jouez la surprise.

— Mais pourquoi volerait-elle ses propres bijoux, Dolly ?

— Elles le font toujours, affirma Mrs Bantry. D'ailleurs, je peux imaginer des centaines de raisons. Elle avait peut-être un urgent besoin d'argent et sir Herman le lui refusait peut-être, alors elle fait semblant qu'on lui a volé ses bijoux et les vend en secret. Ou bien quelqu'un la faisait chanter, la menaçait de tout raconter à son mari ou à l'épouse de sir Herman. Ou bien elle avait déjà vendu les bijoux, et comme sir Herman rouspétait et exigeait de les voir, il avait fallu qu'elle trouve quelque chose. Ça se fait beaucoup dans les livres. Ou peut-être que sir Herman voulait les faire remonter et qu'elle se serait retrouvée avec de simples copies. Ou alors… il me vient une très bonne idée, qui n'a pas été tellement utilisée dans les livres. Elle prétend qu'ils lui ont été volés, se met dans tous ses états, si bien qu'il lui en offre d'autres. Comme ça, elle en a deux fois plus. Je suis persuadée que ces femmes-là sont terriblement rusées.

— Vous êtes très intelligente, Dolly ! dit Jane avec admiration. Je n'aurais jamais pensé à tout ça.

— Vous êtes peut-être intelligente, mais Jane n'a pas dit que vous avez raison, déclara le colonel Bantry. Personnellement, j'aurais tendance à soupçonner le gentleman de la City. Il savait quelle espèce de télégramme était susceptible de le débarrasser de la dame, et il pouvait réaliser tout le reste avec la complicité d'une nouvelle bonne fortune. Personne ne paraît avoir songé à lui réclamer un alibi.

— Qu'en pensez-vous, miss Marple ? demanda Jane, en se tournant vers la vieille demoiselle qui, silencieuse, avait l'air perplexe.

— Je ne sais vraiment pas quoi dire, mon petit. Cela va sûrement faire rire sir Henry, mais il ne me revient aucun parallèle villageois pour m'aider, cette fois-ci. Bien sûr, certaines questions se posent d'elles-mêmes. Par exemple, à propos de la domestique. Quelqu'un qui travaille pour un… euh… ménage irrégulier comme celui que vous décrivez est sans aucun doute au courant de la situation, et une fille vraiment gentille n'aurait pas pris cet emploi – sa mère s'y serait opposée de toutes ses forces. On peut donc tenir pour acquis que la bonne n'était pas une personne recommandable. Elle aurait pu être complice des voleurs. Elle aurait laissé la porte ouverte pour eux et serait effectivement allée à Londres sous prétexte d'un soi-disant appel téléphonique, pour détourner les soupçons. Je dois avouer que cette hypothèse est la plus plausible. Mais cela paraît quand même bizarre pour de vulgaires voleurs. Cela semble témoigner de connaissances plus grandes que n'en a en principe une femme de chambre.

Miss Marple poursuivit rêveusement, après un silence :

— Je ne puis m'empêcher de penser qu'il y a dans cette affaire, quelque chose qui... ma foi, que je désignerais comme un ressentiment personnel. Par exemple, supposons que quelqu'un lui en veuille... une jeune actrice qu'il n'aurait pas traitée comme il convient... Vous ne trouvez pas que cela expliquerait un peu mieux les choses ? S'il s'agissait d'une volonté délibérée de lui créer des ennuis. Cela y ressemble. Et pourtant... Ce n'est pas entièrement satisfaisant.

— Eh bien, docteur, vous n'avez encore rien dit, remarqua Jane. J'allais vous oublier.

— On m'oublie toujours, déclara-t-il tristement. Je dois avoir une personnalité qui passe très inaperçue.

— Oh ! non ! s'écria Jane. Allez, dites-nous ce que vous pensez.,

— Je suis à la fois d'accord avec tout le monde et avec personne. J'ai une théorie tirée par les cheveux et sans doute tout à fait erronée, mais je pense que la femme a dû jouer un rôle dans cette affaire. La femme d'Herman, bien entendu. Mon opinion ne repose sur rien, sinon sur le fait qu'on ne peut pas imaginer les choses extraordinaires – vraiment tout à fait extraordinaires – qu'une femme qui ne se juge pas bien traitée peut se mettre en tête de faire.

— Oh ! docteur Lloyd ! s'écria miss Marple tout excitée. Que vous êtes intelligent ! Je n'avais pas pensé à cette malheureuse Mrs Pebmarsh !

Jane ouvrit de grands yeux.

— Mrs Pebmarsh ? Qui est Mrs Pebmarsh ?

— Eh bien… commença miss Marple en hésitant. Je ne suis pas sûre qu'elle soit bien à sa place ici. C'est une blanchisseuse. Elle a volé une broche, une opale, qui était piquée sur un corsage, pour l'introduire dans la maison d'une autre femme.

Jane avait l'air de plus en plus perdue.

— Et ce parallèle vous éclaire, miss Marple ? demanda sir Henry, en clignant de l'œil.

A sa surprise, miss Marple secoua la tête.

— Non, je crains bien que non. J'avoue que je n'y comprends rien. La seule chose que je comprends, c'est que les femmes doivent se serrer les coudes. En cas de difficulté, elles doivent se soutenir entre elles. C'est la morale de l'histoire que nous a racontée miss Helier.

— Je dois avouer que la signification éthique de ce mystère m'avait échappé, répliqua gravement sir Henry, mais elle m'apparaîtra peut-être plus clairement lorsque miss Helier nous en aura donné la solution.

— Hein ? fit Jane, plutôt ahurie.

— Je faisais remarquer que, comme disent les enfants, nous donnons notre langue au chat. Vous, et vous seule, miss Helier, aurez eu l'immense honneur de nous proposer une énigme si déconcertante que même miss Marple s'avoue vaincue.

— Vous donnez tous votre langue au chat ? demanda Jane.

— Oui !

Après un silence d'une minute pour laisser aux autres le temps de parler, sir Henry reprit son rôle de porte-parole.

— En d'autres termes, nous nous en tiendrons aux solutions sommaires que nous avons avancées. Une pour chacun des hommes, deux pour miss Marple et une douzaine pour Mrs B.

— Il n'y en avait pas une douzaine, répliqua Mrs Bantry. Cétait de simples variations sur un même thème. Et combien de fois vais-je être obligée de vous dire que je ne veux pas qu'on m'appelle Mrs B. ?

— Alors vous donnez tous votre langue au chat, répéta Jane d'un air pensif. C'est très intéressant.

Elle se radossa à son siège et entreprit de se polir les ongles d'un air absent.

— Eh bien, dit Mrs Bantry, allez-y, Jane… Quelle est la solution ?

— La solution ?

— Oui. Que s'est-il passé en réalité ?

Jane la fixa.

— Je n'en ai pas la moindre idée !

— *Quoi ?*

— Je me le suis toujours demandé. Et j'étais convaincue que l'un d'entre vous pourrait me le dire, puisque vous êtes tous si intelligents !

La contrariété fut générale. Jane était sans doute très belle, mais à cet instant-là, ils éprouvèrent tous le sentiment que la stupidité devrait avoir des limites. Même la beauté la plus transcendante ne pouvait excuser ça.

— Voulez-vous dire qu'on n'a jamais découvert la vérité ? demanda sir Henry.

— Oui. C'est pourquoi je pensais que vous pourriez me la dire.

Jane avait l'air offensé. Il était clair qu'elle nous en voulait.

— Ma foi… Je… Je, balbutia le colonel Bantry les mots lui manquant.

— Il n'y a pas plus exaspérante que vous, Jane, déclara Mrs Bantry. Quoi qu'il en soit, je suis et serai toujours persuadée que j'ai raison ! Il suffirait que vous nous donniez les véritables noms de toutes ces personnes pour que j'en sois tout à fait sûre.

— Je ne crois pas pouvoir le faire, répondit Jane avec le plus grand sérieux.

— Non, mon amie, dit miss Marple. Miss Helier ne peut pas le faire !

— Bien sûr qu'elle peut le faire ! s'écria Mrs Bantry. Nayez pas l'âme si noble, Jane ! Les vieilles personnes comme nous ont besoin de cancaner un peu. Dites-nous au moins qui était le roi de la finance de la City.

Mais Jane secoua la tête, et miss Marple, à sa manière vieux jeu, continua à lui fournir son appui.

— Cette affaire a dû être assez pénible ?

— Non, avoua Jane avec sincérité. Je crois… je crois que je me suis plutôt amusée.

— Vous, peut-être, admit miss Marple. Cela a dû mettre du piment dans votre existence. Mais quelle pièce interprétiez-vous alors ?

— *Smith.*

— Ah, oui ! La pièce de Somerset Maugham, n'est-ce pas ? Son théâtre est toujours très intelligent. Je crois que j'ai à peu près tout vu.

— Vous allez reprendre le même spectacle en tournée l'automne prochain, n'est-ce pas ? demanda Mrs Bantry.

Jane acquiesça.

— Eh bien, dit miss Marple en se levant, je dois rentrer. Il est tard ! Mais nous avons passé une soirée très amusante. Cela n'arrive pas souvent. A mon avis, l'histoire de miss Helier mérite le premier prix. Vous n'êtes pas d'accord ?

— Je suis désolée que vous soyez fâchés contre moi, dit Jane. Je veux dire, parce que je n'en connais pas la fin. J'imagine que j'aurais dû vous prévenir…

Son ton était fort mélancolique.

Galant, le Dr Lloyd se montra à la hauteur de la situation.

— Pourquoi auriez-vous dû, ma chère demoiselle ? Vous nous avez soumis un joli petit problème pour aiguiser nos esprits. Je regrette seulement qu'aucun de nous n'ait pu lui trouver une solution satisfaisante.

— Parlez pour vous ! répliqua Mrs Bantry Moi, je l'ai résolu. Je suis sûre d'avoir raison.

— Vous savez, je le crois aussi, dit Jane. Ce que vous avez dit paraissait si plausible !

— A laquelle de ses sept solutions faites-vous allusion ? demanda sir Henry, moqueur.

Le Dr Lloyd, qui devait la raccompagner, aida galamment miss Marple à passer ses caoutchoucs. « A tout hasard », expliqua la vieille demoiselle. Enveloppée dans plusieurs châles de laine, elle redit bonsoir à chacun. Elle s'approcha en dernier de Jane et lui murmura quelque chose à l'oreille. « Oh ! » s'écria celle-ci si fort que tous les autres tournèrent la tête.

Jane Helier resta les yeux fixés sur miss Marple qui accomplissait sa sortie en souriant et en hochant la tête.

— Vous venez vous coucher, Jane ? demanda Mrs Bantry. Qu'est-ce qui vous arrive ? On dirait que vous avez vu un fantôme !

Jane poussa un profond soupir, se ressaisit, adressa un magnifique sourire ensorceleur aux deux hommes et suivit son hôtesse au premier étage. Celle-ci entra avec elle dans sa chambre.

— Votre feu est presque mort, remarqua Mrs Bantry en le tisonnant à grands coups inefficaces. Ces femmes de chambre sont stupides. Elles sont incapables de faire ça correctement. Enfin, il doit être très tard… Oh ! Il est plus d'une heure !

— Vous croyez qu'il y a beaucoup de gens comme elle ? demanda Jane Helier.

Assise au bord du lit, elle paraissait plongée dans ses pensées.

— Comme la femme de chambre ?

— Non. Comme cette drôle de vieille dame... comment s'appelle-t-elle déjà... Marple ?

— Oh ! je ne sais pas. J'imagine qu'elle doit être assez typique des habitants d'un petit village.

— Oh, mon Dieu, dit Jane. Je ne sais pas quoi faire.

Elle poussa de nouveau un profond soupir.

— Que se passe-t-il ?

— Je suis inquiète.

— Pourquoi ?

— Dolly, fit Jane, soudain très grave, savez-vous ce que m'a chuchoté cette drôle de vieille demoiselle avant de partir ?

— Non. Quoi donc ?

— Elle m'a dit : « *A votre place, je ne ferais pas ça, mon petit. Ne vous abandonnez jamais au pouvoir d'une autre femme, même si vous la prenez pour une amie.* » Et c'est horriblement vrai, Dolly !

— Peut-être. Mais je ne vois pas à quoi ça s'applique.

— J'imagine qu'on ne peut jamais se fier à une femme. Et je me retrouverai en son pouvoir. Je n'y avais pas pensé.

— De quelle femme parlez-vous ?

— De Netta Greene, ma doublure.

— Que diable miss Marple peut-elle bien savoir de votre doublure ?

— J'imagine qu'elle a deviné – mais je ne vois pas comment.

— Jane, voulez-vous être assez gentille pour me dire tout de suite de quoi vous parlez ?

— L'histoire. Celle que je vous ai racontée. Oh ! Dolly, vous savez… cette femme, celle qui m'a pris Claude ?

Mrs Bantry hocha la tête. Elle se rappelait le premier des malheureux mariages de Jane : Claude Averbury, l'acteur.

— Il l'a épousée. J'aurais pu lui prédire la suite. Claude l'ignore, mais elle a une liaison avec sir Joseph Salmon… des week-ends dans le bungalow dont je vous ai parlé. Je voulais la démasquer, je voulais que tout le monde sache le genre de femme que c'était. Alors vous comprenez, avec un cambriolage, tout le monde serait bien obligé de le savoir.

— Jane ! s'écria Mrs Bantry. C'est vous qui avez manigancé l'histoire que vous nous avez racontée ?

Jane hocha la tête.

— C'est pourquoi j'avais choisi *Smith*. Dans cette pièce, je porte un costume de femme de chambre. Cela me permettait d'avoir tout sous la main. Et quand on me convoquerait à la police, rien de plus facile que de dire que je répétais avec ma doublure à l'hôtel. En fait, bien sûr, nous serions au bungalow. Je n'aurais qu'à ouvrir la porte et à servir les cocktails, tandis que Netta se ferait passer pour moi. Comme il ne la reverrait plus, il n'y avait pas de danger qu'il la reconnaisse. Et moi je peux avoir l'air très différente, en femme de chambre. D'ailleurs, les gens ne regardent pas les domestiques comme des êtres humains. Nous avions prévu de traîner le garçon sur la route, de nous emparer du coffret à bijoux, d'alerter la police et de rentrer à l'hôtel. Je ne voudrais pas faire souffrir ce pauvre jeune homme, mais sir Henry avait l'air de penser qu'il ne risquait rien. Et comme ça on parlerait d'elle dans les journaux et Claude comprendrait qui elle était en réalité.

Mrs Bantry s'assit en gémissant.

— Oh ! ma tête ! Et durant tout ce temps… Jane Helier, nous tromper comme ça Nous raconter cette histoire comme vous l'avez fait !

— Mais je *suis* une bonne actrice, répliqua Jane, très satisfaite d'elle-même. Je l'ai toujours été, quoi qu'on en dise. Je ne me suis pas trahie une seule fois, n'est-ce pas ?

— Miss Marple avait vu juste, murmura Mrs Bantry. Le ressentiment personnel… Jane, ma chère enfant, vous rendez-vous compte qu'un vol est un vol, et que vous risquiez la prison ?

— Eh bien, personne n'a deviné ! repartit Jane, excepté miss Marple !

Elle parut de nouveau inquiète.

— Dolly, demanda-t-elle, croyez-vous *vraiment* qu'il y en a beaucoup comme elle ?

— Franchement, je n'en sais rien, répondit Mrs Bantry.

Jane poussa un nouveau soupir.

— Enfin, il vaut mieux ne pas prendre ce risque. Le fait est que je me retrouverais à la merci de Netta, ce n'est que trop vrai. Elle pourrait se retourner contre moi, me faire chanter ou Dieu sait quoi. Elle m'a aidée à tout mettre au point et elle prétend m'être dévouée corps et âme, mais on ne sait jamais avec les femmes. Non, je pense que miss Marple a raison. C'est un trop grand risque.

— Mais vous l'avez pris ce risque, ma chère enfant.

— Oh, non ! fit Jane en ouvrant tout grands ses yeux bleus. Vous ne comprenez pas. *Il ne s'est encore rien passé !* C'était un coup pour rien, si j'ose dire.

— Entendriez-vous par là qu'il ne s'agit pas d'une action passée, mais d'un projet ?

— Je comptais le mettre à exécution cet automne… en septembre… Je ne sais plus quoi faire.

— Et Jane Marple avait deviné, bel et bien deviné la vérité, et ne nous en avait rien dit, remarqua Mrs Bantry, très fâchée.

— Je pense que c'est pour ça qu'elle a parlé des femmes qui doivent se tenir les coudes. Elle n'a pas voulu me trahir devant les hommes. C'est gentil de sa part. *Vous,* cela ne me gêne pas que vous soyez au courant, Dolly.

— Eh bien, abandonnez cette idée, Jane. Je vous en supplie.

— Je crois que c'est ce que je vais faire, murmura miss Helier. Il pourrait y avoir d'autres miss Marple…

13

MORT PAR NOYADE
(Death by Drowning)

L'ex-superintendant de Scotland Yard, sir Henry Clithering, séjournait chez ses amis, les Bantry, non loin du petit village de St Mary Mead.

Un samedi matin, en descendant agréablement déjeuner en invité à 10 heures et quart, il faillit se heurter à son hôtesse, Mrs Bantry, à la porte de la salle à manger. Elle sortait de la pièce, visiblement agitée et bouleversée.

Le colonel Bantry était attablé, le visage encore plus rouge que d'ordinaire.

— Bonjour, Clithering ! dit-il. Belle journée. Servez-vous.

Sir Henry obéit. Alors qu'il s'asseyait devant une assiette de rognons au bacon, son hôte poursuivit :

— Dolly est un peu émue, ce matin.

— Oui… euh… C'est ce qu'il m'a semblé, répondit doucement sir Henry

Cela l'étonnait un peu. Son hôtesse était de tempérament placide, peu encline aux sautes d'humeur. Pour autant qu'il le savait, elle ne se passionnait que pour une chose : le jardinage.

– Oui, reprit le colonel, les nouvelles reçues ce matin l'ont bouleversée. Une fille du village... la fille d'Emmott... Emmott le propriétaire du *Sanglier Bleu*.

— Ah oui ! Bien sûr !

— Oui, fit le colonel, pensif. Jolie fille. S'est retrouvée dans les ennuis. L'histoire habituelle. J'ai discuté avec Dolly à ce propos. Ridicule de ma part. Les femmes n'entendent pas raison. Dolly avait pris fait et cause pour la fille ; vous savez comment sont les femmes : les hommes sont des brutes, tous autant qu'ils sont, etc. etc. Mais ce n'est pas si simple que ça, aujourd'hui en tout cas. Les filles savent ce qu'elles font. Le type qui en séduit une n'est pas forcément un vaurien. Le plus souvent c'est cinquante-cinquante. Le jeune Sandford me plaît assez. Un imbécile plutôt qu'un Don Juan.

— C'est ce Sandford qui a mis la fille dans les ennuis ?

— A ce qu'il semble. Personnellement, je n'en sais rien, bien sûr, dit le colonel, prudent. Tout ça, c'est rumeurs, potins et compagnie. Vous connaissez l'endroit ! Comme je viens de vous le dire, je ne sais rien. Je ne suis pas comme Dolly à tirer des conclusions hâtives et à lancer des accusations dans toutes les directions. Bon Dieu, on doit faire attention à ce qu'on dit. Vous savez, à l'enquête et tout ça.

— L'enquête ?

Le colonel Bantry fixa sir Henry.

— Oui ! Je ne vous l'ai pas dit ? La fille s'est noyée. Voilà pourquoi tout ce vacarme.

— C'est une vilaine affaire, fit sir Henry.

— Pardi. Je préfère ne pas y penser. Pauvre petite diablesse ! A ce qu'on dit, son père est très dur. Je suppose qu'elle n'a pas eu le courage d'affronter la mercuriale. (Puis, après un silence :) C'est ce qui bouleverse tant Dolly.

— Où s'est-elle noyée ?

— Dans la rivière. Passé le moulin, le courant est assez fort. Il y a un sentier puis un pont. On pense que c'est de là qu'elle a sauté. Bon, bon, c'est insupportable d'y penser.

Dans un solennel bruissement de papier, le colonel Bantry ouvrit son journal et s'appliqua à détourner son esprit de ce pénible sujet en le fixant sur les dernières iniquités du gouvernement.

Sir Henry n'était que médiocrement intéressé par cette tragédie villageoise. Après le déjeuner, il alla s'installer confortablement sur la pelouse, dans un fauteuil. Il tira son chapeau sur ses yeux et se mit à considérer la vie sous un angle apaisant. Vers 11 heures et demie, trébuchant sur le gazon, une femme de chambre proprette vint à lui.

— Veuillez m'excuser, monsieur, mais miss Marple est là et désirerait vous voir.

— Miss Marple ?

Sir Henry se redressa et remit son chapeau en équilibre. Il était surpris. Il se rappelait très bien miss Marple, ses manières agréables et surannées de vieille fille, et son étonnante perspicacité. Il n'avait pas oublié la douzaine d'affaires mystérieuses et non résolues que cette vieille demoiselle de village avait su démêler de façon infaillible. Sir Henry lui vouait un profond respect. Et il se demandait ce qui pouvait bien l'amener aujourd'hui.

Il la trouva assise au salon, très droite, comme toujours, un panier de couleur vive d'origine étrangère à côté d'elle. Elle avait les joues roses et paraissait agitée.

— Sir Henry, je suis si contente. Quelle chance de vous trouver là. Je viens juste d'apprendre que vous séjourniez parmi nous. J'espère que vous me pardonnerez…

— C'est un grand plaisir, déclara sir Henry en lui prenant la main. Mais je crois que Mrs Bantry est sortie.

— Oui, répliqua miss Marple. En passant, je l'ai aperçue en conversation avec Footit, le boucher. Henry Footit a été écrasé hier… c'est-à-dire, son chien. Un de ces fox à poils ras, robustes et agressifs comme en ont toujours les bouchers.

— Oui, fit sir Henry, encourageant.

— Je suis contente qu'elle ne soit pas là, poursuivit miss Marple. Parce que c'est vous que je veux voir. A propos de cette triste affaire.

— Le chien d'Henry Footit ? demanda sir Henry, légèrement ahuri.

Miss Marple lui lança un regard de reproche.

— Non, non. Rose Emmott, bien sûr. Vous en avez entendu parler ?

Sir Henry hocha la tête.

— Bantry me l'a racontée. Très triste, en effet.

Il était un peu perplexe. Il ne voyait pas pourquoi miss Marple désirait le voir à propos de Rose Emmott.

Miss Marple se rassit. Sir Henry s'assit également. La vieille demoiselle changea soudain de manières. Elle prit un air grave, empreint de dignité.

— Vous vous souvenez peut-être, sir Henry, qu'à deux ou trois occasions, nous nous sommes beaucoup amusés. A exposer des énigmes et à proposer des solutions. Vous aviez été assez aimable pour dire que je... que je ne m'en étais pas trop mal tirée.

— Vous nous avez tous battus, oui, répondit sir Henry avec chaleur. Vous avez fait preuve d'un véritable génie pour ce qui était d'atteindre la vérité. Je me rappelle que vous citiez toujours en exemple un parallèle villageois qui vous aurait mise sur la piste.

Il sourit mais miss Marple demeura grave.

— C'est ce qui m'a donné le courage de venir vous voir aujourd'hui. Si je vous dis quelque chose... au moins vous ne rirez pas de moi.

Il comprit soudain qu'elle était terriblement sérieuse.

— Je ne rirai certainement pas, lui assura-t-il gentiment.

— Sir Henry... cette fille... Rose Emmott. Elle ne s'est pas noyée... elle a été tuée... et je sais qui l'a tuée.

Sir Henry resta muet de saisissement pendant quelques secondes. Miss Marple avait dit cela d'une voix égale et tranquille. Sans manifester plus d'émotion que pour une communication des plus ordinaires.

— C'est une déclaration très grave que vous faites là, miss Marple, dit sir Henry quand il eut repris sa respiration.

Elle hocha doucement plusieurs fois la tête.

— Je sais, je sais. C'est bien pourquoi je suis venue à vous.

— Mais, ma chère demoiselle, ce n'est pas à moi qu'il faut s'adresser. Je ne suis plus qu'un simple particulier aujourd'hui. Si vous avez connaissance de quoi que ce soit de ce genre, vous devez aller à la police.

— Je ne pense pas pouvoir faire ça.

— Pourquoi pas ?

— Parce que voyez-vous, je n'ai aucune... aucune *connaissance*, comme vous appelez ça.

— Vous voulez dire que c'est une simple supposition de votre part ?

— Si vous voulez, mais en réalité ce n'est pas ça du tout. *Je sais*. Je suis en position de savoir. Mais si j'expliquais à l'inspecteur Drewitt pourquoi je sais... eh bien, il ne ferait qu'en rire. Et franchement, je ne pourrais pas l'en blâmer. Il est bien difficile de comprendre ce qu'on pourrait appeler une connaissance spécialisée.

— Comme par exemple ? demanda sir Henry.

Miss Marple eut un petit sourire.

— Si je vous disais que je le sais à cause d'un dénommé Peasegood qui laissait des navets au lieu de carottes quand il passait avec sa charrette et vendait des légumes à ma nièce, il y a des années...

Elle s'arrêta dans un silence éloquent.

— En somme, vous fondez votre jugement sur des faits comparables.

— Je connais la nature humaine, dit miss Marple. Comment ne pas la connaître quand on a vécu pendant des années dans un village. Me croyez-vous, ou non, c'est toute la question.

Elle le regarda droit dans les yeux, sans ciller. Elle avait seulement les joues un peu plus roses.

Sir Henry avait une grande expérience de la vie. Il se décidait vite, sans tourner autour du pot. Aussi invraisemblable et fantastique que pouvait paraître la déclaration de miss Marple, il n'hésita pas un instant…

— Je vous crois, miss Marple. Mais je ne comprends pas ce que vous attendez de moi ni pourquoi c'est à moi que vous vous adressez.

— J'y ai longuement réfléchi, répondit miss Marple. Comme je vous l'ai dit, il serait inutile d'aller à la police sans aucun fait. Et je n'en ai aucun. Je voudrais donc vous demander de vous intéresser vous-même à l'affaire. L'inspecteur Drewitt en serait certainement très flatté. Et bien sûr, si les choses devaient aller plus loin, le chef de la police du comté, le colonel Melchett, serait de la cire entre vos mains.

Elle le regarda d'un air suppliant.

— Et quelles informations allez-vous me donner pour me permettre de m'atteler à ce travail ?

— J'ai songé à vous écrire un nom… *le* nom… sur un bout de papier que je vous donnerai. Si, dans le courant de l'enquête, vous jugez que… *la personne* en question n'est en aucune façon impliquée dans l'affaire, eh bien, c'est que je me serai trompée.

Elle s'arrêta, puis ajouta avec un léger frisson :

— Ce serait si abominable, si effroyablement abominable, de faire pendre un innocent.

— Que diable… s'écria sir Henry, stupéfait.

Elle tourna vers lui un visage angoissé.

— Je peux me tromper… mais je ne le crois pas. L'inspecteur Drewitt est certainement intelligent, voyez-vous. Mais une intelligence moyenne peut se révéler très dangereuse parfois. Elle ne vous entraîne pas assez loin.

Sir Henry la dévisagea avec curiosité.

En tâtonnant, miss Marple ouvrit son petit sac, sortit un carnet de notes, en arracha une feuille, y inscrivit soigneusement un nom, la plia en deux et la tendit à sir Henry.

Celui-ci déplia la feuille. Le nom ne lui disait rien, mais il haussa un peu les sourcils. Il jeta à miss Marple un regard étonné et fourra le papier dans sa poche.

— Eh bien, eh bien… En voilà une histoire ! Je n'ai encore jamais rien fait de pareil. Mais je vais miser sur le jugement que je me fais… de *vous*, miss Marple.

Sir Henry était assis en compagnie du colonel Melchett, le chef de la police du comté, et de l'inspecteur Drewitt.

Le colonel Melchett était un homme de petite taille, aux manières agressivement militaires. L'inspecteur était grand, large et plein de bon sens.

— J'ai vraiment l'impression de me mêler de ce qui ne me regarde pas, déclara sir Henry avec son aimable sourire. Je ne peux malheureusement pas vous dire pourquoi je fais ça.

(Pure vérité !)

— Mon cher, nous en sommes enchantés. C'est très flatteur pour nous.

— C'est un honneur, sir Henry, dit l'inspecteur.

Le chef de la police pensait : « Le pauvre, il s'ennuie à mourir chez les Bantry. Avec le vieux qui passe son temps à insulter le gouvernement et la vieille à babiller à propos de bulbes. »

L'inspecteur pensait : « Dommage que nous ne soyons pas face à un réel problème. Un des plus brillants cerveaux d'Angleterre, d'après ce qu'on dit. Dommage que ce soit du tout cuit. »

Le chef de la police dit tout haut :

— Tout cela, je pense, est très sordide et très simple. On a d'abord cru que la fille s'était suicidée. Elle allait enfanter, vous comprenez. Toutefois, notre médecin, le Dr Haydock, est un type consciencieux. Il a remarqué qu'elle avait des bleus sur les bras, sur le haut des bras. Datant d'avant la mort. Juste à l'endroit où on aurait pu l'attraper pour la flanquer à l'eau.

— Cela nécessitait-il beaucoup de force ?

— Je ne crois pas. Il n'y a sans doute pas eu lutte ; la fille a dû être poussée par surprise. Ce pont de bois est plutôt glissant. Rien de plus facile que de la faire passer par-dessus – il n'y a pas de garde-fou de ce côté.

— C'est un fait établi, la tragédie a bien eu lieu à cet endroit ?

— Oui. Nous avons Jimmy Brown, un gamin d'une douzaine d'années. Il se trouvait dans les bois, sur l'autre rive. Il a entendu une espèce de cri venant du pont, et un plouf ! C'était le crépuscule.

Difficile de distinguer quoi que ce soit. Au bout d'un moment, il a vu quelque chose de blanc qui flottait sur l'eau, et il a couru chercher du secours. On l'a repêchée, mais il était trop tard pour la ranimer.

Sir Henry hocha la tête.

— Le gamin n'a vu personne sur le pont ?

— Non. Mais, comme je vous l'ai dit, c'était le crépuscule et il y a toujours du brouillard par là. J'ai l'intention de l'interroger pour savoir s'il a vu quelqu'un juste avant ou juste après. Mais vous comprenez, il a pensé que la fille s'était jetée à l'eau. Comme tout le monde au début.

— Et puis il y a le papier, dit l'inspecteur Drewitt.

Il se tourna vers sir Henry.

— Un papier dans la poche de la fille, monsieur. Ecrit avec une espèce de crayon pour artiste. Il était tout détrempé, mais nous avons réussi à le lire quand même.

— Et cela disait quoi ?

— Cela venait du jeune Sandford. « D'accord » écrivait-il, « je te retrouverai sur le pont à 20h30. R.S. » Et ma foi, il était aussi près que possible de 20h30 – quelques minutes après – quand Jimmy Brown a entendu le cri et le plouf !

— Je ne sais pas si vous avez déjà rencontré ce Sandford, poursuivit le colonel Melchett. Il est arrivé depuis environ un mois. C'est un de ces jeunes architectes modernistes qui construisent d'étranges maisons. Il en construit une pour Allington. Dieu sait à quoi elle va ressembler… pleine de ces choses ultra-modernes, j'imagine. Une table de salle à manger en verre et des chaises chirurgicales en acier avec des sangles. Bon, cela n'a rien à voir, mais cela montre le genre d'individu que c'est. Bolchevique, sans moralité…

— La séduction, remarqua doucement sir Henry, est un délit établi de longue date, mais qui ne va pas, bien sûr, jusqu'à comprendre l'assassinat.

Le colonel Melchett le dévisagea.

— Oh ! oui, dit-il. Tout à fait. Tout à fait.

— Ma foi, sir Henry, dit Drewitt, voilà l'affaire… Pas jolie, mais très simple. Le jeune Sandford met la fille dans les ennuis. Puis il se dispose à rentrer à Londres. Il a quelqu'un là-bas – une charmante jeune fille, sa fiancée. Alors évidemment, cette histoire, si elle en entend parler, risque de lui retirer toutes ses chances. Il retrouve donc Rose sur le pont – la soirée est brumeuse, il n'y a personne : il l'attrape par les épaules et la pousse à l'eau. Un beau salaud, qui mérite ce qui l'attend ! Voilà mon opinion.

Sir Henry resta silencieux un moment. Il percevait, sous ces propos, l'existence d'un puissant préjugé. Un architecte aux idées modernistes ne risquait pas de rencontrer grand succès dans un village aussi conservateur que St Mary Mead.

— Le fait que Sandford soit le père de l'enfant à venir ne fait aucun doute, je suppose ? demanda-t-il enfin.

— C'est bien lui, répondit Drewitt. Rose Emmott l'a avoué à son père. Elle s'imaginait qu'il allait l'épouser. L'épouser ! Lui !

« Seigneur, se dit sir Henry. Me voilà tombé en plein mélodrame victorien. La jeune fille innocente, le vaurien venu de Londres, le père impitoyable… il ne manque plus que l'amoureux fidèle du village. Oui, je crois que le moment est venu de s'occuper de lui. »

Et tout haut il dit :

— Cette jeune fille n'avait pas un amoureux ici, au village ?

— Vous voulez parler de Joe Ellis ? demanda l'inspecteur. Un brave type, ce Joe. Menuisier de son état. Ah ! Si elle s'en était tenue à Joe !

Le colonel Melchett approuva.

— Il faut rester dans son milieu, grommela-t-il.

— Comment Joe Ellis avait-il pris cette histoire ? demanda sir Henry.

— Personne n'en a rien su, répondit l'inspecteur. C'est un garçon tranquille, ce Joe. Renfermé. Pour lui, tout ce que faisait Rose était bien. Elle le menait par le bout du nez. Il espérait qu'elle lui reviendrait un jour, je pense.

— J'aimerais le rencontrer, déclara sir Henry.

— Oh ! nous allons passer le voir, répondit le colonel Melchett. Nous ne négligeons aucune piste. J'avais l'intention d'aller rendre visite d'abord à Emmott, puis à Sandford et enfin à Ellis. Cela vous convient, Clithering ?

Sir Henry répliqua que cela lui convenait à merveille.

Ils trouvèrent Tom Emmott au *Sanglier Bleu*. C'était un homme massif, d'âge mûr, au regard fuyant et aux mâchoires puissantes.

— Content de vous voir, messieurs. Bonjour, colonel. Venez par ici, nous serons plus tranquilles. Puis-je vous offrir quelque chose, messieurs ? Non ? Comme vous voudrez. Vous venez sans doute au sujet de ma pauvre Rose. Ah ! c'était une brave fille, Rose ! L'avait toujours été, une brave fille, jusqu'à ce que ce maudit salaud – mille excuses, mais c'est ce qu'il est – se ramène. Il avait promis de l'épouser... Mais je le traînerai devant les tribunaux ! L'y a poussé. Salaud de meurtrier ! A amené la honte sur nous tous. Ma pauvre fille.

— Votre fille vous a-t-elle clairement signifié que Mr Sandford était responsable de son état ? demanda Melchett d'un ton cassant.

— Oui. Et même ici, dans cette pièce.

— Et que lui avez-vous répondu alors ? demanda sir Henry.

— Répondu ? répéta l'homme, qui parut un instant décontenancé.

— Oui. Vous ne l'avez pas menacée, par exemple, de la mettre à la porte ?

— J'étais un peu retourné, c'est bien naturel. Vous ne me direz pas le contraire. Mais, bien sûr, je ne l'ai pas mise à la porte. Je n'aurais jamais fait une chose pareille ! dit-il, affectant une vertueuse indignation. Non ! à quoi sert la loi ? Voilà ce que je dis. A quoi sert la loi ? D'après elle, il devait réparer. Et puisqu'il ne l'a pas fait, par Dieu, il doit payer.

Il frappa du poing sur la table.

— Quand avez-vous vu votre fille pour la dernière fois ? demanda Melchett.

— Hier... à l'heure du thé.

— Comment l'avez-vous trouvée ?

— Eh bien. Comme d'habitude. Je n'ai rien rer-marqué. Si j'avais su…

— Mais vous ne saviez pas… répliqua l'inspecteur.

Ils s'en allèrent.

— Cet Emmott est loin de faire bonne impression, déclara sir Henry sur un ton pensif.

— Une fripouille, répondit Melchett. Il aurait fait casquer Sandford s'il avait pu.

Ils allèrent ensuite chez l'architecte. Rex Sandford ne ressemblait guère à l'image que sir Henry s'en était formée inconsciemment. Il était grand, très blond et très mince. Ses yeux étaient bleus et rêveurs. Ses cheveux en bataille et un peu trop longs. Sa façon de parler avait quelque chose de trop efféminé.

Le colonel Melchett se chargea des présentations. Puis, il passa aussitôt à l'objet de leur visite : il demanda au jeune homme un compte rendu de ses faits et gestes, la veille au soir.

— Comprenez bien, l'avertit Melchett, je ne suis pas en droit de vous contraindre à faire une déclaration, mais toute déclaration que vous aurez faite pourra être utilisée contre vous. Que ceci soit bien clair.

— Je… je ne comprends pas, dit Sandford.

— Vous avez compris que Rose Emmott est morte noyée hier soir ?

— Je sais. Oh ! C'est vraiment trop épouvantable. En vérité, je n'ai pas fermé l'œil de la nuit.

J'ai été incapable de travailler aujourd'hui. Je me sens responsable. Terriblement responsable.

Il se passa la main dans les cheveux, ne faisant que les décoiffer un peu plus.

— Je ne voulais pas lui faire de mal, reprit-il d'un ton pitoyable. Je ne pouvais pas penser… Je ne pouvais pas imaginer qu'elle prendrait les choses comme ça.

Il s'assit à sa table et enfouit son visage entre ses mains.

— Dois-je comprendre, Mr Sandford, que vous refusez de nous dire où vous vous trouviez hier soir à 8 h 30 ?

— Non, non… bien sûr que non ! Je suis sorti. Je suis allé me promener.

— Vous êtes allé retrouver miss Emmott ?

— Non. Je suis sorti seul. Me promener… dans les bois. Très loin.

— En ce cas, comment expliquez-vous ce message que nous avons trouvé dans la poche de la morte ?

L'inspecteur Drewitt le lut à haute voix, d'un ton égal.

— Alors, monsieur, dit-il pour finir, niez-vous l'avoir écrit ?

— Non, non ! Vous avez raison. Je l'ai bien écrit. Rose me demandait un rendez-vous. Elle insistait. Je ne savais pas quoi faire. Alors j'ai écrit ce message.

— Bon, voilà qui est mieux, remarqua l'inspecteur.

— Mais je n'y suis pas allé ! s'écria Sandford, dont la voix avait monté d'un ton sous l'effet de l'énervement. Je n'y suis pas allé ! J'ai pensé qu'il valait mieux pas. Je devais retourner en ville le lendemain. Je pensais qu'il valait mieux… ne pas la voir. J'avais l'intention de lui écrire de Londres et de… de lui proposer un arrangement.

— Saviez-vous, monsieur, que cette fille attendait un enfant et qu'elle vous avait désigné comme en étant le père ?

Sandford émit un grognement, mais ne répondit pas.

— Cette déclaration est-elle vraie, monsieur ?

Sandford enfonça de plus belle sa figure dans ses mains.

— Je suppose, fit-il d'une voix étouffée.

— Ah ! fit l'inspecteur Drewitt, qui ne pouvait pas dissimuler sa satisfaction. Revenons maintenant à votre « promenade ». Quelqu'un vous aurait-il vu hier soir ?

— Je ne sais pas. Je ne crois pas. Pour autant qu'il m'en souvienne, je n'ai rencontré personne.

— Dommage !

— Que voulez-vous dire ? s'exclama Sandford en le regardant, affolé. Quelle importance que je sois ou non sorti me promener ? Qu'est-ce que ça change au fait que Rose se soit noyée ?

— Ah ! C'est que, voyez-vous, *elle ne s'est pas noyée,* fit l'inspecteur. On l'a noyée délibérément, Mr Sandford !

— On l'a… (Il lui fallut quelques instants pour mesurer toute l'horreur de la chose.) Mon dieu ! Mais alors…

Il se laissa tomber sur une chaise.

Le colonel Melchett fit un pas vers la porte.

— Vous comprendrez, Sandford, que vous n'êtes pas autorisé à quitter cette maison.

Ils sortirent tous les trois ensemble. L'inspecteur et le chef de la police du comté échangèrent un regard.

— Cela suffit, je pense, monsieur, dit l'inspecteur.

— Oui. Faites établir un mandat d'amener et arrêtez-le.

— Excusez-moi, dit sir Henry. J'ai oublié mes gants.

Il rentra rapidement dans la maison. Sandford était encore assis là où ils l'avaient laissé, prostré, les yeux dans le vague.

— Je suis revenu, déclara sir Henry, personnellement vous dire que je suis disposé à faire tout ce qui est en mon pouvoir pour vous aider. Je ne suis pas libre de vous révéler les raisons de l'intérêt que je vous porte. Mais je vais vous demander, si vous voulez bien, de me raconter aussi brièvement que possible ce qui s'est passé entre vous et cette fille.

— Elle était jolie, répondit Sandford. Jolie et séduisante. Et… et elle a proprement fait mon siège. Devant Dieu, c'est la vérité. Elle ne me laissait pas tranquille. Alors, comme je me sentais plutôt seul ici, que personne ne m'aimait beaucoup et puis, comme je l'ai dit, elle était extrêmement jolie et elle semblait savoir ce qu'elle faisait… et tout ça… (Sa voix s'éteignit, il leva les yeux.) Cela a fini par arriver. Elle voulait que je l'épouse. Je ne savais pas quoi faire. Je suis fiancé à une jeune fille à

Londres. Si elle entend parler de cette histoire – et elle en entendra parler – eh bien, tout est fini. Elle ne comprendra pas. Comment le pourrait-elle ? Bien sûr, je suis un sale type. Mais comme je vous le disais, je ne savais pas quoi faire. Je voulais éviter de revoir Rose. Je pensais rentrer à Londres, consulter mon avocat et lui proposer un arrangement financier et autre. Seigneur, quel imbécile j'ai été ! Et l'affaire paraît si claire… l'accusation contre moi ! Mais ils se trompent. Elle *doit* l'avoir fait elle-même.

— Vous a-t-elle jamais menacé d'un suicide ?

— Jamais. D'ailleurs, je n'aurais jamais cru qu'elle pourrait faire ça.

— Que savez vous d'un dénommé Joe Ellis ?

— Le menuisier ? C'est le Villageois, modèle courant. Ennuyeux, mais amoureux fou de Rose.

— Il aurait pu être jaloux, suggéra sir Henry.

— Je suppose qu'il l'était un peu. Mais il est du genre bovin. Il souffre en silence.

— Bien, dit sir Henry. Je dois m'en aller.

Il alla rejoindre les autres.

— Savez-vous, Melchett, je crois que nous devrions passer voir l'autre type, Ellis, avant de prendre des mesures radicales. Il serait regrettable de commettre une erreur. Après tout, la jalousie est un excellent mobile de meurtre – et plutôt assez courant.

— C'est vrai, reconnut l'inspecteur Mais Joe Ellis n'est pas comme ça. Il ne ferait pas de mal à une mouche. On ne l'a jamais vu se mettre en colère. Cependant, je suis d'accord pour aller lui demander où il se trouvait hier soir. A cette heure-ci, il doit être rentré. Il loge chez Mrs Bartlett – une brave femme, une veuve qui gagne sa vie en faisant des lessives.

La petite maison devant laquelle ils s'arrêtèrent était d'une méticuleuse propreté. Une grande et forte femme d'âge mûr vint leur ouvrir la porte. Elle avait le visage avenant et des yeux bleus.

— Bonjour, Mrs Bartlett, dit l'inspecteur. Joe Ellis est là ?

— Depuis dix minutes, répondit Mrs Bartlett. Mais entrez, messieurs, je vous prie.

Tout en s'essuyant les mains à son tablier, elle les conduisit dans un minuscule salon où s'entassaient des animaux empaillés, des chiens en porcelaine, un sofa et divers meubles inutiles.

Elle s'empressa de leur offrir des sièges, déplaça un guéridon pour leur faire un peu de place et sortit en criant :

— Joe, trois messieurs désirent vous voir.

De la cuisine, une voix répondit :

— Je me lave les mains et j'arrive.

Mrs Bartlett sourit.

— Venez, Mrs Bartlett, dit le colonel Melchett. Asseyez-vous avec nous.

— Oh, non ! monsieur, vous n'y pensez pas !

L'idée l'avait choquée.

— Joe Ellis est un bon locataire ? demanda le colonel sans avoir l'air d'y toucher.

— Il n'y en a pas de meilleur. Un garçon sans histoires. Jamais une goutte d'alcool. Fier de son travail. Toujours aimable et prêt à rendre service dans la maison. Il a installé ces étagères pour moi et un vaisselier neuf dans la cuisine. Vous avez besoin de quoi que ce soit, Joe le fait, bien sûr, et il n'attend même pas de remerciements. Ah ! n'y a pas beaucoup de jeunes gens comme Joe, monsieur.

— Un de ces jours, il fera le bonheur d'une fille, laissa tomber négligemment Melchett. Il avait bien un faible pour cette pauvre Rose Emmott, non ?

Mrs Bartlett soupira.

— Ça me faisait peine à voir, vraiment. Lui qui vénérait jusqu'à la trace de ses pas, et elle qui s'en souciait comme d'une guigne !

— Où Joe passe-t-il ses soirées, Mrs Bartlett ?

— Mais ici, d'ordinaire : il fabrique parfois de drôles d'objets, et puis il étudie la comptabilité par correspondance.

— Vraiment ? Et il était là, hier au soir ?

— Oui, monsieur.

— Vous en êtes sûre, Mrs Bartlett ? demanda vivement sir Henry.

Elle se tourna vers lui.

— Tout à fait sûre, monsieur.

— Il ne serait pas sorti par hasard entre 8 heures et 8 h 30 ?

— Oh non ! fit Mrs Bartlett en riant. Il a passé la soirée à monter le vaisselier, et je l'ai aidé.

Sir Henry regarda son visage tranquille et souriant et ressentit son premier pincement de doute.

Ellis entra une seconde plus tard.

Il était grand, large d'épaules, un beau garçon selon les critères campagnards. Il avait des yeux bleus au regard timide et un sourire bon enfant. En somme, un jeune et sympathique géant.

Melchett entama la conversation. Mrs Bartlett se retira dans sa cuisine.

— Nous enquêtons sur la mort de Rose Emmott. Vous la connaissiez, Ellis.

— Oui. (Il hésita et marmonna :) J'espérais l'épouser un jour. Pauvre petite…

— Vous étiez au courant de son état ?

— Oui, répondit-il. (Une lueur de colère s'alluma dans ses yeux.) L'avait laissée tomber. D'un sens, tant mieux. L'aurait pas été heureuse, mariée avec lui. J'avais prévu qu'elle viendrait à moi quand ça arriverait. Je me serais occupé d'elle.

— Malgré…

— C'était pas sa faute ! Il l'a égarée avec ses belles promesses et tout ça. Oh ! elle me l'a raconté. N'aurait pas dû se noyer. N'en valait pas la peine.

— Où étiez-vous, Ellis, hier au soir à 8 h 30 ?

Etait-ce un effet de l'imagination de sir Henry, ou y avait-il vraiment une vague gêne dans sa prompte – presque trop prompte – réponse ?

— J'étais ici. J'installais un truc dans la cuisine pour Mrs Bartlett. Demandez-lui. Elle vous le dira.

« Quelle vitesse ! pensa sir Henry. Ce garçon a plutôt l'esprit lent. Pour qu'il ait répondu du tac au tac, je le soupçonne d'avoir eu sa réplique toute prête… »

Non, se dit-il, c'était encore un effet de son imagination. Il s'imaginait des choses… oui, il s'imaginait même avoir aperçu une lueur d'appréhension dans ces yeux bleus.

Après quelques questions et quelques réponses supplémentaires, ils se préparèrent à partir. Sir

Henry trouva un prétexte pour se rendre d'abord à la cuisine. Mrs Bartlett s'affairait devant ses fourneaux. Elle lui adressa un aimable sourire. Un vaisselier neuf était fixé au mur. Le travail n'était pas tout à fait fini. Des outils et des morceaux de bois traînaient encore par terre.

— Voilà ce que faisait Ellis hier soir, dit sir Henry.

— Oui, monsieur. Joli travail, n'est-ce pas ? C'est un menuisier très habile, ce Joe !

Pas la moindre gêne, ni la moindre lueur d'appréhension dans l'œil.

Et pourtant, Ellis… Ou l'aurait-il imaginé ? Non, il y avait bien eu quelque chose.

Il faut que je lui en parle, se dit sir Henry.

Comme il s'apprêtait à quitter la cuisine, il se heurta à un landau.

— J'espère que je n'ai pas réveillé le bébé !

Mrs Bartlett partit d'un éclat de rire.

— Oh, non, monsieur ! Je n'ai pas d'enfant – c'est bien dommage. Je m'en sers pour transporter le linge.

— Oh ! je vois… (Il se tut, puis demanda tout à coup, sur une impulsion :) Mrs Bartlett, vous avez connu Rose Emmott. Dites-moi ce que vous en pensiez vraiment.

Elle le regarda avec curiosité.

— Ma foi, monsieur, je pense qu'elle était frivole. Mais elle est morte, et je n'aime pas dire du mal des morts.

— J'ai une raison, une très bonne raison pour vous poser cette question, riposta-t-il d'un ton persuasif.

Elle parut réfléchir tout en l'étudiant attentivement. Elle finit par se décider.

— Elle ne valait pas cher, monsieur, déclara-t-elle tranquillement. Je ne le dirais pas devant Joe. Elle lui avait bel et bien tourné la tête. C'est justement le genre qui peut ça… et c'est bien dommage. Vous savez ce que c'est, monsieur.

Oui, sir Henry savait. Dans le monde entier, les Joe Ellis sont particulièrement vulnérables. Ils font confiance aveuglément. Mais lorsqu'ils ouvrent les yeux, le choc est d'autant plus grand.

Sir Henry s'en alla perplexe et déçu. Il se trouvait devant un mur. Joe Ellis avait passé la soirée à travailler dans la maison. En présence de Mrs Bartlett. Comment contourner ça ? Il n'avait rien à y opposer – sinon la promptitude avec laquelle Joe Ellis avait répondu, cette impression qu'il avait eue d'une histoire toute prête.

— Eh bien, dit Melchett, l'affaire est claire, maintenant, hein ?

— Oui, monsieur, répondit l'inspecteur. Sandford est notre homme. Il n'a rien à avancer en sa faveur. C'est clair comme le jour. Comme je vois les choses, le père et la fille s'apprêtaient à… ma foi, pratiquement le faire chanter. Il n'a pour ainsi dire pas d'argent et il ne voulait pas que cette histoire revienne aux oreilles de sa fiancée. Sa situation était désespérée et il a agi en conséquence. Qu'en dites-vous, monsieur ? ajouta-t-il en s'adressant à sir Henry avec déférence.

— Tout le laisse à penser, reconnut sir Henry. Et pourtant… Je ne peux pas m'imaginer Sandford commettant un acte de violence.

Cependant, il savait bien que son objection n'était pas valable. Acculé, l'animal le plus doux est capable de choses extraordinaires.

— J'aimerais quand même voir le gamin, dit-il soudain. Celui qui a entendu le cri.

Jimmy Brown se révéla un gosse intelligent, plutôt petit pour son âge, avec un visage pointu aux traits fins. Il avait très envie d'être interrogé et fut très déçu de voir qu'on l'interrompait pour vérifier certains points de son dramatique récit.

— Si je comprends bien, tu te trouvais de l'autre côté du pont, dit sir Henry. Sur la rive opposée au village. Aurais-tu vu quelqu'un de l'autre côté, quand tu as traversé le pont ?

— Quelqu'un marchait dans les bois… Je crois que c'était Mr Sandford, l'architecte qui a construit la maison bizarre.

Les trois hommes échangèrent des regards.

— Dix minutes à peu près avant que tu entendes le cri ?

Le gamin hocha la tête.

— As-tu vu quelqu'un d'autre, sur la rive du village ?

— J'ai vu un homme dans le sentier. Il marchait lentement, en sifflotant. Ç'aurait pu être Joe Ellis.

— Tu ne pouvais pas voir qui c'était, répliqua vivement l'inspecteur. Au crépuscule et avec ce brouillard…

— C'est à cause de ce qu'il sifflait, riposta le gamin. Joe Ellis siffle toujours le même air : *J'voudrais être heureux…*, c'est le seul air qu'il connaît.

Il avait dit ça avec le mépris du jeune moderniste pour un vieux retardataire.

— N'importe qui peut siffler un air, remarqua Melchett. Il marchait en direction du pont ?

— Non. De l'autre côté. Vers le village.

— Je ne pense pas qu'il faille se préoccuper de cet inconnu, décréta Melchett. Tu as entendu un cri et un plouf ! Quelques minutes plus tard, tu as aperçu le corps qui flottait porté par le courant, et tu as couru chercher du secours ; tu es donc retourné jusqu'au pont, tu l'as traversé et tu es allé directement au village. Tu n'as vu personne près du pont à ce moment-là ?

— J'ai cru voir deux hommes avec une brouette sur le sentier longeant la rivière. Mais ils étaient assez loin et je ne sais pas dans quel sens ils allaient. Et comme la maison de Mr Giles est plus près, j'ai couru là-bas.

— Tu as bien fait, mon garçon, dit Melchett. Tu as très bien agi, avec beaucoup de présence d'esprit. Tu es scout, n'est-ce pas ?

— Oui, monsieur.

— Très bien. C'est très bien.

Sir Henry était resté silencieux. Il réfléchissait. Il tira un bout de papier de sa poche, le regarda et secoua la tête. Cela paraissait impossible… et pourtant…

Il décida d'aller voir miss Marple.

Elle le reçut dans son joli petit salon à l'ancienne, légèrement surencombré.

— Je viens vous faire mon rapport, lui déclara sir Henry. De notre point de vue, les choses se présentent mal, j'en ai peur. Ils sont sur le point d'arrêter Sandford. Et je dois avouer qu'ils ont toutes les raisons de le faire.

— Alors, vous n'avez donc rien trouvé qui puisse… comment dirais-je ?… étayer ma théorie ? demanda-t-elle, anxieuse. Je me suis peut-être trompée, complètement trompée. Avec toute votre expérience, cela ne vous aurait sûrement pas échappé.

— D'une part, lui déclara sir Henry j'ai peine à y croire. D'autre part, nous nous heurtons à un alibi inattaquable. Joe Ellis a passé toute la soirée à fixer un vaisselier dans la cuisine, et Mrs Bartlett l'a regardé faire.

Miss Marple se pencha vers lui, le souffle court.

— Mais, ce n'est pas possible ! dit-elle. C'était vendredi soir !

— Vendredi soir ?

— Oui, vendredi soir. Tous les vendredis soir, Mrs Bartlett rapporte le linge à ses clients.

Sir Henry se radossa à son siège. Il se rappelait ce qu'avait dit le gamin, à propos de l'homme qui sifflait et… oui… tout se mettait en place.

Il se leva, et serra chaleureusement la main de miss Marple.

— Je sais où je vais, maintenant. Du moins, je peux essayer…

Cinq minutes plus tard, il était chez Mrs Bartlett, face à Joe Ellis, dans le petit salon, parmi les chiens de faïence.

— Vous nous avez menti, au sujet d'hier soir, Ellis, dit-il d'un ton cassant. Vous n'étiez pas dans la cuisine, occupé à monter le vaisselier entre 8 heures et 8 h 30. On vous a vu sur le sentier qui longe la rivière, vers le pont, quelques minutes avant que Rose Emmott ne soit assassinée.

Ellis poussa une exclamation étouffée.

— Mais elle a pas été assassinée… non ! J'ai rien à voir avec ça ! Elle s'est jetée elle-même, c'est tout ! Elle était désespérée. J'aurais jamais touché un cheveu de sa tête…

— Dans ce cas, pourquoi avez-vous menti ? demanda vivement sir Henry

Joe Ellis, qui fuyait son regard, baissa les yeux.

— J'ai eu peur. Mrs Bartlett m'avait vu là-bas et quand nous avons appris ce qui s'était passé… eh bien, elle a pensé que c'était mauvais pour moi. J'ai dit que je raconterais que j'avais travaillé ici, et elle a accepté de me soutenir. Y en a pas beaucoup des comme elle. Elle a toujours été bonne pour moi.

Sans un mot, sir Henry quitta la pièce et entra dans la cuisine. Mrs Bartlett faisait la vaisselle.

— Mrs Bartlett, lui dit-il, je sais tout. Vous feriez mieux d'avouer, du moins si vous ne voulez pas que Joe Ellis soit pendu pour un crime qu'il n'a pas commis… Non, je vois que vous ne voulez pas de ça. Je vais vous dire ce qui s'est passé. Vous êtes partie livrer votre linge. Vous avez rencontré Rose Emmott. Vous pensiez qu'elle avait envoyé promener Joe pour partir avec cet étranger. Mais maintenant elle se trouvait en difficulté, Joe était prêt à venir à son secours, à l'épouser s'il le fallait, et si elle voulait. Il vivait chez vous depuis quatre ans et vous étiez tombée amoureuse de lui. Vous le vouliez pour vous toute seule. Vous haïssiez cette fille, vous ne pouviez pas supporter que cette misérable petite traînée vous enlève votre homme. Vous avez de la force, Mrs Bartlett. Vous avez attrapé la fille par les épaules et vous l'avez poussée à l'eau. Quelques minutes plus tard vous avez rencontré Joe Ellis. Jimmy vous a vus ensemble de loin, mais à la faveur du brouillard et de l'obscurité, il a pris le landau pour une brouette tirée par deux hommes. Vous avez persuadé Joe qu'il risquait d'être soupçonné, et vous lui avez soi-disant concocté un alibi qui, en réalité, vous était destiné. Et maintenant, dites-moi : vrai ou faux ?

Il retint son souffle. Il avait tout misé d'un coup.

Plantée devant lui, Mrs Bartlett s'essuya longuement les mains sur son tablier, le temps de prendre une décision.

— C'est exactement comme vous avez dit, monsieur, répondit-elle enfin, de sa voix basse et tranquille (une voix que sir Henry trouva tout à coup dangereuse). Je ne sais ce qui m'a pris. Ehontée, voilà ce qu'elle était. Ça m'a pris comme ça... elle ne m'enlèverait pas Joe. Je n'ai pas eu une vie heureuse, monsieur. Mon mari ce n'était pas une affaire : invalide et hargneux. Je l'ai soigné et je m'en suis bien occupée. Et puis Joe est arrivé. Je ne suis pas si vieille, monsieur, malgré mes cheveux gris. A peine 40 ans. Et y en a pas un sur mille comme Joe. J'aurais fait n'importe quoi pour lui, absolument n'importe quoi. Il était comme un petit enfant, monsieur, si gentil, si confiant… Il était à moi, monsieur, c'est moi qui veillais sur lui… Et ça… ça…

Elle déglutit, refréna son émotion. Même en cet instant, elle restait une forte femme. Très droite, elle regardait sir Henry avec curiosité :

— Je suis prête à vous suivre, monsieur. Je ne pensais pas que quelqu'un pourrait deviner. Je ne vois pas comment vous avez pu comprendre, monsieur… Vraiment, je ne vois pas.

Sir Henry secoua gentiment la tête.

— Ce n'est pas moi qui ai compris, dit-il, en pensant au bout de papier qu'il avait encore dans sa poche, où d'une écriture bien formée et démodée, on pouvait lire :

Mrs Bartlett, chez qui habite Joe, au 2, Mill Cottages.

Une fois de plus, miss Marple avait vu juste.

Achevé d'imprimer par GGP Media GmbH, Poessneck
en février 2009
pour le compte de France Loisirs,
Paris

N° d'éditeur : 54626
Dépôt légal : novembre 2008
Imprimé en Allemagne